賴上皇商妻

1

頡之 著

風文創 784

目錄

序文

頡之

孩提時的記憶已漸漸淡去，斑駁的生活片段卻總是斷斷續續地浮現。

殘缺的青石板，低矮的磚瓦房，一排排的果樹，成片的竹林、山丘，清晨的霧氣，以及初春的蘑菇……細數不清的零星碎片，湊成了一幅質樸的生活畫卷。

那時的人和歲月，有歡樂，也有逃離，而今看來，卻是無盡的感慨。將這樣的複雜情緒灌注筆尖，才有了後來的故事。

天馬行空的想像，用文字記錄下來，串成另外一個世界、另外一個人生，彷彿那就是自己，也成就了另一個自己。短暫地忘卻現實，排遣孤寂和落寞的日子，也排解了些許剪不斷，理還亂的愁懷。

上學時期，最愛語文歷史、確切地說，是愛書中的人物插畫。老師在臺上慷慨激昂地講詩，書中的詩人卻早已成了妖嬈嫵媚的古典美女，大抵是那時就在心中埋下了對古代的好奇和喜愛。

當小說出現在自我認知中，便一發不可收拾。「夜以繼日」不足以表達，也是仗著年輕，而今看來，唯讚「佩服」二字；卻也是因為這樣的喜好，萌發出自己寫故事的想法。

有文思泉湧、下筆如有神的時候，將鍵盤敲得啪啪作響，主管滿面動容，為手下有這樣一位效率極高的員工而點頭暗讚；也有抓耳撓腮，半天蹦不出一個字，托腮望著窗外的藍天白雲，彷彿相戀多年的男友突然離去。

無數個這樣反覆的日子，迎來了完結篇，回首筆下的一段段情節、一個個人物，宛如自己的孩子，疼愛得不行，也將這份暗藏心底的喜愛和秘密，與周遭的朋友分享。

這天，小編通知書能被出版了。

第一時間發了個朋友圈，然後笑咪咪地看著朋友們一個個發來祝賀。是的，我膨脹了，因為這是對於一個作者極大的認可和鼓勵，我樂了好幾天。

親愛的朋友，機緣之下，你翻開了篇章，希望你能喜歡書中描繪的人物和故事，與我這個陌生人產生一絲共鳴。

回憶，就像把文字變成一顆顆沙，鋪就在我們經歷的生活之路上。沙上留下了一串串歪歪扭扭的腳印，那是記錄在生活日記中最好的印跡。回過頭來，會看見那些若隱若現的劃痕，揭開所有的記憶。

用青春的年華握緊時間的手，讓此生不虛度。

第一章　重生

郡南縣的福保村，靠山而落，平地居少，多水田；山不高，卻也連綿起伏，多是長著竹子，十分蒼翠。山腳修著屋舍，一家連一家，一戶挨一戶。日頭到頂，家家戶戶屋頂飄起白煙，裊裊上升。

村頭，蘇大爺院子裡卻傳來哭罵聲。

「手腳不乾淨的東西，有娘生沒娘養，家裡少了這樣、那樣，就是妳個爛貨子偷的！」

青色衣衫、身量矮胖的婦人，手裡拿著粗棍攆著一個女娃打。女娃約莫十二、三歲，偏瘦，顯得身量細長，她哭著躲閃。「沒有，不……不是我……」

「不是妳是誰？逮個正著還扯謊！妳娘短命，我替她教！手腳不乾淨的爛貨子！」

響棍是細竹子做的，半人高，三分之一處劃成條，家家戶戶都備了一、兩根，秋收曬糧時，放養的雞鴨跑來偷吃，響棍在地上敲打，即使攆不上，響聲也能嚇跑牲畜。

響棍聲、哭喊聲、咒罵聲，引來隔壁的幾戶人家。

七七八八的婦人站在蘇家院壩，有的圍著裙，有的拿著杓，問道：「二嫂子，這怎了？大葉兒犯啥事了？」

打人的便是蘇大爺的二媳婦張氏，她停下手，想是打得累了，喘著粗氣道：「這爛貨子偷家裡的糧食熬米粥！稠稠的米粥啊！多會享受，當自個兒千金小姐！」
眾人驚訝地看向縮在角落低聲啜泣的女娃子，內心有些複雜。她爹是蘇家老大，半年前媳婦兒難產死了，是個男娃，可惜了。他屋裡頭還有個二女兒，可不就盼著，哪承想……
蘇大爺家境還算過得去，卻沒好到頓頓白米飯。一大鍋的紅薯摻零星米粒，熬成一鍋紅薯粥，就著玉米餅子、醃鹹菜，莊戶人家都這般吃法。
大葉兒的娘是個知禮的，兩個女兒隨她，就是膽子小。
眾人不大相信。「大葉兒，妳二嬸說的可是真的？」
「怎，俺還能誆你們？」不等那女娃回話，張氏冷聲嗆道。
說罷，眉頭一揚，扔了響棍，鑽進灶屋，端出一個褐色瓷碗，裡頭卻是濃稠的白粥。
「瞧瞧、瞧瞧，偷奸耍懶地跑回來打牙祭！窮窩子出偷兒，今兒她敢偷米，明兒就是偷錢，往後長大了怕是偷——」
話沒說完，大家卻都懂了。雖聽不慣她的話，看她手裡的東西，都不好吭聲。
見眾人不語，張氏得意地咧咧嘴。方才地裡幹活，她想先回來做飯，哪想這死妮子先一步跟老頭子開口，說要照看那快要翹辮子的二丫頭，老頭子就放她回來了。張氏氣不過，撿起響棍又要打人。
也是有人不忍心，忙勸攔。維護的有，冷嘲熱諷的有，看熱鬧的也有，一時蘇大爺這院壩便熱鬧起來。

「這是幹啥！」

一聲怒吼，蘇大爺帶著兒孫、扛著傢伙，從地裡頭回來吃飯。蘇大爺中等個頭，體格壯實，一臉凶相，少了幾分莊稼人的憨厚。

眾人噤聲；張氏也有些惴惴，自家公公最好面子，今兒怕是摸著老虎屁股了。

「葉兒！」

一行人中，慌忙地竄出一個瘦高漢子，與蘇大爺長得幾分相似，眼睛大些，不似眼角下吊，便顯得溫和。

「爹……」女娃捂著胳臂，怯生生抬起頭，細聲呼喊。

那漢子便是蘇大爺的大兒子，蘇世澤。見女兒被打成這副模樣，蘇世澤一臉痛色，半晌沒說出一個字，憋得滿臉通紅，眼中噙淚。

張氏見狀，顧不得什麼，快步上前，將手中的瓷碗遞到老爺子面前。「爹，您可瞧瞧大丫頭做的好事！」

蘇大爺盯著張氏手中濃稠的米粥，嘴角抽抽，抬眼看向角落瘦弱的女娃，眼神有些凶狠。

女娃往蘇老大身後縮了縮，身子顫抖起來。

眾人唏噓，大葉兒今兒怕是得再挨一頓打了……

「轟！」

院子本就氣氛緊張，尤為安靜，這一聲轟響引得眾人齊齊看去，只見院子西側屋門口躺著個女娃。

「木兒！」

一條寬敞的石板官路將福保村隔成兩面，道路兩旁是土地，種著些青白色的大頭菜、蔥、蒜等等。往外是水田，稻子早已收割，剩了枯黃的樁子露出水面；時而水波漾起，許是養了不少的魚兒。再放眼看去，便是一幢幢屋舍座落在蒼翠的山腳下。

蘇大爺家離官道最近，是一幢呈凹字形的磚瓦房；堂屋在正中，屋內左右兩側是廂房，蘇大爺和蘇大娘住右側。廂房隔成兩間，前屋睡人，後屋堆放雜物。再往右也是兩間一樣的屋子，空出來放著雜七雜八的傢伙。左側住了二兒子蘇世福一家，過去便是灶屋。

東西兩側也是住屋，東側是小女兒蘇世慧的閨房。小女兒雖已出嫁，屋子卻還備著，可見頗受寵愛。西側住的是大兒子蘇世澤一家，旁建了個豬圈，豬圈一邊是柴房，一邊是茅房。

村子中大都這般建設，蘇大爺家比別戶多了個寬敞的院壩，是青石板的。農忙時候，經常有人來借壩子，蘇大爺頗長臉面。

院壩周邊種了一排果樹，柑橘、梨、枇杷，一年四季碩果纍纍，很是喜人。

總的來說，蘇大爺家在整個福保村算是有臉面的人戶。

汪洋醒來的時候，睜眼就是破舊的木格窗，白亮的光線刺得她睜不開眼。

「木兒醒了。」

細細柔柔的聲音自頭頂傳來，只見一個面色蒼白的女娃站在身旁，眉眼彎彎，一臉關切。

汪洋知道她便是這具身子的胞姊，叫蘇葉，而「自己」叫蘇木。

汪洋是個孤兒，父母早逝，是爺爺、奶奶帶大。好不容易學成，找了個還不錯的工作，一個人在外打拚，年末回家過春節探望爺奶。哪想今年春運尤為擁擠，在車站外碰上踩踏事件。她倒在人群中，滿眼都是黑壓壓的人群，來不及看一眼湛藍的天。

等她醒來，就見到院子發生的一切，竟然狗血地穿越，她便是蘇木了。

她腦海中有蘇木的記憶——今年十歲，性子怯懦，跟她爹一樣，應該說一家子都怯懦。母親陳氏已經逝世，父親蘇世澤又管不了事，姊妹二人沒少被二房欺負。

當家的是蘇大爺，媳婦兒丁氏並兩兒四孫，一個外嫁的小女兒，人口並不複雜。日子過得緊巴，主要還是天災人禍。碰上戰亂，苛捐雜稅又重，一年到頭除了溫飽，也餘不下多少銀子。

再者，他們每年還得往郡城捎銀子——贍養蘇老太爺。

蘇大爺上頭有個姊，底下兩個弟。大姊遠嫁，二弟住同村，最有出息的是三弟，在郡城做官。

蘇老太爺是個讀書人，祖上家境頗豐，到他這輩開始衰敗，許是心思不在務農，希望在仕途上發展，卻也沒什麼成就。於是他將滿腔的抱負都寄託在三個兒子身上，自小教導讀書、寫字，難怪這一家子的名字有幾分文氣。

無奈老大、老二都不是這塊料，小兒子卻十分熱愛。於是蘇老太爺悉心栽培，幾次落第，總算考了個童生。

也是運氣好，郡城的典史病故，蘇老三正好補上這個空缺，雖是小小芝麻官，也是件光宗耀祖的事。蘇老三上任，蘇老太爺自是跟去了。

於是乎，每到年末，蘇家兩兄弟都要往郡城去，銀子拿不出多的，米糧卻不能少。

蘇三爺做官，吃穿用度還能差？蘇大爺外強中乾，只能虧自己人。

「餓了吧？」蘇葉見妹妹一臉愁苦，溫溫柔柔地將她扶起坐好，從旁側櫃子端來瓷碗，挨著床沿坐下。

蘇木回神望去，正是蘇葉用一頓毒打換來的白粥。白皙的手背上幾條紅色的傷痕，微微腫起，只怕身上更多。鼻子有些酸了……她沒有體會過父母之情、兄妹之情，蘇葉的一番作為讓她感動得一塌糊塗。

「姊……咳咳……」

蘇木一陣猛咳，有些有頭暈目眩。這具身子病了近一個月，最後病死在床上，一家人卻連一點養胃的白粥都捨不得，都是狠心眼的！

「別說話。」蘇葉撫著妹妹的後背，眼眶濕潤。她害怕，娘已經沒了，若是妹妹也不在了，她真不知道該怎麼辦？

蘇木緩緩吸幾口氣，喉嚨稍微順了些。「姊，妳偷偷煮粥，咱爺沒處置妳？」

「侯太奶奶拿米來，說了些好話。」蘇葉眼睛亮了亮。「咱爺沒收，也沒再提這事，只讓我把粥餵妳吃。」

蘇木點點頭。侯老太太是蘇大爺的姨，是村子裡鮮少的幾個長壽人之一。

「姊，妳做完活計就在咱屋裡待著，給爹縫補衣衫，莫要在二嬸面前晃。她這回沒出著氣，暗裡定要對付妳。」

蘇葉驚訝地看向小口喝粥的妹妹，一時不曉得怎麼回話？往日妹妹膽子小得很，很少說話，今兒怎麼變個人似的？

一碗熱粥下肚，蘇木意猶未盡地咂咂嘴，渾身都暖了。只怕往後許久再吃不上，想到這兒，她接過杓子刮了刮底，吃得乾乾淨淨。

「小饞鬼，碗都要給妳吃下去了！」蘇葉笑著捏捏妹妹的臉頰，滿是寵溺。

蘇木吐了吐舌頭。她這姊姊笑起來還挺好看。

蘇葉將碗放一旁，扶著蘇木躺下，好似想到什麼，泛白的嘴唇抿緊，眼眶濕潤，忙起身別開臉，低頭掩飾。

「妳再睡會兒，傍晚我跟爺說回來做飯，再來瞧妳。」

蘇木恍若未見，躺下身，乖巧地點點頭。
蘇葉前腳走出去，便聽見前屋傳來細細的說話聲。
「都吃了，精神好些，還是咳嗽。」
「唉，下回莫要這樣，妳爺打人更痛。」
「我省得，我看木兒快不行了……我……」
「唉……」
「爹，木兒的藥吃沒了。」
「……我……我過會兒跟妳爺說。」
「爹，木兒沒藥吃，會不會……」
「別瞎說！」
低低的啜泣聲伴著怯懦老爹的嘆息傳到蘇木耳中，她也忍不住嘆了口氣，望著木格子窗外湛藍的天，暗暗決定，一定要擺脫三口之家的困境。她們都還小，這樣刻薄的家庭，多一日都覺得心慌。
思來想去也沒個章程，腦子卻漸漸發昏，木窗越來越模糊，最後黑成一片。
醒來的時候，屋子已經黑了，月光從窗外照進來，能瞧個大概。喉頭發癢，她忍不住咳嗽起來。
隔著前屋，隱隱約約聽到碗筷相碰的聲響和低低的說話聲。

太陽落山不久，一家人從地裡收活，正在吃晚飯。

有些涼，蘇木緊了緊被子，肚子咕嚕叫起來。

「醒了嗎？感覺怎樣？可有不舒坦的？」是蘇葉來了，她手裡端個熱呼呼的碗。

「咳咳，好多了，咳咳……」

「夜裡涼，妳別起身，我餵妳吃。」蘇葉忙上前。

「姊，我好多了，妳別擔心。」

「真的？」語氣較方才雀躍許多。

「騙妳做甚？那碗粥喝下去，渾身都有勁，頭也不暈了。」蘇木說笑道：「我就是餓的，嘿嘿。」

說罷，接過溫熱的碗，是紅薯香。

蘇葉低低笑了。

「姊，妳吃飽了嗎？」碗筷聲還沒停，怕是聽到自己咳嗽聲就下桌了。

「飽了，妳吃著，我先出去收拾。」

蘇木「嗯」了聲，埋頭吃起來。

她除了咳嗽，覺得身子都已爽快，想著要不要出去轉轉？思忖一番後還是躺下，她不想讓那一家子知道自己的病好得差不多了。

蘇葉又進來一趟，將碗收走，又端來一桶熱水，姊妹二人一同擦洗。一番忙碌，才挨著躺下。

半晌，二人都沒說話。蘇木耳邊是輕微的呼吸聲，就在她以為蘇葉已經睡著的時候，聽見身旁人輕聲道：「青哥兒的姥給咱爹相了個媳婦兒……」

蘇木一驚。青哥兒是二叔的小兒子，上頭有個姊姊叫蘇丹，比自己大上一歲。青哥兒的姥姥，那不就是二嬸張氏的娘？張氏是個毒辣的，肯定沒有好心。這後娘……蘇木鬱悶了，往後日子怕是更加難過。

接下來幾日，蘇木裝病臥床不起，沒同一家子照面，只有便宜老爹來瞧了幾回，每日皆由蘇葉照料。

莊戶人家主要的口糧是紅薯，秋收後又種了一季，連日來，一家子忙活的都是這個。

蘇木趁人走後，走出房門觀察院子的情況，幾日也摸出個大概，卻沒什麼收穫。

蘇葉並沒有再煎藥給她喝，許是蘇大爺沒應，抑或是二房的作怪。

院壩前種有許多果樹，其中就有枇杷，枇杷葉子能治咳嗽。蘇木只說了藥裡有枇杷葉，蘇葉自是信了，歡歡喜喜地煎給她喝。

她喝上幾回，咳嗽果真好多了。

第二章　相親

這裡不知道是什麼年代，倒沒有女子足不出戶一說。此地雙日小集，逢初一、十五是大集，最是熱鬧。

今日是十五，早早吃罷飯，留蘇葉看家，蘇大爺帶著一家子去往集市。兩兄弟挑著擔，張氏揹著簍，蘇丹姊弟手上也拎了東西。買賣是趕集的正事，今兒卻多了一件事——給蘇老大相媳婦兒。

待人走後，蘇木從屋子鑽出來，蘇葉正站在豬圈前餵豬。她忙走過去，搶過舀豬食的瓢。「姊，我幫妳幹活。」

蘇葉不放手。「妳身子剛好，去旁地坐著。」

蘇木不依，賊兮兮道：「姊，我想上山走走。」

院子後頭的山是自家的，有大片竹林，她早就想吃冬筍了，再來就是尋思能不能找到商機，賺點銀子。

「爬坡上坎有啥好走？」蘇葉不解地看著她。

「我就想去瞧瞧……萬一有菇子呢？」

蘇葉皺了皺眉。頓頓紅薯配鹹菜，妹妹身子弱，去瞧瞧，撿些菇子吃也好。

「省得了，我快些幹活，咱一會兒上山。」

「餵豬我來，姊去做別的。」

蘇木可憐巴巴的小臉立刻換了樣，笑呵呵推開蘇葉，餵起豬來。

姊妹倆一番忙活，這才出門。

院子背山而落，為著方便，在西廂房後門修了上坡的坎。出了後門，入眼是一片幽深的竹林，地面鋪滿了枯黃的竹葉，零星長著幾簇雜草。

二人挎著竹籃，蘇木多帶了一個小鐵鍬。

她忙奔向一叢竹子，用力踩踩，心頭一喜，蹲下身拿鐵鍬挖土，果見兩根小竹筍尖緊挨在一起。

「木兒，妳這是做甚？」蘇葉跟上來。

蘇木手上的活不停。這麼鮮嫩的冬筍不上桌，那是二嬸和奶的廚藝不到，再者是捨不得油，又澀又麻的筍子哪裡會好吃？

不過，她有法子。

「姊，我口裡沒味，想吃辣子炒筍。」

「這筍子不好吃……」蘇葉好看的眉毛皺起來。

「甭管了，我有法子。」說罷，手上動作加快。

蘇葉見妹妹這般認真，不好阻攔，也幫著刨土。

蘇木打定主意要進山淘寶，因此挖了兩顆嫩筍子就直接放那兒，一會兒回來再捎上。

穿過竹林，有一條狹窄的小路，並沒有刻意開鑿的痕跡，都是人走出來的。不知名的樹木枝繁葉茂，像撐起一把大傘，將整個山坡籠罩；斑斑點點的日光像是一條條彩帶，洋洋灑灑飄在空中。

幽深的林子也不顯得害怕了。

前些日子，丁氏帶著兩孫女來撿過一次菇子，所以蘇葉找得仔細，能翻的地方都沒有落下；蘇木有別的心思，自也認真。

只是走了半天，並沒有尋著多少，竹籃裡可憐兮兮地臥了幾個新長出來的小菇子。

眼見著要下山了，蘇木正沮喪，聽見蘇葉歡喜地喊道：「木兒，妳瞧！」

蘇葉正攀著樹藤，在一處陡峭的坡壁尋到一朵大黃皮雞樅。坡壁長得斜，若不是攀著樹藤，並不好去，因此這肥美的菇子才未被發現。

「好大一朵，能煮一大碗！」

黃皮雞樅清炒或是煮湯都非常鮮美，蘇木不禁嚥了嚥口水。

「姊，小心點，我扶著妳。」

「不怕。」她一手攀著藤，往回走，一手將黃皮雞樅小心遞過來。

蘇木上前接過，瞥見那坡壁長著一大簇三七。雖然過季，枝翠葉綠，十分喜人。

老天終於開眼了！蘇木喜不自勝，拿出小鐵鍬，作勢就要上前。

「別來，當心摔著。」蘇葉攔著不讓。

「姊，那兒有藥材，咱拿去賣。」

「哪有什麼藥材，妳怎能認得？」

蘇木嘴角抽了抽，隨便扯個慌。「妳給我煎的藥裡頭有呢！」

蘇葉將信將疑，是有幾分相信。「那……妳指給我，妳力氣小，攀不住。」

「生在坡壁上，長得像鴨蹼的一簇。姊小心著把根挖來，瞧著有十幾株……都挖了吧！」

三七有止血、散瘀、定痛的功效，若是賣不出，做成藥粉，家裡備著也是好的。

一番忙碌，蘇木的籃子裡裝了滿滿一籃三七，個個拳頭般大小，像小鐵錘。

姊妹倆各有收穫，喜孜孜地往回去了。

到家時，日頭西斜，飢腸轆轆，兩人忙生火做飯。

蘇木生火，蘇葉掌勺。黃皮雞樅做湯，先清炒，加水，最後撒上蔥花、細鹽，不用別的作料，味道就非常鮮美。

「木兒，筍子怎弄？」

蘇木一邊燒火，一邊將筍剝乾淨，兩根小筍嫩得能掐出水來。

「切成薄片，用辣子爆炒。」說著往灶膛加了一把柴，起身朝堂屋走去。

沒一會兒又拎了個小酒罐回來，是蘇大爺愛喝的老黃酒，吃飯總愛小酌兩口，並不捨得多喝。

「妳拿爺的酒罐做啥，讓爺發現要挨打了！」

「就倒一點，發現不了。」

蘇木笑呵呵拿了個大碗，將薄薄的筍片放進去，倒些酒攪勻。酒能去麻味，還能提鮮。記憶中，丁氏做的冬筍並不美味，且十分麻口。按理說，冬筍麻口是有，有的人卻能忍耐的。只是她家後山的冬筍麻口卻重了幾分，不知道是不是因為品種關係？村子大都這般，所以這冬筍是道菜，卻是一道上不得檯面的菜。

灶膛的火熱烈，大鐵鍋冒起青煙。

蘇葉挖了一小勺豬油，蘇木起身又添了些。待油熱，撒入乾辣子，香辣的氣味立即傳來，再將醃好的筍片倒入、翻炒。金黃的筍片，零星幾個紅色的辣子，瞧著都是食慾。

蘇木不由自主地嚥了嚥口水。

煮了湯，就沒煮粥，只蒸了兩個玉米餅子。

灶膛的火燃著，蘇葉將豬食倒進鍋裡，蓋上蓋，二人就端著菜上堂屋。

剛擺好碗筷，侯老太太來了。

「怎現在才吃飯？」侯老太太體格嬌小，著一身青色雲紋襖子，頭髮花白、面色紅潤，帶著笑，很是和藹。

「太奶，快坐。」侯太奶奶很照顧自家，蘇葉帶著感激，麻利地搬來椅子。「上午去山上轉了轉，回來得晚些。」

侯老太太點點頭，看向蘇木。「木丫頭，身子可好了？」

提到自己，蘇木忙點頭。「太奶，多謝您上次幫著說話。」

侯老太太一愣，有些沒反應過來。

「是我笨，好些日子，該是找太奶道謝的。」蘇葉笑了笑。

「謝啥！都是一家親，快吃吧，涼了。」侯老太太也笑了，她瞥了眼桌上的菜，臉色有些不好。兩娃子是可憐的。

二人飢腸轆轆，愉快地吃起來。蘇木吃得滿足，菇湯鮮美、冬筍香辣，紅薯也是甘甜軟糯。

蘇葉對筍子沒抱希望，卻沒想到這般好吃。

侯老太太見姊妹二人這般大快朵頤，滿是心疼。「妳爺他們趕集去了？」

「是，走得早呢！」

「聽說要給妳們爹相媳婦兒？是二灣吳家的？」侯老太太擔憂的眼神在二人面上掃了掃。

蘇葉手中的筷子慢下來，眼神黯淡。

「太奶，那吳家娘子是怎樣的人？」蘇木給了姊姊一個安慰的眼神，認真問道。

侯老太太沈吟片刻，看向蘇木。「說是和離過的，帶個兒子，那娃兒比妳還小上幾歲。

說是性子和善，可到底沒相處過，也不曉得怎樣人品？」

蘇木聽出端倪。「即使和離，兒子怎能隨母？」

聽見這話，蘇葉也抬起頭來，看向侯老太太。

木丫頭病一場，竟變得伶俐了。她不說是怕嚇著孩子，既然問了，也就緩緩開口。「男人不成器，好賭，輸得傾家蕩產，人也跑了，哪還養得活兒子？」

姊妹二人心不在焉地點點頭。

蘇木心想，吳氏能和離，是有魄力的。只是嫁進門，那兒子要跟來？保不齊那賭鬼男人會找上門，二嬸打的什麼算盤……

「不說這些，往後有誰欺負妳姊妹，只管來找太奶。」侯老太太滿臉慈愛。陳氏還在世時，她頂喜歡這個孫媳婦兒，如今人沒了，兩小的能顧就顧一下吧！

二人搗蒜般點頭，發自內心地感激。

「太奶，文哥兒在家不？」蘇木腦子一轉。侯文是侯家最小的孫子，自是得寵，記憶中，是個聰明淘氣的。

「吃過飯就去野了，這會兒也不曉得回來沒？怎？」

「十八，我和姊想跟文哥兒一起趕集。」蘇木垂下腦袋，似有些不好意思。

侯老太太樂了。這丫頭她爺不一定應，若是文哥兒來喊，自是拒絕不了。病了個把月，定是拘得慌，哪有不答應的？便滿口應下。

祖孫三人又說了會兒話，侯老太太便回去了。

吃過飯就是餵豬、打掃院子。今兒日頭不錯，將被子拿出來曬。蘇葉坐在院壩補衣裳，蘇木挨她邊上侍弄三七。

不多時，聽見官道有說話聲，是蘇大爺一行人回來了。

蘇木忙將三七收起，藏好。

蘇大爺背著手走在最前頭，濃眉皺起，眼簾下垂，面上掩飾著一絲怒氣。旁是蘇世澤，垂頭挑著兩副重疊的筐子，裡頭放著包裹，是買的補給，醬醋油鹽、針線等等。後頭是老二蘇世福，甩著手走，樂呵呵的樣子。

最後是丁氏並張氏在低聲說著什麼。沒瞧見蘇丹姊弟，應是被姥爺接去玩了。

張氏的爹是個道士，遇白事就出門忙活幾日，有額外的收入，田地的侍弄比別人輕省許多；張道士算是享福的，因此得空就接外孫子、外孫女去二灣玩。

記憶中，蘇木很是羨慕蘇丹姊弟。

一行人進門，蘇木沒有躲進屋，勤快地端來板凳和熱水。

福保村距鎮子近一個時辰腳程，確實有些累渴。

她個把月沒在家人面前露面，即使這般乖巧的作為，蘇大爺也只是多看了兩眼，並未說什麼，其他人就更沒有隻言片語。

氣氛有些沈重。

蘇木端了個小凳子，挨著蘇葉坐在角落，安靜聽大人們講話。

「老大啊，這人要不得！」蘇大爺先開口。「先頭的男人沒死不說，帶個兒子嫁人是勞什子事情？」

蘇世澤不說話，抱著胳臂放在膝蓋上，梗著脖子。

丁氏只坐一旁，啥也不說，張氏更不敢開口。

家裡商量大事，女人都是沒有說話的分。

蘇大爺見大兒子跟自己強，火氣就上來了。「快三十的人，好歹不知！生得好看屁用，讓蘇家替別人養兒子，不能夠！」

「我多幹點活，少吃兩口。」蘇世澤悶聲道。

「聽聽，妳聽聽，這就是妳養的好兒子！」蘇大爺吹鬍子瞪眼，說著又狠狠瞪了張氏一眼。「都不是好東西！」

丁氏還是抿著嘴不說話。她也不喜吳家的，可兒子相上了，老爺子不同意，她也不知道怎辦啊！

張氏只垂著頭，裝作沒聽見。

蘇木托著下巴，圓溜溜的眼珠子在幾人面上轉來轉去，似乎有些明白了。那吳氏竟讓憨厚聽話的便宜老爹這般傾心，倒是出乎意料。

「爹，兒子這輩子沒求過啥，我……我真稀罕吳娘……」蘇世澤一臉痛色。

「你個王八犢子！讓狐媚迷了眼！」蘇大爺怒不可遏，重重地把茶碗摔得稀巴爛，吼道：「給老子跪到堂屋去，啥時候清醒，啥時候起來！」

說完，甩袖進屋去了。

丁氏欲言又止，也跟著老頭子進屋。

張氏眼見著二老進屋關門，這才開口。「大哥，吳大妹子是個賢慧的，虧不了大葉兒姊妹，我與她一同長大，比別人曉得多。」

「就妳話多！回屋！」蘇世福對著媳婦兒呵斥，面上卻無半點遷怒。

張氏嘟囔兩句，夫妻二人一起走開了。

偌大的青石板院壩，只餘父女仨。

蘇世澤有些窘，眼神飄忽，不敢看兩個女兒。

「爹，您當真稀罕吳家娘子？」蘇木先開口了。

「啊……是……是個好人……」

好人？蘇木忍著沒笑出來，一臉認真道：「您是我們的爹，作啥決定，我們都支持。若她真是個好人，日後進門了，爺奶能瞧見她的好，也就不再反對。」

蘇世澤猛地抬起頭，一臉驚喜，也有了些底氣。兩個女兒雖在這件事的決定上並沒有作用，到底還是有人支持。呃……還有弟媳說吳娘如何如何好，想起那粉嫩嬌羞的臉頰，蘇世澤心頭歡喜，忙起身，朝堂屋走去，「撲通」一聲，跪得毫不猶豫。

「木兒……」蘇葉擔憂地握著妹妹的手。她不大明白大家對這件事的態度，卻知道家裡似乎要發生大事了。

蘇木笑了笑。「姊，妳把心放肚子裡。天大的事有咱爺和咱爹頂著，沒我倆事。」

這件事得益最大怕是她了，蘇木暗自歡喜。若那吳氏是個好相與的，管她兒子、前夫，她有法子過安心日子；若是個惡毒的，也有本事鬧得她安分。

眼下，還有什麼事比賺錢重要呢？

第三章　鬧劇

蘇大爺在床上躺到半夜，也不見大兒子來磕頭認錯，氣得他直喘粗氣，跟那老牛犁地，歇不過來似的。

丁氏哪裡還能睡得著，寬慰幾句，又披著衣裳去堂屋勸大兒子。

蘇世澤是吃了秤砣鐵了心要娶吳氏，任憑老娘如何苦口婆心也不改口。這一折騰，就到了公雞打鳴。

張氏打著呵欠開房門，見堂屋中央跪著人，頭一點一點正打瞌睡。

「呀！大哥，怎還跪著呢！」

張氏矮胖，說話中氣十足，嚇得蘇世澤一個激靈。

這會兒對門也打開了，老夫妻一前一後，耷拉著腦袋，一臉倦色。

蘇大爺眼袋拉得老長，眼圈似抹了鍋底般。「大清早，嚷嚷啥?!」

張氏撇撇嘴，不敢回話。

「要妳多嘴！煮飯去！」蘇世福也整著衣衫走出來，朝張氏呵斥，心想鬧了一夜，怎還沒談到正道上？眼珠子一提溜，好聲好氣道：「大哥你也真是，還能和爹娘嘔氣？瞧瞧二老擔憂，莫要出個好歹……哎喲，我的大哥，臉色怎這般差？」

大冬天跪上一宿，身子再好也扛不住，蘇世澤只覺渾身發涼，頭暈得緊，膝蓋早就跪得沒知覺了。

蘇大爺沒動，只斜著眼瞧大兒子；丁氏卻按捺不住，快步上前，果見蘇世澤臉色難看，憂心又氣憤。「那女人有啥好，你為何這樣？咱啥家世，怕尋不著更好的？起來給你爹認個錯，回去歇著。老大啊，你是老蘇家的人，為那不三不四的這般作踐自己，讓堂上的列祖列宗怎麼安息？」

「娘……她不是不三不四的人……她好……」

「你！」丁氏氣得仰倒。

「你娘說得對，那娃兒是誰的種，還想帶進蘇家，是怎樣的人還不曉得？」蘇大爺氣急敗壞，再也忍不住。「你個王八犢子！你要跟那女人過，就給我從蘇家大門滾出去！」

「爹……」

蘇世澤癱坐地上，一雙黑漆漆的眸子盯著蘇大爺，滿眼痛苦。

先頭的媳婦兒陳氏是爹娘給他相的，只覺年紀到了，就該結婚生子。約到茶樓遠遠瞧過，她總低著頭，瞧不真切，也談不上喜歡不喜歡；婚後相敬如賓，是個勤快的。

可自那日見了吳氏，腦中時時想起她的模樣。她大膽地介紹自己，以及……以及她兒子。她道，她不是懶人，也不是心狠的，她會好生待兩個丫頭，當成自己親生的，前提是兒子要跟著去。她承諾好的都要緊著兩丫頭，只要給兒子一口飽飯，餓不死，待他能自足了就送走。

一個女人能做到這般，他是真的憐惜；再者，木兒說得對，等進了門，爹娘瞧她賢慧，哪裡還能反對。

「爹，等吳娘進了門，您就能瞧見她的好。」

「你……你這個王八犢子！」

蘇大爺氣得吐血，撿起靠門的響棍朝蘇世澤打去。他在氣頭上，力氣是用足了的。

蘇世澤硬生生挨了兩下，再挨不住，踉踉蹌蹌地站起來躲閃。

蘇世福佯裝勸攔，也挨了兩下；丁氏更不用說，她是心疼兒子的，拉不住老頭就去護，沒少被打。

一時間，堂屋鬧得雞飛狗跳。

張氏才不會湊上去挨打，只站在灶屋伸著脖子看熱鬧。

西側廂房，蘇葉姊妹早就起身，也聽著堂屋動靜。

「這可怎辦？」蘇葉有些著急。

蘇木想了想，再這般下去，自己老爹怕是扛不住。

「我去找太奶。」

說罷，跑出門。她不僅找了侯老太太，挨著的幾戶人家都喊來了，只道蘇大爺要將蘇世澤打死，又道蘇世澤是鐵了心要娶吳氏，就算被打死也不鬆口云云。

眾人唏噓蘇老大迷了心眼，卻不能眼睜睜瞧著他被打死，不敢耽擱，齊齊朝蘇大爺院子奔去。

剛跨進院壩，正瞧見蘇世澤踉蹌倒地，蘇大爺手上的響棍打得絲都沒了。

蘇木快步奔向老爹，呼天搶地。「爹啊，您怎啦？我已經沒了娘，可不能沒了爹啊！爹啊……」

這話一出，蘇老大怕是凶多吉少，眾人紛紛拉著蘇大爺勸。

「都是半截身子入土的人了，你打出個好歹，指望誰給你送終啊！」

「老大心眼實，認準了就不改，也別太為難孩子了。」

「聽說吳家娘子是個賢慧的……」

一番勸說，蘇大爺停了手。「那女人要帶兒子嫁人，你們道這樣的能迎進門？」

他聲音顫抖，將將是下了狠手，怕真將兒子打出好歹，又拉不下面子去看。這件不光彩的事鬧得全村都知道，他有些臊得慌。

「哼，蘇家不養別的兒！他要娶，就從這家滾出去，分出去自己過！」

這話一出，霎時安靜。

爹娘在，不分家，分家就意味家庭不和睦，是不光彩的事。

蘇大爺這麼說也只是嚇唬兒子，並不真想分，只望他能回心轉意。

蘇世澤驚了，半晌沒有反應過來。他娶個媳婦兒怎就如此難……

蘇葉半跪在地上，攙著蘇世澤，低聲道：「爹，分出去也好，吳家娘子進門不受氣，也不妨礙咱對爺奶盡孝。再說這個家遲早是要分的，您瞧爺、二爺、三爺不都這般……咱太爺現在不是享清福嗎？」

蘇世澤像是吃了一顆定心丸。對，家是遲早要分的，可吳娘沒有第二個。「就算我分出去，您還是我爹，日後我和吳娘還得孝敬您……」

蘇大爺氣得一口氣沒上來，憋得滿臉通紅，使出渾身力氣吼道：「你個癟犢子！今兒你就滾，從今往後別踏進我這院壩！你要分家，好，半個子兒都沒有，西屋我劈了養豬！你個滅良心的白眼狼！滾！」

說著又拿起響棍要打，眾人忙攔住。人群分作兩撥，一撥將蘇大爺勸進屋子，另一撥則是侯老太太讓兒子將蘇世澤攙走。

蘇葉不放心爹，跟著侯老太太去了。

蘇木則要留下來，聽聽結果。

蘇大爺揚言趕兒子出門的話，卻是沒法再收回來了。眾人你一言、我一句地勸，氣頭也下來了，心想，不給半個子兒，連個住的地方都沒有，看他怎麼娶媳婦兒，到時候還不是眼巴巴地求自己？也就順著方才的話對眾人道，那女人不能進門，老大要跟她過就分出去，兩個孫女兒他養著！

天知道蘇木多想跟著分出去，可這時候她不敢說，只低頭作可憐樣。

蘇家這兩日人人戰戰兢兢，蘇大爺時常處於脾氣爆發的邊緣，稍不順心就吼罵兩句。

蘇世澤是想回家，無奈剛到門口就被攆走，這兩日只好借住侯老太太家中。畢竟年輕力壯，身子倒沒什麼事，響棍只是肉疼，並不傷筋骨。

十八這日，蘇葉姊妹起早，麻利地煮好早飯，又將豬餵了，各處拾掇得乾乾淨淨。

聽見童稚的聲音高喊蘇葉姊妹一道趕集，喊人的是侯家么孫侯文。並站的有文哥兒的爹娘，侯老么和田氏，還有兩戶人家，總共五、六人。

蘇大爺自是不樂意孫女出去玩耍，想著派活給二人，卻發現哪兒都乾淨，人又等著，一時找不到藉口，只得放行。

侯家與蘇家是近親，兩家孫子輩都適齡，侯家只侯文一個小的，前來邀伴倒是沒什麼不妥。

蘇木內心歡喜，面上不露，還問了蘇大爺有無東西要買賣？

從來錢財都是經他手，蘇大爺自是搖頭，只囑咐照顧好文哥兒，早些回來。

二人一一應了。

侯文著一身棗紅夾襖，小臉圓圓，束了朝天揪，瞧著就是機靈的。見姊妹二人走來，淡淡眉頭皺起，小臉一昂，快步走到最前，落下眾人一截。

他才不樂意跟兩個女孩一道。

蘇木好笑，殷勤地跑上前，用手肘頂了頂他的小胳膊。「東西呢？」

「哼！」侯文脖子一梗，不想搭理，心裡卻犯嘀咕，這話少得可憐、幾乎見不著的表妹，今兒怎不太一樣。想著又轉過頭，不客氣道：「官道口藏著呢！還能丟了不成？」

蘇木爽朗一笑。

官道口便是蘇家門口到官道的岔道，那兒長著一簇茂密的竹林。

侯文靈活地鑽進去，搜出一個包裹扔給蘇木。

蘇木忙懷抱，道了聲謝，掀開一口瞧了瞧，正是三七。她要偷偷賣錢，自是不能讓家裡大人知道，便乘機讓侯文收著，趕集這日帶來。

幾個大人說著自己的話，並不理會小孩子的打打鬧鬧。

道路平坦，路程卻不短。到鎮子口時，蘇木累得氣喘吁吁，蘇葉也有些喘，不過好許多；侯文經常蹦蹦跳跳，這點路對他來說算不得什麼。

侯老么是來買賣的，姊妹二人與其分開，約好正午時分再一同回去。

侯文好奇那包裹裡的東西，磨磨蹭蹭不走，就隨了蘇木姊妹一道。

因剛過大集，今兒趕集的人並不多，只熙熙攘攘的幾個走動。不管人多人少，街邊擺攤的還是一個挨一個，各鋪子照舊營業。

鎮子口這一條街都是賣吃食的，包子鋪、麵館、茶樓等等，走過就飄來各種香氣。

蘇木嚥嚥口水，趕了一路，早上那點紅薯粥早就消化了。

侯文眼巴巴地看著賣糖葫蘆的老漢走過，咂吧嘴。今兒不熱鬧，賣糖葫蘆的也不吆喝，樁子上插著的山楂卻是個頂個的大，裹著紅色糖衣，瞧著都好吃。

「姊，我想吃。」

蘇葉為難地看著妹妹。她一文錢都沒有啊！

「咱一會兒來買！」說罷拉著蘇葉快步朝前走，一邊轉頭問向侯文。「文哥兒，藥鋪在哪兒？」

侯文吃驚地看向蘇木，小跑兩步跟上。他經常趕集，哪家鋪子在哪兒自是摸得熟。「前……前頭就有。」

走沒幾步，果見一家百草堂。堂上並無看病的人，只一個小廝在打瞌睡。

蘇木踮著腳，抬手敲了敲半人高的桌子，輕聲道：「小哥，你家掌櫃在不？」

小廝驚醒，有些懵地看著面前站了三個半大孩子，以為是來看診的，忙進內堂喊掌櫃。

掌櫃是個瘦高老者，著青色長襖，鬍子花白，木訥的表情顯得有些嚴肅。「你們……誰瞧病？大人呢？」

蘇葉和侯文有些無措。

「掌櫃，您這鋪子收藥不？」蘇木大方上前，朝掌櫃行了個禮。

掌櫃上下打量三個孩子，最後視線落在蘇木身上。「賣藥？」

「正是，上好的三七，您瞅瞅。」蘇木信心十足，將懷裡包裹打開，遞到掌櫃面前。

掌櫃一手捋鬍子，一手拿起一株三七，點點頭。

這幾年兵荒馬亂，三七這類止血化瘀的藥最是緊缺，價格翻了幾番，直至去年戰事平息，才不那般瘋狂，卻還是暢銷的藥物。

「是好。」掌櫃又翻揀一番，個個都是大頭，估摸有四、五斤。

蘇木甜甜笑道：「跑了好幾個山頭，尋著這麼些，個頭大，頭少，沒有蟲眼。咱們也不懂，您瞧著好，就是好。」

掌櫃瞟了蘇木一眼，心想，三七就看頭，這般還道自己不懂。

「今年價格較去年有跌，這些挖出不久，除了水分還得輕些，如此我出四百文一斤，如何？」

蘇木自然不懂物價，方才一番話也只是讓掌櫃知道，雖是小孩，卻懂藥，讓他不能誆騙。見掌櫃神色自如，蘇木也不扭捏。「成，掌櫃您給過秤。」

掌櫃示意小廝拿秤，秤桿高高翹起，將將五斤四兩，總共兩千一百六十文。取了兩個碎銀子一串銅錢，遞給蘇木讓她數。

當蘇木懷揣銀子出門，蘇葉和侯文還傻愣愣的沒反應過來。怎麼那一堆黃漆漆的東西就能賣這麼多銀子，他們還從來沒見過這麼多銀子！

三人回到方才的小吃街，賣糖葫蘆的還在，蘇木要了三串，數出六個銅錢付了。

侯文瞇著眼睛吃得歡。兩文錢一串可不便宜，家人再寵他，也捨不得時常買。他再不似方才不理不睬，繞著蘇木身旁蹦蹦跳跳，主動介紹哪家鋪子在哪處、哪裡有好吃的云云。

蘇葉拿著糖葫蘆小口地舔，有些捨不得，她是第一次吃。

「葉兒姊，這個要大口咬著才好吃。」侯文熱心示範，小嘴包著一大顆，腮幫子鼓鼓，煞是可愛。

三人邊吃邊逛，又買了肉包子和米糕，待肚子鼓鼓，花去了二十幾文。

侯文被蘇木籠絡得服服貼貼。

「木兒，下回趕集，我還來喊妳。」

侯文只比蘇木大幾個月，卻矮了一個頭，見他仰著小臉討好般看著自己。蘇木故作思考狀，才道：「成！不過我有錢這事，你可不能同別人講，就是你爹娘也不可。」

「我省得，誰都不說，是咱們仨的秘密。」侯文搗蒜般地點頭。銀子被大人拿走，可吃不到這些好吃的了。

約莫正午時分，三人往回走。

不多時，侯老么夫婦來了，見自家兒子同蘇葉姊妹站在鎮口，有說有笑，也沒多想，只道小孩子性子，玩上半日就熟了。

侯老么夫婦買賣耽擱片刻，加之幾個小娃腳程慢，較平日到家晚了近一個時辰。

幾人於官道岔口分開，侯文依依不捨同蘇木姊妹嘀咕一番，被侯老么扯著離去。

姊妹二人好笑地衝他揮手，也往自家去。

隔著兩塊水田的距離，蘇木遠遠瞧見院壩坐了好些人。

走至院壩，丁氏倚在灶屋門口，朝二人招手。院壩坐著村裡的長輩，氣氛嚴肅，兩小孩也不必湊上前見禮，悄聲朝丁氏走去。

午飯早已過點，鍋裡還溫著紅薯粥，灶臺上瓷碗扣了半碟鹹菜。丁氏給姊妹二人各盛一碗，兩人就挨坐在門檻上，有一口沒一口地吃著，望向院壩。

較前兩日的火爆場面，今日還算平和，除了蘇大爺氣性上來，聲音大些，一眾長輩都是溫和規勸。

丁氏拎著壺添了三回水，人才逐漸散去。

活了幾十年，蘇大爺手握一家之主的大權，從來都是說一不二，唯獨這次對大兒子的執拗無可奈何，一邊感嘆兒子大了，打罵已是不管用，一邊暗恨吳姓娘子，其心不正，妄圖攛子入嫁。

為了挽蘇家臉面，只得將蘇世澤分出去，且是淨身出戶。蘇大爺沒請里正，不簽條約，還是留了分餘地，村裡的鄉親算是見證。

什麼都沒有，他倒要看看，這親事還怎麼成！

第四章　吳氏

次日清晨，薄霧籠紗。

蘇大爺扛著捆柴，氣急敗壞地朝西廂房走去，回頭朝堂屋高喊道：「老二、老二！把西屋劈了！」

蘇大爺早起，一年四季雷打不動在雞鳴前出門遛達，或地裡除草，或撿些柴禾。

這個時辰，蘇世福還未起身，聽見院裡喊，一個挺身，慌忙套上衣衫往外奔去。他費勁睜眼，搓著眼角。「爹，大清早的這是怎了？」

「哼，你那好大哥在後山蓋屋呢！」蘇大爺氣得發抖。「既然不想在這個家待，屋子就給我劈出來！」

「啥？」蘇世福揉揉眼。「蓋屋？大哥哪來的銀子？」

說罷眼神複雜地望向蘇大爺。

丁氏在做早飯，聞訊走出灶門。「老二，這話問得，你大哥哪有銀子蓋屋？」

「哼，砍竹蓋草屋！」蘇大爺氣得嘴角抽抽。「翅膀硬了，吃我的、用我的，當日子真那般好過？讓他折騰，回頭來求我，我也是不管！王八犢子！」

蘇世福撇撇嘴，面露難色，心裡卻是歡喜。大哥這回怕是分定了，還是淨身出戶；小妹又是嫁出去的，所有家產不就落到自個兒身上？他越想越歡喜，嘴角止不住上揚，又不能顯露半分喜悅，嘴巴擰得快抽抽了。

「西屋還劈不？」張氏穿戴整齊，從屋頭鑽出來，冷不防問道。

蘇大爺瞪了她一眼。「劈了給青哥兒當書房！」

「欸，我這就收拾！」

張氏也顧不得看眼色，樂呵呵地去收拾。

丁氏嚅嚅嘴，沒說什麼，轉身進了灶屋。

蘇葉姊妹挨坐著燒火，院子裡發生的事聽得真切。蘇葉有些悶悶不樂，蘇木倒似沒事人。

吃罷早飯又是一天農忙的開始，紅薯收完，要沃土點麥。

丁氏帶著媳婦、孫女在前頭除雜草，蘇大爺則同二兒子擔草木灰和土。旭日洋洋，一家人幹得熱火朝天，背脊冒汗。

蘇木年紀小，被留在家裡照看雞鴨鵝，防著哪家狗子饞嘴使壞。這些牲畜到年底可都是來錢貨，加上圈裡三隻大肥豬，是一筆不小的財富。

蘇木拿著響棍，百無聊賴地跟在牲畜群後，往後山趕。

蘇家座落在村頭，後山在村尾，整個村子呈半碗口形，因此後山口也在官道口，侯家就在那處。

侯家與旁戶人家以一條上山的窄路為界，這路雖不是上山唯一一條，卻是頂好走的，因此大家習以為常把這處當作山口。

窄路一側是侯家豬圈，一側是旁戶人家的柴房，來來往往上山幹活皆往此處，倒也不妨礙兩戶人家的清靜。

進了窄路，有幾座墳，掩映在雜亂的樹叢，往裡是莊稼人鋤頭鏟出的石階路，再往上便是連綿的土地，蘇世澤的草屋就蓋在那處。

蘇木將牲畜趕到寬闊的空地，便往山口去。

蘇世澤正坐在草堆上劈竹條，地上堆了兩大摞。初步成形的茅屋落在崖邊，崖上生著松柏，很是蒽鬱；往內是寬闊的土地，已然拾掇規整，就等播種。

「爹！」蘇木脆生喊道。

蘇世澤幹得認真，聽見人喚，有些木訥地抬頭。只是兩日不見，竟憔悴如同久病之人。

「妳怎來啦？」

茅屋門口有棵桃樹，光禿禿地伸展枝椏，將蒽鬱如蓋的松柏叢擠出一絲亮堂。

「爺喊我放牲畜。」蘇木走向那處，山腳光景一覽無遺，一群牲畜正快活地悠閒踱步。

「嗯……」蘇世澤垂下頭，仔細忙碌。

蘇木晃了晃桃樹枝幹後坐上去，思忖道：「爹，吳家知道您分出來了？」

「是知道的。」蘇世澤停下手上動作，抬頭咧嘴笑道：「吳娘捎人告訴我，她會針線，做些繡活能換幾個錢，到時候我再去鎮上尋活，不怕日子過不下去。只是如今身上半文錢沒有，竟不曉得如何迎她過門，甚至溫飽都成問題，好在妳太奶心善，借這地……」

蘇世澤喃喃道，像是說給蘇木聽，又像是說給自己聽。

「唉，我與妳說這些做甚，妳與妳大姊好生待著，總是餓不著。等我這裡日子好過些，再將妳姊妹二人接來。」

蘇木乖巧地點點頭。

如此說來，那吳家娘子倒是個有情義的。蘇木尋思要不要把賣藥的銀子拿些出來？轉念又覺不妥。罷了，有侯太奶奶幫扶，縱使日子苦，也不致挨餓受凍；二來也能瞧清楚吳氏性情真假……便宜老爹，就辛苦你了。

日子即這般枯燥而冗長地過著，蘇木整日同雞鴨為伍，灶臺相伴。每日活動範圍內的田埂山坡，她都瞧得仔細，卻再沒發現什麼生財之道，只能尋思得機會還往山上探探。

蘇世澤依舊整理那間草屋，七、八日下來已基本完工，只等混了稻草的泥牆風乾。他還將屋子四周清理得乾乾淨淨，在山上尋得幾塊光潔的石頭，修了一條石路，不至於進出總往人家土地穿過，雜亂的山坳竟也拾掇得有模有樣。

於他最重要的一件事，是請侯老太太將迎娶吳家娘子的吉日定下，就在十月初一，恰逢大集。

十月初一這日，蘇大爺照例帶一家子趕集買賣，蘇葉姊妹被留下來。

與往日不同，派了許多活給二人，早晨去得早，晌午便能回來，午飯自然要做好。

蘇大爺是知曉大兒子今日要迎那吳家的進門，自不喜二人去湊熱鬧。

一行人前腳剛走，蘇木便一屁股坐下，嘟囔道：「幹活、幹活，就曉得幹活！」

她倒不多盼望去瞧那後娘，只是難得有空，欲上山尋寶也泡湯了。

「妳若想去瞧瞧，一會兒便去，我手腳快些，耽誤不了。」蘇葉笑了笑，只當妹妹因著不能瞧爹娶親而不開心。雖然她也想看看爹娶的是怎樣的人？還有個男娃，那便是弟弟……

蘇葉話音剛落，院壩就傳來小孩鬧哄哄的嬉笑聲。

「文哥兒！」蘇木眼睛都亮了，站起身。「你怎來了，今兒沒去趕集？」

「我同哥哥、姊姊來幫妳們。」

侯文依舊穿了大紅褂子，束著朝天揪，小臉紅撲撲，滿是傲氣。身後跟著三個十二、三歲的半大孩子，是侯家孫子輩的，站在最後的應是侯家長女，靈姊兒。

「你這細胳膊細腿的小少爺，能幫啥？」蘇木故意調笑。

「我才不是小少爺！」侯文噘著小嘴，瞪著圓溜溜的眼睛，扠腰氣道：「還不是太奶許了我們糖葫蘆，不然誰要來幫忙？哼！」

小少爺可不是什麼誇人的好話，好吃懶做才叫小少爺，他自然不依。

「哦……」蘇木癟嘴作傷心狀。「原是許了東西才來，不是真心幫忙……」

侯文慌了，嘴不嘛了，眼睛也不瞪了，手也放下了。「不……不是……」

一眾孩子噗哧一聲笑得合不攏嘴。

靈姊兒上前，掩面笑道：「木兒何時這般皮相，竟將文哥兒都唬住了。今早聽太奶道妳家事，他竟不催著與么叔、么嬸趕集，硬要來與妳二人幹活計，竟不曉得你們關係這般好。」

蘇木也笑了，上前捏捏侯文的朝天揪，朝他眨眨眼。「不逗你了，下個集咱們一塊兒去！」

「誒！」侯文心領神會，立馬笑瞇了眼。

都是莊戶人家孩子，幹活麻利，不一會兒便將蘇大爺安排的活計都幹完了。蘇葉將門鎖上，侯文幾個跟著一道湊熱鬧，說說笑笑地相攜上山。

以蘇世澤如今境遇，辦宴席是不可能的。他現今與蘇家鬧出的笑話，眾親朋不敢幫扶，再者也不是有多厚家底，想熱熱鬧鬧地辦個喜宴，仍是需要籌備些時日。侯老太太的援手，已是能做出的最大限度。

二人都是再婚，並不是什麼風風光光的事。如何情景，蘇木想了個大概。

沒料到的是，吳氏母子竟先她們一步到了。

遠遠瞧見一個身量纖瘦高挑、著青灰布襖的婦人立在草屋門口，左手拎著洗得瞧不出顏色的包袱，右手牽個小男娃，約莫四、五歲，生得黑瘦，卻也乾乾淨淨。

「莫不是妳後娘？還有個小男娃子。」侯文扯了扯蘇木的衣角，有些雀躍。他在村子裡年紀最小，如今來個更小的，自個兒不是也能當哥了？

靈姊兒拍拍小弟的肩膀，道：「莫淘氣，我先回去與太奶道聲。」

文哥兒滿口答應，拉著蘇木就往草屋去。

「妳們來了！」立在一旁的蘇世澤咧著嘴憨笑，面上帶著一絲窘迫。「這是吳娘……是……是……」

提及自己，吳氏忙轉身緊了緊包袱，不安地看向站在面前的幾個孩子，很是侷促，忽地想到什麼，忙扯過兒子。「虎子，快喊人。」

那男娃本就年紀小，一下子被推到眾人面前，眼中滿是驚慌，磕磕巴巴半天道不清一個字。

吳氏有些著急。「喊人啊虎子，娘在家怎麼教你的！」

「不礙事，孩子小，認生。」蘇世澤不忍心，欲上前安慰，卻也有些尷尬，伸出的手又收回來，轉向幾人。「我給妳介紹，這是我大女兒蘇葉、小女兒蘇木，旁幾個是姨嬸的孫兒。」說罷，走過來拉起姊妹二人。「葉兒、木兒快喊人……」

喊啥？喊娘嗎？姊妹二人面面相覷。

蘇世澤自是不了解女兒的心思，只想著喊了娘，就算一家人，這名分於文書更坐實。這般寒酸迎她過門，愧疚的內心也得到一絲慰藉。

「不著急的、不著急的！」見二人遲遲不開口，吳氏慌忙擺手，清瘦的面色發白，眼眶有些紅了。

蘇葉不忍，嘴巴動了動，卻道不出什麼來。

「爹，您不曉得心疼人，趕了一路，不請人坐坐不說，包裹卻也不接。」蘇木岔開話題，故作不悅，慍怒道。

「啊？」蘇世澤撓撓腦袋，看看姊妹二人，再瞅瞅吳氏母子，一拍腦門。「瞧我……」忙上前接過吳氏手上的包袱，躊躇一番，也多說不出別的話，只拿進屋去了。

餘下幾人來不及尷尬，靈姊兒便拎了個竹籃子走來，柔聲道：「嬸子好，太奶上了年紀，腿腳不便爬坡上坎的，讓我拿些吃食，算是與妳招呼一聲。」說罷，將竹籃子遞過去。

「這當如何是好……」吳氏秀眉微皺，雙手在身上搓了搓，不曉得該接不該？

蘇世澤適時走出來，雙手接過，感激道：「晚些時候，我親自與太奶道謝。」

靈姊兒笑了笑，便要回去了。

耽擱許久，蘇葉姊妹不能久留，得趕在一家子回來前將晌午飯做好。

蘇世澤也留不得二人吃飯。老爹本就憤恨，可不能在今兒去招煩。

如此這般，吳氏就在這樣的場面嫁給了蘇老大。

一行半大孩子在山口分開，蘇葉姊妹繞田埂往家去，蘇木在田埂上拔了一大把野蔥，到家又去後山挖了幾個筍子。

蘇葉圍上圍裙開始生火熱鍋，蘇木則坐在灶屋門口清理野蔥和筍子。

「當真要煮筍子？酒是不能倒了，咱爺吃得出。」蘇葉擔憂地問向妹妹。

「放心吧！不是有這？」蘇木說著揚了揚手上的野蔥。「雖不如老酒效果好，勝在味道重，加辣子爆炒，也是鮮美可口。」

蘇葉彎彎的眉擰做一股，仍是擔憂。「妳這腦瓜子啥時候想到這麼些稀奇古怪的東西？」

蘇木笑笑不語，仔細手上活計。

柴火旺，鐵鍋大，蘇葉手腳麻利，不多時，一大鍋蒸紅薯、一碟醃鹹菜、一盆鹹菜湯、一大碗爆炒冬筍做好了。

二人正往堂屋飯桌上端，蘇大爺一行人便回來了。

蘇大爺走在最前頭，叼了個水煙管，是新的，塞上菸葉絲，點著火吸一口，能發出咕嚕嚕的水聲。

後頭緊跟著蘇世福。這回沒有蘇世澤在，挑子自是撂不掉。扁擔彎彎，兩頭晃悠，瞧他氣喘吁吁，挑子是裝了不少東西。

再往後是丁氏挎著個竹籃子，上頭蓋著藍布，瞧不見裡頭是什麼。她走得輕鬆，應是輕便東西。

走在最後的張氏，牽著一雙兒女。男娃約莫八、九歲，著蒼色棉長衫，外套攏脖靛藍馬甲，頭頂用素布包了個小圓髻，身量不高，小書僮模樣；女娃則長些，臉蛋圓圓、眉眼濃濃，與張氏生得十分相似，穿著不及男娃細緻，卻也整整齊齊。
二人拉著張氏說說笑笑，似在道什麼趣事。
這便是去外公家玩耍半月的蘇丹、蘇青姊弟。
採購的物品皆由丁氏保管，用不著幫忙歸置，蘇葉姊妹只管擺飯。
一番忙綠，一家子總算坐下來。擺飯的是八仙桌，一方二人，恰好。
方才還歡喜的蘇丹姊弟，噘了小嘴。日日在外公家吃好、喝好，有些不喜這一桌的粗茶淡飯，卻也不敢發作。
張氏先開口。「筍子怎做上了？麻口貨，上不得檯面，讓人瞧見，還道咱家揭不開鍋了！」
蘇葉不安地低下頭。
蘇木偷偷瞥了蘇大爺一眼，果見臉色陰沈，似要發作。
「二嬸這是啥話。」她忙站起身。「爺，這筍子是有些麻口，姊加了野蔥和辣子，吃不大出。您先嚐嚐，我去拿酒碗，最是好下酒。」
蘇木道出他的喜好，且二人將他交代的活計都做完了，蘇大爺挑不出毛病，瞥了張氏一眼，冷聲道：「都吃飯。」
待他動筷子，其餘人這才拿起碗筷。
張氏舀湯，丁氏分紅薯。紅薯雖不是什麼稀罕玩意兒，卻也不是一番囫圇，亂煮一通，數量上還是有規定的。丁氏將將分好，蘇木端著酒碗進門，規矩地放於蘇大爺左手邊上。

蘇老太爺當家時，規矩嚴明，於飯桌上更甚，不可攀談、不可碗筷碰出聲響，挾菜只能挾自己這一方，次數不可過多，需一口飯、一口菜；若是不合規矩，便是筷子頭招呼。這規矩是承襲下來的。

眾人早就飢腸轆轆，悶聲吃自己的，那碗爆炒筍子倒是無人敢動。

蘇葉吃得戰戰兢兢，菜都不敢挾。只有蘇木，一口紅薯、一口筍子、一口菜湯，吃得津津有味。

蘇青年紀小，也是饞，見蘇木這般，有些按捺不住。

他在外公家頓頓好吃好喝，嘴叼了，這紅薯鹹菜難以下嚥，瞧那金黃的筍子……嚥了嚥口水，筷子不由自主伸過去。

第五章　怪物

他挾了小小一片塞進嘴裡，腮幫子動了動，眼睛立刻亮了，忙再伸筷子。

張氏「啪」地輕輕將兒子的筷子打落。「我瞧是唸書念傻了，規矩都不要了！」

她若不先動手，老頭子怕是要動手。他雖偏愛兒子，若是犯規矩，照樣挨打。

蘇青撇撇嘴，雖不情願，腦子卻是靈光，乖巧道：「我曉得錯了，是筍子做得好吃，一時忘記……」

好吃？眾人一臉不信，紛紛嘗試，竟真的不麻口，口感脆嫩，鮮香爽口，野蔥與筍子味道混合，別樣好吃。只是回味仍是有些麻口，好在有辣子的味道掩蓋，也是可以忍受。

「頭回曉得筍子也好吃。」丁氏讚許道。

一向挑剔的蘇大爺竟也點點頭。這般鮮香爽口，是好下酒，不由得拿起酒碗小啜一口。

聽見二人都誇筍子好吃，張氏有些不高興。「也不瞧瞧放了多少油，能不好吃嗎……」

蘇大爺瞪了她一眼，張氏立刻噤聲。

飯罷，各自忙活。

蘇大爺在堂屋門口坐著，抽著水煙，也不知道在想什麼，片刻進屋歇息去了。

「方才嚇死我了。」蘇葉拉了拉妹妹的衣角，低聲道。

二人坐在灶屋門口洗碗。

「姊，就是要讓爺曉得妳能幹。」蘇木捋捋袖子。「爺不待見咱，哪曉得二叔跟二嬸背後說咱啥？妳沒瞧見爺對青哥兒和丹姊兒跟咱不一樣嗎？」

「莫說渾話，仔細被爺聽見，要挨板子！」蘇葉看看妹妹，一番思索道：「青哥兒與咱不同，他將來是要做官的，咱爺寶貝他是應當的；至於丹姊兒……她不是在學針線嗎？往後也是能貼補家用……」

蘇木搖搖頭。她這傻姊姊真是實心眼，活計做得這般好，菜也燒得好吃，哪見爺誇獎半分？自個兒重病到痊癒，哪有人問過半句？

蘇大爺怕是也存著蘇老太爺一樣的心思吧！家裡出個當官的便能光耀門楣，進城享福。他這一脈兩個兒子都不成氣候，只有唯一的孫子似在學問上有些苗頭，自是寶貝，老二這一家也跟著水漲船高。

不是男兒身便撐不起這些，只怕是過兩年，隨便找個人家許了，了此一生。

除非她會賺錢，自然能得到重視。可若要用她賺的錢去養二房的人，哪有這麼美的事！何況她不是真正的蘇木，那點血緣關係要不要念著，還得看她心情。

次日，吃罷早飯，蘇大爺帶著一家拿上傢伙下地幹活。

蘇青則留在西屋書房看書寫字，蘇丹拿針線活似模似樣地坐在邊上。

放養牲畜仍落在蘇木身上，她出門前瞥了瞥占著屋子的二人。真是好福氣，十里八村的娃子哪個不幹活，就是被寵上天的文哥兒也要被使喚。

蘇木有些氣不過。

將牲畜趕到老地方，走至山口，也就是侯家豬圈後門，扯著嗓子喊：「文哥兒、文哥兒——」

「喊我做啥？」不多時，侯文從豬圈後門鑽出來，身後跟著一隻大黃狗。

蘇木笑了笑，捏著他的朝天揪。「幫我個忙。」

「啥？」侯文伸手擋，圓溜溜的眼睛瞪著她，煞是可愛。

「照看地裡雞鴨，我要上山一趟。」蘇木湊到他耳邊，悄悄道。

上山？侯文眼睛都亮了。

「妳是不是要上山找寶貝？」他學蘇木的樣子，小聲問道。

蘇木點點頭。「若是順利，初四咱可以上集市打牙祭。」

侯文樂得手舞足蹈。距離上回趕集已經半月餘，老盼著，如今上山找寶貝，他又豈會乖乖留下？「我也要上山！」

蘇木急了。「可不行，若是雞鴨丟了，我爺非打死我！」

侯文眼珠一轉。「這好辦，靈兒姊在家繡花，我讓她到拐子樹下來繡，幫妳照看就是。」

蘇木想想，也不是不可以。

自家山頭上回搜尋過，並未找到多餘的三七，這趟預備去侯家後山。她拉上侯文一起，不怕被人瞧見說閒話。

她試探問道：「能行？」

「包我身上！」侯文拍拍胸脯，豪氣道。

說罷，鑽進豬圈後門，大黃狗也晃著尾巴跟過去。

不一會兒，一人一狗又鑽出來，身後還跟著靈姊兒，一手拿針線簸，一手拿板凳。

「靈兒姊，謝謝了。」蘇木笑咪咪道。

「不礙事，你倆可莫玩野了，早些回來。」

靈姊兒多瞧了蘇木兩眼。她性子文靜，不喜串門子，對這個小表妹不甚了解，卻曉得是個膽小怯懦的。如今看來小臉尖尖，眉頭淡淡，鼻子小小，薄唇白白，不甚特別，一雙眸子卻黑得發亮，眼角彎彎，整個瘦弱的人兒都靈動了。

難怪文哥兒要同她玩，兩個機靈鬼。

靈姊兒又囑咐兩句，二人便迫不及待上山，大黃狗自然掃著尾巴跟上小主人。

蘇木沿路走，仔細扒拉路旁、山壁的野草，幾乎都不認得。本想若尋不著三七，尋些別的藥草也能賣點錢。在她有限的知識裡，藥草有車前草、板藍根、金銀花、藿香、紫蘇……竟一株都沒瞧見，許是季節不對。

「我去摘拐棗子。」

侯文說著鑽進草叢，攀上一處枝椏，拉下來，見橢圓狀的葉片簇著許多萬字形的果實。他麻利地拽一把，遞給蘇木。「熟透了，甜！」

蘇木接過。這玩意兒似曾相識，卻沒吃過。瞧文哥兒輕車熟路的行徑，怕是沒少尋來解饞，只是這黑漆漆的樣子，能好吃？

侯文那邊又拽一把，正往嘴裡塞。

蘇木將信將疑咬一小口，果漿很多，甜甜的，略有甘澀，有股清香的氣味。味道還不錯，好歹吃上「水果」了，於是大口往嘴裡塞。

二人一番饕餮，繼續往山上走。

山不高，一個時辰就能走完，幾乎家家戶戶都有一座，是開村定居劃分的。子孫分家，攤到個人頭上自然是越來越少，至今這輩只是一戶一座，甚至幾戶一座。

怎麼辦呢？這土地就往山上開墾，專挑肥沃的地方，長此以往，山上大都變成一塊塊土地，也就是後來說的伐木造田。如此，原生態的樹木草灌越來越少。

二人搜尋一圈，並未發現一株半棵能賣錢的藥草。

侯文沒了來時的興致。「山都快走完了，就沒瞧見寶貝嗎？」

蘇木無奈地搖頭。「罷，時辰不早了，咱回去吧！」

「唉。」侯文噘嘴，打蔫似地垂下雙臂。

「放心吧，忘了我兜裡的錢？初四咱照樣去！」蘇木笑著安慰。

「真的？」

「騙你我就是大黃。」蘇木瞧他忽而又歡喜的樣子，忍不住打趣。這小娃子饞嘴是有，貪玩是有，卻也聽話懂理。

「哪有說自己是大黃的，哈哈！」侯文捧腹，轉頭尋找。「欸，大黃哩？」

二人反應過來，大黃不知何時不見了。

「往回找找！」

大黃長得這般膘肥體壯，饒是不看家，也是一條好狗。若是丟了，二人免不了一頓責罵。

「大黃！」二人邊走邊喊。

「汪、汪！」一處壁崖依稀聽見狗喚。

「是大黃！」

二人忙朝那處奔去。

壁崖生了一棵粗壯的梧桐樹，枝幹得有成年人環抱那般大，粗壯的根冒出土地，伸向崖邊，如此形成一小塊平地。平地上根莖錯雜，長滿雜草。渾身金黃的大狗正在那處撲騰。

「大黃！回來！」侯文喚牠。

聽見主人喚，大黃轉過狗頭，撲騰兩步，要回來又似有不捨，在原地打轉。

「這傻狗！」

瞧狗這般行徑，怕是發現了什麼？蘇木小心地走過去，探著身子往那處瞧。只見樹根有個大洞，洞口野草被壓得東倒西歪，上面躺著一團灰黑色的不明物體。

侯文也跟著往前，自是瞧見了。「喝，那是啥？」

蘇木搖搖頭。莫不是大黃將正在冬眠的蛇拖出來了？瞧著不太像……

她從旁側折根樹枝，戳了戳。那灰黑一團縮得更緊，呈球狀，表質似鱗甲，鱗甲邊緣光滑，夾雜棕黃色稀疏的硬毛。

莫不是……穿山甲？

穿山甲那可是渾身是寶啊！瞧大小應是頭成年的穿山甲，樹洞口有爪子翻土的痕跡，怕是在這兒捉蟻吃，被大黃發現了。

穿山甲遇敵時蜷縮成球狀，堅硬的硬殼令攻擊牠的猛獸難以咬碎或下嚥；當猛獸去咬，穿山甲便利用肌肉讓鱗片割破敵人的嘴巴，試圖吃掉穿山甲的動物會被割成重傷，等放棄時，牠再爬走。

哪想遇到大黃這隻膽小又不肯放棄的狗，只得龜縮半天。

「文哥兒！」

「啥？」侯文瞧蘇木一臉欣喜若狂，不明所以。

「不出意外……咱們要發財了……」

很快地，到了初四這日。

侯家田地多種時蔬，雞鴨養得也不少，因著本分老實，從不缺斤少兩，與鎮上的酒館成了合作關係，因此逢集便去送貨。

與上回相同，蘇大爺並未阻攔就放行了。

走至官道口，侯文鑽進竹林，拖出一個半大竹背簍，上頭還蓋了蓋。

蘇木抿嘴一笑，對他豎起大拇指。她伸手去接，侯文卻要自己揹。站在一旁一頭霧水的蘇葉雖不知那是什麼，有活卻是要搶著做的。

侯老么夫婦見三人神神秘秘，嘀嘀咕咕，也當不得一回事，只囑咐莫吵架。

三人不再多爭，背簍不小，便由蘇葉揹，不至於耽誤趕路。兩個小的一人守一邊，似顛簸一下都擔心不已。

到了集市，侯老么夫婦去送貨，三小孩與其分開。

「好香啊……」侯文嗅了嗅，望向集市兩旁的店鋪，嚥口水。

「小饞貓！」

姊妹二人笑他，自個兒卻也不禁口中生津，於是不多逗留，直奔百草堂。

小廝正拿雞毛撣子打掃藥櫃，見三人進門，似覺眼熟又記不起，滿是疑惑。

只聽見邊上個頭稍矮的女娃道：「小哥，您家掌櫃在不？」

「哦，是你們呀！」小廝一拍腦門，可不就是上回賣藥的三個娃子。「怎麼，今兒又來賣藥了？」

掌櫃聽見堂外談話聲，挑起簾子，走出來。

「掌櫃好。」蘇木上前一步行禮。

來過一回，侯文不再膽怯，緊跟著蘇木，依樣行禮；蘇葉仍是忐忑，忸怩著不知如何是好？

「哈哈！」掌櫃捋著花白的鬍鬚，瞧二人不倫不類的作揖，覺得有趣。「又來賣三七？」

「上回爬幾個山頭就尋到那些。」蘇木搖搖頭，皺著小臉。「這回沒尋著草藥，卻得一怪物！我們不認得，只覺稀罕，又怕被人誆騙，就還來找您。您是好人，不當我們幾個年紀小就糊弄。」

「哈哈！」掌櫃開懷大笑，這丫頭古靈精怪得很。「那還不拿出來瞧瞧？」

蘇木立刻眉開眼笑，眼角彎彎。「姊！」

聽見喊自己，蘇葉忙上前，放下背簍，緩緩揭開蓋。

掌櫃佝著身子瞧去，那小廝也好奇得不行，踮著腳、仰著下巴，眼珠子都要落下來了。

只見背簍裡趴了隻灰黑色的怪物，體形狹長，四肢粗短，尾扁平而長，背面略隆起，體表被角質鱗甲覆蓋；頭骨呈筒狀，吻尖長，爪也長，尤其是前足中趾爪。

「這是……」小廝一臉懵。

掌櫃「嘶」地吸了口氣。「是……鯪鯉！這鯪鯉從頭到尾都是寶，尤其是鱗甲……鯪鯉多生嶺南，近幾年越發難得，咱們這兒屬南北交接，更是罕見。這等稀奇之物，竟被妳尋得了！」

掌櫃一邊喃喃說道，不住點頭。

幾人聽得雲裡霧裡，「寶」字卻是聽進了，皆歡喜得蹦起來。

蘇木本就有數，聽掌櫃一番解說，心裡有了底。

「也是運氣好。掌櫃既識得，您這處可收？咱們可就認您……」

掌櫃沈思。「鯪鯉稀罕，咱們小鄉鎮卻是用不上。這樣吧，我過幾日要去縣城送趟藥材，屆時將這鯪鯉拿去大藥鋪詢詢。」

「倒是麻煩您了。」

蘇木自是贊同，侯文卻急了。聽這意思是先將寶貝給人，成與不成還要過幾日？那銀子呢？

掌櫃哪會看不出，轉身進內堂，不一會兒又出來，手上多了個灰布小包裹，徑直走向蘇木。

「這是二十兩，先付與妳，餘下還得等我回來。」

蘇木雙手接過，冰涼涼、沈甸甸，她有些暈乎。

掌櫃見這故作老成的小女娃也有嗔癡之相，忍不住調笑。「不怕我跑了？」

「不怕！您跑得了和尚，跑得了廟嗎？」蘇木將銀子收好，將背簍拿與掌櫃。

「妳竟說我們掌櫃是和尚，妳這小丫頭！」小廝怒瞪蘇木，上前接過背簍。這可是真金白銀換來的，仔細收好。

「哈哈！」掌櫃一陣好笑。「妳是哪家的娃娃？」

「附近村的，謝謝掌櫃了。」蘇木笑著含糊回話，忙拉著侯文、蘇葉快步離去。

「木兒，妳快讓我瞧瞧是多少銀子！」

侯文高興壞了，直往蘇木懷裡搜。蘇木捂著不讓，蘇葉則一旁安靜地看著二人笑鬧成一團。

走至包子鋪，侯文嚷嚷要吃。這麼多銀子，可是有他的功勞，且與蘇木已十分熟識，自是不再客氣。

「包子易飽腹，吃了可就吃不下別的。我方才瞧見有家烤鴨店，咱去吃烤鴨！」

「真的？」侯文高興地跳起來。

「假的。」蘇木笑著捏了捏他的朝天揪，快步往烤鴨店去。

「妳等等！」侯文蹦蹦跳跳地跟上去。

蘇葉無奈地搖頭，也加快了腳步。

第六章　花生酥

烤鴨店坐落在街心，店鋪不大，只擺一張案板和一只壁爐，以及一塊木匾招牌——「大董烤鴨」。

鋪子前站著兩、三個人，老闆正在忙碌。

三人規規矩矩地排在後頭，傾著身子朝前觀望，香氣陣陣傳來，不住嚥口水。

終於輪到，老闆見是三個半大娃子，也還是客氣問道：「來多少？」

蘇木望了望壁爐的烤鴨，不假思索道：「來半隻吧，切得細些。」

啥？半隻？這也是過年才捨得買個一隻、半隻打牙祭，平時來的都是切一兩、二兩。瞧三個娃子穿得一般，甚至有些破舊，莫不是搗亂的，眉頭挑了挑。「小丫頭，半隻可不便宜。」

「你只管切，多少銀子，我先付就是。」蘇木笑笑地從懷裡掏錢。

「三百文。」老闆不動，只望著蘇木掏錢。

當蘇木真的掏出一串銅錢，他才眉開眼笑。乖乖，今兒可總算來筆大的！

待他收了錢，打開壁爐，取出最肥的一隻往案板上一放，大刀起落，一分兩半，竟均分差不多。

老闆將半隻放回去掛好，案上的一半俐落切塊。「不是我吹，我這烤鴨祖傳下來的，幾十年的老店，吃過都知道，皮脆肉嫩，肥而不膩……」

老闆一面忙活，一面熱絡介紹，三人眼巴巴望著，已是迫不及待。待他切完，抽出油紙、包好，遞給面前的小客人，還不忘招呼他們下回再來。

石板小橋橫跨小河兩岸，兩岸皆是錯落的屋樓，重重疊疊。小河清澈，時有輕舟泛過，激起青波陣陣。河岸長著楊柳，雖不見綠，細柔的柳枝垂下，與清風相伴，也不顯孤寂。

三人圍坐在河岸一塊乾淨的石頭上，津津有味地啃著烤鴨，無一個人說話。

這是蘇木穿越以來頭回吃肉，烤鴨色澤紅豔，肉質細嫩，味道醇厚，肥而不膩，那老闆一番吹噓倒不為過。

侯文打一個大大的飽嗝，吧唧油亮的小嘴，一臉滿足。

姊妹二人見他這般滑稽模樣，捧腹大笑。

侯文也不覺害臊，又拿起一塊大口啃，含糊道：「真香、真好吃，我頭回吃到這麼多肉！」

蘇葉點點頭，附和道：「我也是……」

這麼多肉也就過年才能瞧見，吃上幾片已是不易，如今這般大快朵頤，她是想都不敢想。

「往後啊，咱們想吃就來！」蘇木豪氣道。兜裡有錢，自有底氣。

侯文搗蒜般地點頭。

「只是……」蘇葉咬著唇，彎彎的眉毛好看地擰在一起，支支吾吾。「咱們好吃好喝……那爺奶……還有二叔、二嬸、青哥……還有爹……還有……」

「我的傻姊姊！」蘇木打斷她的話，收起笑容，語重心長道：「爺奶難道沒銀子？每回趕集，咱奶手上藍布包的籃子裡是啥，妳見過嗎？青哥兒、丹姊兒用得著妳我操心嗎？家裡誰不將他們放心尖上？」蘇木無奈她的實心眼。「至於咱爹可不曉得後娘是啥樣人，這銀子若是被他們知曉，哪還能留下一文？咱以後就喝西北風吧！」

侯文和蘇葉沈默不說話，似在思索。

「我知道，你倆覺得吃獨食對不住人。放心吧，往後咱還要賺更多銀子，誰對咱好，咱就與他們一道好，旁人啊，半分便宜都占不上！」

「木兒說得對，誰對咱好，咱就對他好！」侯文附和。經過這頓烤鴨，蘇木在他心裡地位更上一層，自然說什麼是什麼。

「好好好，木兒莫生氣，我都聽妳的……」蘇葉見妹妹一本正經說道，以為她生氣，便好生認錯。仔細想來，不無道理。一個月前，木兒險些病死，哪有人關心半點，如今這般生龍活虎，都是她自個兒得來的，為何要將這份好處分與身旁的狠心人呢？

蘇木見她一臉委屈，有些不忍，耐心開導。「姊，爺奶不疼咱，爹又不管事，後娘有兒子，往後他們還會生兒子；而咱只能相互扶持，沒人會管咱、替咱考慮，只能靠自己。妳想過嗎？青哥兒是要考官的，若真考上，丹姊兒以後就是官家小姐，求親的便是富貴人家，咱們只是遠方親戚罷了！妳今年十二，早些明年，晚些後年，爺奶定要給妳相人家，嫁與怎樣的人，妳能選嗎？」

蘇葉一臉驚慌。她何曾想過這些厲害，不禁心酸又難過。若是娘在的話……想到這兒不由得哭起來。

「葉兒姊，妳莫哭啊，妳還有木兒。再說，我與妳們也是一道的，有什麼事只管喚我！」侯文忙安慰。

「姊，我說這些是讓妳明白些事，心裡有打算，旁的不用擔心，我自有辦法。」蘇木伸出袖子給姊姊擦擦淚，輕聲安慰，一面轉向侯文。「還要你幫忙呢！」

「好嘞！」侯文仰著圓圓的小臉，點頭。隨即又皺起小臉，委屈巴巴道：「這烤鴨好吃，就是吃太多，脹得慌……」

「小機靈鬼，」蘇木伸手點了點他的額頭，站起身。「走，咱買糖水去。」

「好耶！」侯文立即蹦起來，拍手稱快。

連蘇葉也忍不住噗哧笑出來，臉上還掛著淚，又哭又笑，一臉窘迫。

三人找到糖水鋪子，一人喝一大碗，肚子圓滾滾，再是吃不下別的東西。瞧瞧日頭，該是要回去了。

臨走前，經過一家點心鋪子，蘇木腳步頓了頓。

侯老么夫婦買賣完，擔著空筐走至鎮子口，三小娃已在那處等候，正笑著說什麼。

「他爹，這幾回趕集，文哥兒竟不纏著你買吃食，你道奇怪不？」田氏晃了晃丈夫挑著的筐子，問道。

這筐子是竹條編製，竹條劈得寬、厚，編得並不細密，半是鏤空的洞，因此筐不重，挑菜這種大東西正合適。

「我還要問問妳這當娘的，他何時與大葉兒姊妹要好？往日都是圍著小子轉，哪見他與姑娘家玩耍了？回回趕集都要叫上兩人，一路上不吵不鬧。」侯老么也是一頭霧水，不知所以。

田氏撇撇嘴。她也不曉得啊……

「爹！娘！」侯文瞧見來人，奔過來，縱身一躍，掛在老爹脖子上，撒嬌道：「爹……」

「這孩子，莫把你爹的腰閃著。」田氏笑盈盈地看著父子二人。

侯老么動動肩膀，挪了挪扁擔，挑得穩當些，寵溺道：「說吧，你這渾小子又打什麼鬼主意！」

「嘿嘿。」侯文咧著嘴笑。「爹，我想吃花生酥……」

「行啦！快下來，我去買。」田氏拍拍兒子的屁股，滿是無奈，轉身往街市走。

待她回來，兒子還在與丈夫撒嬌，而蘇葉姊妹規矩地站在一旁。

「饞嘴猴兒。」她拿出一塊遞給他。花生酥買得多，買賣是大家的，自是不能吃私食，每回兒子饞嘴，她將家裡幾個娃子都算上。

站在一旁的蘇葉姊妹也各得一塊，只是二人並未當場吃，仔細揣進兜，滿是道謝的話。

入冬時家家戶戶便開始點小麥。郡南縣臨南北交界，氣候偏北方，因此種的春小麥十月點播，開春便能播種，次年七、八月收成。

蘇家分家是在蘇三爺進城做官之時，彼時家產良田十餘畝、山頭兩座、老宅一處，七七八八不必細說。老大、老二一人一座山頭並幾畝良田，老三分得十餘畝田地，因無暇再理農作，就典了出去，到年底收租金及糧食分成，有點土財主的意味。

田地不多，蘇大爺一家並不能靠糧食來維持生計，而是種了許多果樹；山頭貧瘠，能開的地都開，餘下皆種果樹，再養些雞鴨，日子過得也還順遂。

當然，莊稼人最重要的還是田地，雖不多，蘇大爺帶領兒孫精心侍弄，到季的作物都不落下。

點麥並不複雜，是輕省的活計。土地早已養肥，只需翻鬆成一排排溝壑，這等力氣活自然是蘇大爺與蘇世福幹，蘇葉等幾個只需將和了草木灰的小麥均勻撒在溝裡，丁氏與兒媳則用旁的土蓋上便可。

如此這般兩日就能幹完，往後只施肥除草，一年到頭的「正經」活計也差不多做完，臨近臘月是最空閒的時候，以籌備過年。
蘇青過了年便九歲，家裡預備送他上學堂。爺跟爹都識字，便少去啟蒙這筆開銷，可想要做學問，還是得正經拜師。當然，學堂不是想去就能去的，需經過夫子考核。因此這半年，蘇青幾乎不必幹活，每日捧著書本在家。
蘇丹跟著沾光，沒少偷懶，但像點麥這般算得上十分正式的農忙，卻是躲不過。忙活一上午，雖不是頂勞累，心裡卻不滿。往後自己可是官家小姐，如何能做這些粗髒的活計！她的手就該是繡花的……好在娘使她回家做飯，才早得輕省。
當她回家時，見小弟慌慌張張地從爺奶房門出來。
「青哥兒，你在做甚？」
蘇青嚇了個激靈，慌忙抹抹嘴。「沒……沒做什麼。」
有古怪！蘇丹快步上前拉過蘇青的手，見白淨的手上沾著些細粉，像是某樣糕點屑。
「這是啥？」蘇丹扯著他的手問道。
蘇青連連搖頭，抽回手，在衣服上蹭。
「好，你不說，我告訴爺去！」蘇丹說著就要轉身。
「姊，妳別，我、我說……」蘇青忙拉住姊姊，怯生生道：「是……是花生酥，我就偷吃了一小塊……」
花生酥？蘇丹咂咂嘴，本就餓了。

「哼，爺奶藏著吃！」蘇青又憤憤道：「阿公就不會……」

「阿公不打你，爺就不打你了？」蘇丹白了他一眼。「膽子倒是大了，敢翻爺的櫃子！」

「我本不曉得……是葉兒姊她倆在嘀咕。」蘇青委屈道。

「她倆？」蘇丹轉過身子，正色道：「你且說與我聽。」

原來，事情發生在昨日。

因著蘇世澤搬走，西廂房的前屋被張氏收拾出來給蘇青做書房，後屋自然還是蘇葉姊妹住著。

昨日，他正在看書，瞧見姊妹二人神神秘秘進屋，嘀嘀咕咕地說著什麼，聽不真切，便趴在門縫瞧，見二人正拿著兩塊花生酥吃，依稀聽見趕集、奶的藍布筐子啥的。

哪裡來的花生酥？蘇青腦瓜子一轉，想起來，每每趕集，奶可不就挎著藍布筐子，裡頭也不曉得是啥，莫不就是這花生酥？

蘇青本想戳穿，可見二人吃得津津有味，不由得嚥口水，於是乎悄悄退出來，作沒瞧見。這才有了今日家中無人，他翻櫃子偷糕點一齣。

原來是這樣……蘇丹若有所思，隨即看著弟弟，問道：「還想吃不？」

「想！」蘇青猛點頭。「可是多拿了爺會發現……」

「怕什麼，自有人背鍋。」蘇丹一臉狡黠。

二人便再次進了蘇大爺的屋子。

天氣一日寒過一日，雖不見落雪，卻冰冷刺骨。一家人早早吃罷晚飯，泡個腳，就各自回屋歇息。

不一會兒，蘇大爺屋子亮起了燈，傳來一陣咒罵聲。

又聽見張氏打開堂屋門，大聲喊道：「大葉兒、木丫頭，爺喊妳們！」

姊妹二人走至堂屋，見蘇大爺披著灰黑棉布大衣，坐在正堂的青棗圓椅上，手上拿著水煙正「咕嚕咕嚕」吸著，一旁站著丁氏，抿著嘴，一臉愁容地看向二人。

蘇丹和蘇青正跪堂屋中央，一旁站著老二蘇世福，兩手抱胸，冷颼颼的樣子，張氏則倚在門框，一臉幸災樂禍。

蘇葉忙拉妹妹，挨著蘇青跪下，大氣不敢出。

蘇木抬頭，一臉茫然問道：「爺，這是怎了？」

蘇大爺冷哼，水煙在右手邊几案上重重一放，桌上放了個油紙包，裡頭放著花生酥。

花生酥由花生仁與紅薯糖做成，花生仁經過烘炒而熟，再將紅薯糖加熱融化，熟花生仁與融化後的糖漿混合，最後壓製切割而成，又香又脆，蘇大爺最是喜好。

「昨兒誰進了我屋子？」他定定地看著蘇木。

蘇木搖搖頭，表示不知情。

「大葉兒妳說！」

蘇大爺一聲吼，嚇得蘇葉一個激靈。「我……我不曉得……」蘇木接過話，委屈道：「昨兒誰不在就是誰進您屋子了唄……」

「爺，昨兒我同姊可都在地裡點麥，哪能進您屋子？」

這話意指蘇丹姊弟，張氏不樂意了，指著蘇木大聲道：「青哥兒乖巧，唸書又好，妳爺奶疼都來不及，吃啥都緊著，還用得著偷？丹姊兒是爺奶看著長大的，懂事又能幹，往後也是有出息的，自然幹不得偷偷摸摸的事。倒是有些人，手腳不乾淨也不是一回兩回了。」

這話聽得蘇葉委屈極了，眼淚如何都止不住。

蘇木忙抱著姊姊，帶著哭腔道：「都是爺奶的孫女，怎地我們就沒出息要被冤枉成偷兒？昨兒我們一天都在幹活，哪裡不是一直跟著爺奶，如何有機會偷東西？」

這倒是……蘇大爺不由得看向一旁的蘇丹姊弟。

蘇丹身子微微一顫，穩了穩心神，抬起頭。「爺，昨兒是我先回來做飯，可不曾進過爺的屋子，也不曉得花生酥，更不會偷東西。倒是聽青哥兒說了些話……本不打算說出來的……」

「唉，妳這丫頭，還有什麼話不能出說來，妳那姊姊、妹妹可都把罪過推妳頭上，再不說實話，仔細爺打人！」張氏著急道，說話有些尖酸。

蘇丹低下頭，沈默著，似不忍心。

蘇大爺沒好耐心，怒道：「青哥兒說，到底怎麼回事！」

蘇青眼珠子亂轉，有些慌張，只覺衣角被姊姊扯了扯，這才磕磕巴巴地將昨日看到聽到的說出來。

蘇葉姊妹不承認，哭著喊冤屈。張氏只道：「冤不冤一搜就知！」

第七章　挨打

於是一行人轉到西屋，張氏殷勤拿燈，手護著燈芯，走在最前頭。

她翻扯被子，在枕頭下尋到一個布包，翻開一看，不禁冷笑，將布包遞到眾人面前。

「可算真相大白，不然青哥兒和丹姊兒就要替人背鍋了！」

油燈下，花生酥正泛著金黃的光澤。

蘇大爺怒不可遏，這就要衝到堂屋拿響棍打人。

蘇葉姊妹只是哭，說不出別的話來。

張氏牽著兒女往外走，一臉得意；丁氏有些不忍，卻也不敢維護。

兩個女娃抱在一起，顫著身子哭成淚人兒，很是可憐。

夜色灰暗，月光皎潔，隱約可見蘇大爺猙獰的面孔，眼角下吊，生氣尤甚，十分凶狠。

「狗東西！哪裡學來的毛病，偷東西！」他上去就是一陣亂打。「讓妳偷！偷！」

蘇葉嚇壞了，連連求饒；蘇木也全無方才的據理力爭，抱著姊姊躲閃，見躲不過，便拉著跑。

二房一行只站在屋簷下看熱鬧，捂嘴偷笑。

「爹！」

一個焦急的聲音傳來，是匆忙趕到的蘇世澤，身後跟著吳氏，低頭怯懦地站在丈夫身後。

蘇葉姊妹哭得上氣不接下氣，忙奔到親爹懷中。

「爹，兩丫頭犯什麼事，您要這樣打她們！」蘇世澤難受得不行，那響棍的痛，他是受過的，兩個女兒身子弱，怎麼能受得住？

「都成偷兒了，怎地我還打不得了！」蘇大爺一番動作，胸膛起伏不定，喘著粗氣道：「滾回去，不相干的人莫髒了我院子！妳兩個還不滾過來，跪到堂屋去！」

「爹……」蘇木哭喊道，拉住蘇世澤的袖子不放。「爹，我不去，爺會打死我們的，我們沒偷東西！」

「爹，莫不是弄岔了，怎會偷東西呢？」蘇世澤護住女兒的手緊了緊。

張氏忙走出來。「大哥，你這話說得像是咱爹冤枉人。你瞧，這是從大葉兒枕頭下搜出來的！」

說罷，將手上的帕子遞出來。

蘇世澤盯著帕子上的花生酥，久久沒有出聲，手微微一抖。

蘇木自是感覺到，她偷偷瞥了瞥侯家院子方向，隱約有人影攢動，於是掙脫老爹懷抱，撲通一身跪向蘇大爺，哭喊著：「爺，我當真沒有偷東西，那塊花生酥是……是文哥兒給的！」

張氏噗哧一笑。「木丫頭這一病倒是長能耐了，說起謊話來一套一套的，嗝都不帶打一個！」

蘇葉忙跟著跪下。「真的是么嬸給的……上回趕集……」

「一會兒文哥兒、一會兒么嬸，謊話都不會扯。」張氏冷哼，瞟了瞟蘇世澤身後的吳氏，陰陽怪氣道：「不給妳爺認錯，讓事情了了，擱這兒讓外人看笑話！」

蘇大爺本就氣極，看到吳氏更是火上澆油。「老二媳婦，把兩個狗東西拉過來，不相干的人，有多遠滾多遠！」

張氏作勢就要來拉，姊妹二人又撲向老爹懷裡，哭喊著冤枉。

「大伯，」侯老么牽著侯文從院壩走來。他遠遠就聽見木丫頭的話，也了解事情的大概。「大伯，您是誤會了，這花生酥是文哥兒娘給的。那日趕集，文哥兒嚷著要吃，他娘就買了些，也分了兩丫頭一人一塊。」

「你說啥？」蘇大爺身子踉蹌兩步。

侯文衝蘇木眨眨眼，蘇木沒空回應，哭喊道：「么嬸總共給了兩塊，我與姊姊藏著捨不得吃，每日只咬上一小口，哪知被青哥兒瞧見，硬說我們偷東西。我們哪裡敢啊！爹娘都不在，沒人護著，爺就是不肯信！我們哪裡曉得爺奶櫃子裡有花生酥，是瞧都沒瞧見的……」說著哇的一聲，哭得更慘。

蘇大爺臉色青一陣、白一陣，轉身惡狠狠盯著縮在角落的孫子。見他那副膽小怕事、慌裡慌張的樣子，明白過來。

「你個不成器的！你爺平時這般疼你，做的什麼勞什子事！」張氏不知何時溜至屋簷下，扯著兒子的衣領罵道：「還不去堂屋跪著！還有妳，怎麼看著妳弟的?!」說著扯過蘇丹，母女三人去了堂屋，也帶走了那盞唯一亮光的油燈，蘇世福不知何時早沒了人影。

偌大的青石板院子，只餘一行人在夜色中沈寂。

侯老么先開口。「搞清楚就好，不早了，都歇息去吧！」

蘇大爺心頭怒氣翻湧，今兒老臉都丟盡了。

「老么說得是，大丫頭、二丫頭跟奶回屋。」丁氏這才開口，她自是知道老頭子好面子，拉不下臉。

「我不回去！不回去！」蘇木哭得停不下來。「爹，您把我們帶走吧！我們不是偷兒……爺、奶、二嬸，還有丹兒姊、青哥兒，都說我和姊偷東西，我們沒有……爹，我的身上好痛！」

姊妹二人哭得淒慘，如何都勸不住。

吳氏偷偷扯了扯蘇世澤的衣服，朝他點點頭。

蘇世澤為難，卻也捨不得兩個女兒被這般對待。「爹，要不兩個丫頭跟著我吧……」

蘇大爺氣極，手上響棍朝蘇世澤砸去。「滾！都給我滾！狗東西！」說罷，袖子一甩，進屋去了。

蘇木忙拉起姊姊回屋收拾東西。其實也沒什麼好收拾的，兩件衣衫再無別的。

吳氏站在門口，接過二人手上的衣衫，只溫和笑著，也說不出寬慰的話。

冬天的早晨是安靜的。

山林間籠著一層薄薄的霧，朦朦朧朧，太陽出來的瞬間霧氣最濃，隨後慢慢地淡去。

蘇木醒來時，聞到竹子清香，混著一絲泥土氣。她動動身子，發出聲響。床上墊的是稻草，身上是鬆軟的棉被，周身溫暖。

打量四周，屋子不大，只放了張床、一個櫃子、兩個小凳，嶄新的，都是蘇世澤砍竹製成的。

只見門口探進個小腦袋，怯生生朝裡面張望。

蘇木朝他招招手，小男孩猶豫半天，才亦步亦趨地慢慢挪過來，站到床邊，低著頭，絞著衣角。

「你叫虎子？」蘇木托腮，看著他。

小男孩仍是低頭，一言不發。

蘇葉也醒了，姊妹二人對望，滿臉無奈。

「起了？」吳氏進門笑問道，很是客氣。「衣裳都收拾在櫃子裡。」說著打開櫃子，拿出兩套衣服放至二人身旁。「那日就瞧了一回，也不曉得合不合身？試試，若不好我再改。」

她牽過小男孩往門外去，回頭道：「飯做好了，出來吃吧。」

衣裳料子是嶄新的，雖不甚好，勝在顏色新鮮，剪裁也十分新穎，可見吳氏手藝不賴。方才見她母子二人衣衫整潔卻十分破舊，好幾處補丁。蘇世澤淨身出戶，半文錢沒有，這兩套衣裳只怕是吳氏的體己。

二人穿戴一新走出房門，見房屋左側搭個低矮的棚子，內置簡陋的灶臺，一張方桌、四個矮凳，桌上擺著蓋蓋子的大缽，五個陶碗。

吳氏懷抱兒子，正與坐一旁的蘇世澤說著什麼，一臉幸福笑容。

見二人過來，吳氏忙放下兒子，站起身笑盈盈地上下打量。「衣裳正好，兩丫頭生得真好看。」

吳氏生得白，身量中等，說話動作輕柔，與尋常莊稼婦人粗獷不同，這一笑，確實有些晃眼，難怪蘇世澤一見傾心。

蘇木也看著她笑了笑，蘇葉則羞澀地低下頭。

「快來坐。」她朝二人招手，隨即拿起陶碗去灶臺舀紅薯粥。灶膛還燃著火，將粥溫著。

蘇世澤要幫忙，吳氏不讓，讓他去坐，他自然不肯，二人站在灶旁，全無初見時的拘謹。

待粥盛好，吳氏揭開缽蓋，裡頭放著四個金黃的玉米餅子。給父女三人一人一個，最後才給自己，見她一分為二，將稍大那塊放到兒子手中。

小男孩挨著吳氏站在一角，捧著玉米餅子小口地啃，並不敢有多餘動作。

粥很稀，零星幾個米粒，幾塊紅薯，配上不大的玉米餅子，將將正好。這般一分為二，想是吃不飽。

蘇葉不忍，掰下一半，猶豫片刻，似鼓起勇氣般塞到吳氏手裡。「我……我胃口小，吃……吃不了。」

顧不得旁人反應，埋頭吃自己的，見她耳根子有些泛紅。

吳氏愣住了，眼眶濕潤，仍是笑道：「胃口小也多吃些，正是長身子，我不餓，虎子也小，吃不了這麼多，拿著吧！」

聲音顫抖，又將餅子遞回來。蘇葉自是捂碗不接，臉脹得通紅。

「您就吃吧，我與姊姊胃口不大，餓不了。」如此推脫，二人都下不來臺，蘇木便將自己的餅掰下一小塊，分給蘇葉。「這般就夠了。」

「這……」吳氏左右為難。早知就多做一個，只是玉米麵不多，要省著吃。本是打算自己少吃些，哪想會是這般局面，兩丫頭該不會以為自己故意做給她們看？她有些擔憂地看看二人，最後看向蘇世澤，將手上半個玉米餅遞給他。「要不……你……」

蘇世澤拍拍她的手。「兩丫頭給的，妳就拿，不是什麼稀罕玩意兒。今兒我就去鎮上找活，若發了工錢，晚上買些好的，打牙祭。」

「嗯……」吳氏睨了他一眼，似在撒嬌，也不再推讓。只是那半個玉米餅子，她也沒自個兒吃，給了挨在身旁的小男孩。

因著蘇家的規矩，飯桌上不再說話。

飯畢，蘇世澤上鎮子找活，吳氏則帶幾個孩子看家。家裡無田無地，並沒有農活要做。家務收拾完，她便拿針線坐在桃樹下繡帕子，蘇葉姊妹挨在一旁托腮看著。

青色的布帛由繡繃箍得平整，翠綠的絲線來回穿梭，細密的針腳漸漸匯聚成一片生動的荷葉。蘇葉瞧見過蘇丹繡花，歪歪扭扭，不成樣子，這般精美的帕子是頭回瞧見，不由得看呆了。

蘇木也瞧得認真，卻不那般癡迷。她曉得刺繡是瑰寶，可沒點能耐，繡出來也只能作尋常衣裳的裝飾罷了，卻是值不得多少錢。

閒來無事，她尋思再往山上去一趟。

蘇葉沈迷繡帕子，不欲前往。小男孩膽小怕生，自然不與她一道，便尋侯文，二人樂樂呵呵尋寶去了。

吳氏心思細膩，只半日對姊妹二人性情有所了解。大的文靜內斂，善良心軟；小的心思活泛，舉止膽大，至今都好相與，不禁鬆了口氣。

見大丫頭挨在邊上，瞧得甚是認真，便主動教她。

吳氏聲音溫柔，蘇葉聽得入迷，對她也親近了幾分。

日落西斜，無功而返的蘇木與侯文下山，於草屋前坡坎分開。

彼時，蘇世澤正到家，兩手空空，垂頭喪氣。

吳氏正做飯，蘇世澤一臉沮喪地坐在矮凳上燒火。

因著沒了太陽，變得濕冷，三個小的便被趕到屋子裡去，依稀聽見灶屋那處傳來低低的說話聲。

連日來，蘇世澤都尋不著活，但凡哪處放出要招工的消息，皆幾十人爭搶。恰逢今日外來的客商多，酒樓滿客，跑堂的小廝忙不過來，他才得了臨時跑堂的差，哪承想沒跑兩趟就打翻一盤菜，只得留下刷半日的碗才算抵債。

吳氏並不惱他。蘇世澤雖做事不索利，卻不怕吃苦，仍舊堅持，這也是看上他的原因之一，只寬慰說帕子繡了幾條，下回趕集可拿去換錢，日子能過得下去，讓他不要氣餒云云。

蘇葉站在門邊，聽得真切。她拉著蘇木的手，央求般喚道：「木兒……」

次日清晨，吃罷早飯，蘇世澤預備出門找活。

蘇木將人留了下來，一家人鄭重其事地坐在一起。夫妻二人面面相覷，不知蘇木是鬧哪樣？吳氏更是忐忑。莫不是自個兒有做得不對的地方，惹小丫頭不高興？

蘇葉則十分高興，晃著妹妹的胳膊。「妳別賣關子，把爹……都嚇著了……」不知如何稱呼吳氏，後半句小聲得跟蚊子叫似的。

蘇木從懷裡掏出個布包，放置桌上。「爹，您可曾想過做買賣？」

買賣？買什麼？賣什麼？蘇世澤一臉茫然，隨即搖頭。

「您不想想？咱一家五口還等著爹養活呢！」蘇木笑道。

蘇世澤為難了。「咱家世代務農，從未出過經商，我不曾想過，也想不到呀！爹只有周身力氣，卻沒那頭腦。」

吳氏思索片刻，試探問道：「莫不是木兒有什麼主意？」

蘇木轉向吳氏，點點頭。「賣筍。」

「筍？」眾人異口同聲，皆是驚訝。

蘇世澤無奈地笑她。「筍子又麻又澀，上不得檯面，哪能做買賣？」

吳氏不應聲，不解地看著蘇木。

「那是不懂烹煮，我姊做的筍就不麻口。」蘇木不以為然。

夫妻二人齊看向蘇葉，後者點點頭，並將上回烹調之法說出來，惹得二人頻頻皺眉。又是油又是酒，都是費錢貨，且筍子不被看好，能賣得出去？

蘇世澤搖頭。「饒是真能做買賣，咱也沒那本錢啊！」

蘇木抿嘴一笑，掀開桌上的布包，其上赫然躺著好幾塊大小不一的銀錁子。

蘇世澤嚇得一個趔趄。這這這……將將有二十餘兩，木丫頭莫不是……偷他爺的錢了？

「妳、妳……這銀子……」他說話磕巴，語無倫次。

蘇木不緊不慢道：「爹，這銀子是我賣藥得的。」

「賣藥？」夫妻二人震驚不已。

蘇木便將賣穿山甲一事細細說與二人聽，二人震驚之餘也鬆了口氣。

「您可別說出將銀子分給爺的話，銀子是我自個兒的，我不願拿出來。」說著將銀子包好收進懷裡。

蘇世澤沈默。他的確有這種想法，畢竟二十兩不是小錢，若不孝敬二老，有些說不過去。可銀子並不是他的，這……

事關蘇家，吳氏識趣地不參與。

「等買賣成了，那是爹自個兒賺的錢，您再想著孝敬爺奶吧！」

蘇世澤想想，也有道理，不再糾結。「只是這筍……能成？」

他從未做過買賣，不諳其道，可聽那筍子的烹調法，卻是實在砸銀子進去啊！那麼多銀子……他不敢賭。

蘇木成竹在胸。「明兒初八，咱採買一番，回來試試不就知道。」

試試……倒是行，蘇世澤無奈地只好答應。

第八章　豐盛

黎明的曙光揭去夜幕，露出燦爛的朝霞。太陽露出半張臉，高大的山峰便甦醒了，迎著晨風，朝陽的光輝灑在兩山之間的官道上。

官道上，三三兩兩行著前去趕集的人。

蘇世澤父女三人已然在列，同往的還有侯老么一家。

三個大人走在前頭，三個小娃跟在後頭，侯文最是高興，圍著姊妹二人打轉。

吳氏考慮得多，不欲前往，留下看家，小男孩仍舊畏生，也留了下來。

此回趕集不似從前，藏著、掖著不讓人發現，可以放心大膽地採買。

蘇木揣著銀子走在前頭，侯文自然緊隨左右，蘇葉則與挑筐子的蘇世澤跟在後頭。

幾人先買了一堆的油鹽醬醋，還秤了兩斤紅薯糖，米糧也買了不少。蘇世澤來時挑的空筐子這就堆滿了，瞧著不住往外拿的銀子，心疼不已。

又去到布莊扯疋素布，買了些五彩絲線。蘇世澤知曉女兒的用意，深感欣慰。

臨走前，蘇木割了一塊豬肉，又去糕點鋪子買了零嘴。若不是老爹攔著，她還能逛上兩圈，這般花錢實在太爽了！

回去路上，三個大人依舊走前頭，三個小娃吃著糖葫蘆，蹦蹦跳跳地跟上。

蘇世澤擔子沈沈，侯老么夫婦看呆了。蘇木叫他不要張揚，但侯家可不是一般親戚，蘇世澤也就一五一十與二人講了銀子的來歷。

二人紛紛感嘆，貧苦些的人家，一年到頭也攢不到這麼多銀子，二丫頭真是福星啊！這下可解了蘇老大的燃眉之急。

回到家中，吳氏正燒火做飯，見丈夫挑了滿滿兩筐進屋，嚇得她趕緊放下手上鍋鏟，跟了進來。

「買了這麼多?!」

蘇世澤挑著重物走一路，額上冒出細密的汗。吳氏忙拿汗巾替他擦擦。「後背可濕了？」

「不礙事，若不是我攔著，這丫頭是想將銀子花光！」他咧嘴憨笑，任由吳氏給他擦汗，又將汗巾墊至後背，以防著涼。

「虎子，過來。」蘇木朝門口探著小腦袋的男娃招手。

虎子不似上回那般猶豫，緩緩走過來，仍是低頭搓衣角。

蘇木牽過他的手，將糖葫蘆塞到手上。

虎子仔細端詳手裡的東西，終於抬頭看了蘇木，隨後奔向吳氏，將糖葫蘆遞給她。

吳氏眼圈通紅，推開小手，哽咽道：「娘不吃……姊、姊姊給的，吃吧。」

這聲「姊姊」她說得心虛，並不確定小丫頭是否樂意，但見她仍是一臉笑意才放心，側身似不經意地拂面，將眼角的淚拭去。

夫妻二人將油鹽醬醋歸置好，餘下些零嘴、布疋和針線。零嘴蘇木會歸置，布疋這些，她拿給吳氏。「我手笨，繡不來花兒，您教我做衣裳吧！」

吳氏受寵若驚，忙接過，連聲道：「好好好。」

蘇木隨意將零嘴置於櫃子上，並未藏起來。要知道，零嘴可不是一般人家捨得吃的，饒是買了也是仔細放起來，並不隨便讓小孩饞嘴。

「買得不多，就照冬衣做兩層。天兒涼了，您跟虎子還穿單衣哪成，等後幾日賺了銀子，再填棉花。」

「可使不得！」吳氏連連擺手。「哪兒那般金貴，填兩件舊衣服進去就成了。」

思量著，姊妹二人衣裳新做的有，打算給虎子做一身，再給丈夫做件上衣吧！布料應將將夠。

吃罷晌午飯，蘇世澤帶領一家人浩浩蕩蕩地上山挖筍。

如今與蘇大爺的關係鬧得僵，自然不敢到自家後山，他在趕集路上和侯老么招呼過，討幾個筍子。

不是什麼金貴的東西，侯老么自然應允。侯文聽了，興致勃勃就要來幫忙，再三叮囑蘇木，上山時一定要喊他。

侯家後山就在屋後，蘇世澤的草屋也建在後山坡坎上，低矮處開成土地，往高處才是茂密的竹林。

蘇木站在坡坎喊他，侯文不一會兒就竄出來。

竹林幽深，枝繁葉茂，亭亭如蓋，遮住陽光，有些陰冷。然而小孩子玩心大，蹦蹦跳跳，並不覺得冷。

蘇世澤挖筍，吳氏幫忙，蘇葉坐在一旁剝筍，虎子也乖巧地坐在邊上。

「木兒，快來。」

蘇木正專心挖筍，聽見侯文喚她，放下鏟子走過去。「怎啦？」

「妳瞧！」侯文蹲在地上，扒開枯敗的竹葉。

見一隻赤褐色的竹子蟲在那處掙扎，兩後足被侯文按在地上，逃跑不得。

蘇木驚喜，這可是高蛋白的美味！

她衝侯文狡黠笑一下，隨即轉身喊道：「虎子，過來！」

聽見喊自己，虎子站起身，慢悠悠朝蘇木走去，再無怯生生的樣子，而是多了些期盼。

蘇木折了根細長的竹枝，將竹子蟲串上去，遞給他。「幫姊拿著。」

虎子聽話地接過，眨巴著眼睛滿是好奇，也因著蘇木這個「姊」字雀躍起來。

蘇木和侯文則專心找竹子蟲，誰找到了便喚虎子，小虎子邁著小短腿奔過去，任他二人將竹子蟲串到竹枝上。

二人走到哪兒，跟到哪兒，好不忙乎。

而這旁悠閒挖筍的三人，好笑地看著，只當貪玩。

吳氏更是止不住地笑。她本不奢望夫家對兒子如何好，只求能給口飽飯，可父女三人卻分外疼愛他。尤其是蘇木，不與人如何親近，做什麼事卻喜歡喊著兒子。次數多了，兒子便不怕生，眼珠子滴溜轉，竟也有幾分機靈勁。

待白嫩的筍子裝了大半筐，小虎子手中的竹枝也拿了四、五串，每串密密麻麻十幾二十隻，將竹枝壓得彎彎。

收穫滿滿，收拾回家。

本以為三個小娃捉竹子蟲是鬧著玩，哪想捉這麼多，一聽蘇木要炒來吃，更是目瞪口呆，紛紛表示拒絕。

雖說吃野味是有，如野生鳥雀，可這竹子蟲哪有人吃的，瞧著都瘆人。

蘇木自然不能解釋太多，糊弄著說百草堂的掌櫃道，竹子蟲食嫩竹長大，是種大補的野味，入藥也是有的。

這般說辭，自然沒人懷疑，但眾人還是敬而遠之，並不待見。無奈蘇木再三堅持，一家人只得隨她，蘇世澤還主動領了清理竹子蟲的活。

不大的草屋前，一行人忙得熱火朝天。

吳氏帶著蘇葉炒筍，按蘇木要求將筍切作兩份，一份切作薄片，一份切成二指寬的段，焯水瀝乾。

蘇葉先前做過，便由她掌勺，吳氏燒火打下手。

筍段做油燜筍，待鐵鍋底的水乾，倒入香油，大火燒至七成熱，將筍段煸炒至五成熟，加入老酒、醬油，又添了幾勺紅薯糖，翻炒均勻，蓋上鍋蓋燜煮。

吳氏連連咋舌。這麼些油，還放老酒和紅薯糖，小丫頭當真是捨得啊！

烹煮片刻，蘇葉揭開蓋子翻炒，見湯汁收得差不多，便盛到缽裡，蓋上蓋。

吳氏端著竹籃從屋裡走出來，一臉愁苦。這麼塊上好的五花肉，她是真真捨不得吃。想著切上一塊，入個味，餘下的醃起來慢慢吃。

蘇木自然不許，她買的本就是一頓菜的量，只有幾片肉，菜能好吃？也不過癮！

灶膛燃的是枯敗的樹枝，塞上一把能燃許久，並不需時時加柴。

吳氏一邊嘆息，一邊將肉切片。

蘇葉將鍋洗淨，開始炒薄筍片。肥瘦相間的肉片碰到熱燙的鍋底，發出滋滋聲響，不一會兒便渾身冒油；瞧著差不多，放入辣子煸炒，香味一下就出來了。

原本待在蘇世澤身旁的侯文和虎子被吸引過來，不住嚥口水。

蘇葉用鍋鏟叨了兩片，吹了吹，遞給二人。

侯文自是不拘謹，尖起小手，挾一片放進嘴裡。

「真香！真好吃！」他手舞足蹈，快活極了。

虎子遲遲沒有動作，搓著衣角，有些不敢。

侯文見狀，幫他挾起。「張嘴！」
虎子自是想吃，乖乖張開嘴，任由侯文將肉片放進他嘴裡。
真好吃！虎子眯了眼。
蘇葉笑了笑，繼續忙活。
鍋底的油煎出不少，倒入切薄的筍片，倒些料酒，撒上細鹽和紅薯糖，繼續翻炒至金黃，便可出鍋。
這邊算是忙完了，蘇世澤也清理得差不多。
竹子蟲掐頭去尾，扯掉翅膀和四肢，只餘中間那段最肥美的肉，百餘隻清理完也就將將一大盤。
這玩意兒，蘇葉可不會弄，只聽妹妹道爆炒即可，便倒熱油、辣子、蔥蒜，還有蘇木在山上摘的一把野花椒，和著那盤竹子蟲一併爆炒。噴香的氣味一下傳來，竟比炒肉片還要香上幾分。
侯文看得直流口水，連蘇世澤都都不住嘖嘖稱讚。
炒菜的大鍋旁嵌著小鍋，煮飯用的，炒菜這會兒工夫，一鍋濃稠的紅薯粥也煮熟了。
日頭還早，蘇世澤一家卻迫不及待擺上碗筷準備吃飯。
早在侯文上山的時候，蘇木就讓他帶幾個大碗上來，三樣菜分了滿滿三碗，這是預備給侯家送去的。

送菜的是蘇世澤和吳氏，侯家多方關照，二人早應上門致謝，只是兩手空空不好去，今日正好借這由頭。

蘇世澤是萬分顧慮，畢竟筍子不是什麼金貴的東西，一盤色澤金黃油水甚多，一盤混了許多肉片；還有那個營養豐富的竹子蟲，怎麼看怎麼豐富，饒是過年也不過如此。

就是不知道味道……他向吳氏投去擔憂的目光，吳氏則笑著點點頭。

不多時，夫婦二人回來，吳氏眼圈紅紅。方才，侯老太太誇讚她能幹，還說了些寬慰的話，和善非常。

嫁給蘇老大，蘇家人萬分反對，她是知道的。蘇世澤同兩個女兒因此被趕出家門，她十分內疚，常常暗自落淚。可不承想沒有人怪她，還將她當作親人一般。如今又得長輩認可，心裡又是高興又是酸楚。

蘇世澤不會安慰人，只撫著她肩膀，輕輕順著。

這個女人因別人對她好而感動落淚，能幹堅強，善良體貼，他如何不歡喜？

這邊煽情著，灶臺那處卻是一派歡樂嬉笑。

不大的竹製方桌擺著豐盛菜餚，六個大小不一的陶碗盛滿濃稠的紅薯粥，筷子擺放整整齊齊。

四人擠坐一起玩笑，連虎子都加入行列，打成一片。

侯文眼尖，瞧見二人。「大伯，你們可算回來了，饞死我了！」

「等什麼，先吃。」蘇世澤笑著招呼他們，夫妻二人也就落坐。

菜夠飯足，色香俱全，小傢伙們早就迫不及待，拿起筷子大快朵頤。

食不言、寢不語，在侯家可沒有這規矩，侯文吃得滿足，時不時與蘇木說上兩句，又逗弄虎子。

幾人皆被感染，一時間飯桌上談笑風生，熱鬧非常。

飯菜將盡，蘇木自不忘正經事，認真問向眾人。「筍子的生意，能做不？」

做生意這等大事，自然要由一家之主決定，大夥兒都等著蘇世澤開口。

蘇世澤放下碗筷，鄭重道：「方才我與老么也說了這事，他見識多，腦子比我活絡，當即想到賣酒館。筍子不值錢，烹製卻費錢，因此這價格賣不得便宜，酒館是最好的銷路。我聽著有戲，木兒妳說呢？」

這幾日，他發現小女兒腦子活絡，非常有主意，遇事也有分寸，不由得詢問起她的意見。他以往只聽老爹安排，平日也只專注地裡活計，對兩個女兒關心甚少；如今自個兒當家，方知要考慮的事情甚多。好在一家人和睦齊心，他對往後日子也是充滿信心。

這點蘇木早就想到，自個兒擺攤，生意定不會很好，畢竟環境如此，富貴人家屈指可數。酒館不同，招待的是來往客商，吃地道菜，價錢自然是其次。再者，走南闖北的都是生意人，錢財方面自是比莊稼人捨得多。

「么叔與酒館接觸得多，若不然這生意咱與他一道做。」

蘇世澤似懂非懂。

蘇木繼續說道：「一來，么叔同酒館買賣多年，關係牢靠，筍子經由他手比咱好賣；再者，他懂行情。二來，咱們需要筍子，哪家筍子能賣錢？這樣的好事自然要給太奶家。太奶如何幫扶咱，可不得回報？」

一番細說，蘇世澤明白得透澈。「是這麼個理。」

「至於錢財方面……」蘇木托著腮幫子，心裡估算了一番。「醬油醋茶可不便宜，暫定四六分紅吧！起初是小買賣，往後做大，再細細商議，行條約。」

父女二人侃侃而談，其餘人皆安靜聽著，無一人打岔。雖不是完全聽懂，也知道大概，那就是兩家人要一起做這筍子生意。

「那咱是……賣菜？」吳氏不解，道出疑惑。「咱能做，酒樓不能？咱家到鎮上一個時辰腳程，就是拉車也得半個時辰，菜都涼了，能好吃？」

眾人紛紛表示贊同，看向蘇木。

「所以，咱只做油燜筍這一道菜。用香油，不必擔心菜涼，凝結成坨，陶罐密封，存上三、五日不成問題。就是到了炎夏，放到地窖也不易壞的。」

吳氏若有所思地點點頭。「倒是個好法子。」

「至於烹調之法萬萬不得告訴旁人，如何去腌味更是咱們的秘方。若人人都曉得，這筍子也就成一道家常菜，不值什麼錢了。」

知曉其中利害關係，眾人一致點頭。

「得！」蘇世澤就起身。「我這就同老么商量。」

飯吃得差不多，吳氏將借來的碗洗乾淨，讓丈夫帶去還。

日落西斜，月上樹梢，縱使侯文萬分不捨，也該回家。

如今日子越過越有盼頭，吳氏臉上一直掛著笑。擔心天涼凍人，催著三個孩子趕緊進屋，自個兒在灶臺收拾。

灶臺溫著熱水，她舀了一桶拎進屋，給三人輪番梳洗。

蘇葉姊妹有些不自在，畢竟不似虎子這般年紀。無奈吳氏太過熱情，二人推脫不了。

溫熱的帕子拂過面龐，蘇木鼻子有些酸澀。

原來，這就是母愛……日常的悉心照料，噓寒問暖，一頓可口的飯菜，一件親手縫補的衣衫。平平淡淡，質樸的愛。

蘇木前世大部分都是自己一個人過來的，這樣的溫情猝不及防地觸動了她。

「娘……」

第九章　建房

吳氏手一顫，滿臉呆愣。「啊？」

蘇木鄭重地看著她，喊道：「娘！」

吳氏忙轉頭，豆大的淚珠，從眼眶落下。

蘇葉也忍不住落淚，低聲喚道：「娘……」

「好孩子，」吳氏慌亂抹乾淚，轉過頭，哽咽道：「我做得不好……」

「您是個好娘親！」蘇葉眼中淚珠止不住落下。她也有娘關心、有娘護，娘還教她做衣裳繡花，再也不必羨慕丹姊兒。

「好孩子……好孩子……」吳氏將兩個女娃摟進懷裡，豆大的淚珠簌簌地流，如何都停不住。

夜靜謐，偶有清風拂過，竹林發出颯颯的聲響。

窄小的竹炕躺著一家五口，安然入睡，安靜溫馨。

侯家是標準的四合院，兩扇木門內是正正方方的院子，東南西北四方都是房子，一色的青磚黑瓦。院中有棵老槐樹，樹下是水泥柱支起的青石板，旁建一口水井，由厚重的木板蓋上。

侯家未分家，兄弟和睦，侯老太太並不管事，都是兄弟間商量著來。老大、老二敦實憨厚，主理家中事；老三會說話，善與人打交道，主外買賣。侯老么便學了他爹這份生意頭腦。

如今，四代同堂，這小院落已顯擁擠，只念著老母親尚在，不願她見子孫分離的情景。

今日，蘇世澤一家早早就來侯家作客。

大人、小孩同坐院子，天氣正好，陽光和煦，照得暖洋洋。

蘇葉同靈姊兒一起繡花，吳氏從旁指導。蘇木不感興趣，挨在侯老太太身側，聽她道幾個長輩的幼年趣事。

此番前來，為等結果。

蘇世澤與侯老么道了買賣想法，侯老么當即贊同，也就約了今日趕集，將筍子送與酒館掌櫃，商談買賣。

眼見日頭升到頂，夫妻二人還未回來，蘇世澤有些心急，坐立不安。待到晌午飯，一家人不好再留下，吳氏帶了兒女與老太太告辭。

剛走到門口，聽見侯文清脆的說話聲。他今兒個跟著去趕集了，還得了蘇木的授命。

「我還當你丟了呢！」蘇木朝自官道口走來的侯文吆喝。

「嘿嘿，我爹在酒館磨了半天，怪不得我哩！」侯文快步跑過來，湊到蘇木耳邊放低了聲音。「掌櫃老頭回來了。」

蘇木點點頭，衝他神秘一笑。

侯老么挑著筐，臉上堆著笑，神氣十足。「大哥，酒館的事成了！」

一家人又被邀進院子。

今早，侯老么將兩罈油燜筍挑到酒館，那掌櫃試吃後表示可以一試，當即讓小二掛上菜名牌子，只道是「試菜」，不承想點過的客人皆讚不絕口。

這買賣自然定下來了。掌櫃倒是想買烹調的方子，因著蘇木的交代，自然不能說出去。都是老熟人，既然人家不願，掌櫃也不過多勉強，訂了三十斤油燜筍，讓十五那日早早送去。

侯老么按酒館的菜價，又估算油鹽本錢，定下了兩百文一斤，不算便宜。

「這麼說……」蘇世澤不敢相信。「兩百文一斤，三十斤……那便是六兩銀子？」

「可不是！」侯老么也是歡喜，自家還能分得二兩有餘，只出些不上檯面的筍子，竟換來這麼些銀子。

「哎喲！」蘇世澤感覺身子輕飄飄的。三十斤……猛地一拍腦袋。「得趕緊給人籌備，這就上山！」

「我的爹，今兒十二，到十五足有三日，不著急的。」蘇木忙攔著。

兩家人又說說笑笑，蘇世澤才帶著媳婦、兒女回家。而侯老么這方想，銀子不能拿得太輕鬆，三十斤筍子明兒個給他們送去。

這三日，一家人忙忙碌碌。

山口的坡坎處連續兩日炊煙裊裊，惹得村人十分好奇。

十五這日，天剛曚曚亮，侯家幾兄弟便上山來幫忙搬筍，足足五大缸。這陶缸是蘇世澤去窯作坊挑的，一個能裝五、六斤。

侯老么同蘇世澤一人挑兩個，餘下一個田氏用背簍揹著走。

吳氏與虎子這回也一同趕集，她搶著幫忙，田氏見她體格柔弱，自是不肯，只道自個兒做慣這些，力氣足，不礙事。

只是路途遙遠，擔子沈重，兩個大男人都歇上幾回，吳氏還是搶著揹了一段路。

到了鎮子上，買賣就是男人的事，田氏與之相隨，能幫忙一二。餘下幾個自行逛集，蘇木今日還有一正事。

百草堂前，小廝正清掃門庭，像是將將開門。

蘇木一行人上前招呼。一回生二回熟，小廝自是認得。走在最後牽小娃的年輕婦人卻是眼生，他也不必多問，放下笤帚，請幾人進門，便去內堂喚掌櫃。

掌櫃還是從前裝扮，青色長襖，鬍子花白，精神矍鑠。

蘇木向掌櫃行禮，將家人與之介紹，還帶了一小罈油燜筍送給他，玩笑道：「這是油燜筍，莫看是不上檯面的筍子，經過秘製，味道鮮美非常。猜想您牙口不好，這兩罐專門煮得爛。莫沾水，密封放好，能存個四、五日。」

掌櫃哈哈大笑，連聲道謝，和藹非常，也不賣關子，將這幾日進城送藥說給她聽。

一經打聽，果不其然，鯪鯉是稀罕物，各家鋪子都願收購。只是掌櫃覺著這些個藥店將價格壓得太低，他跑了將近半個郡城，才將這鯪鯉以合適的價格賣出去。

說罷，他起身上內堂，拿個灰黑布包出來遞給蘇木。

「這是四十兩。」

四十兩?!吳氏坐在最邊上，真懷疑自個兒聽錯了。是何樣珍貴的藥材能賣上這麼多銀子？要照往日，一家人不吃不喝幹多少年才能得這麼些銀子啊！

蘇木也是驚喜，先前掌櫃已經付了二十兩，想著應還餘一半，沒想到多出二十兩來，真是意外之喜啊！

她打開布包，見裡頭規整地擺著四個銀錁子，她毫不猶豫地拿出兩個放到掌櫃面前。

「您四處奔走，甚是勞累，一點心意。」

「傻孩子，這是二十兩，可不是一點！」掌櫃沒接，撫著鬍子，看著她笑。

「正因為不是一點，我呀，才只能分您兩個。」蘇木說著將餘下二十兩收好，起身告辭。「還有些東西要置辦，就不叨擾您了。」

掌櫃也不推辭，將銀子收下，送一行人出門。

吳氏再三致謝，幾人才往熱鬧的集市走去。

今逢大集，熱鬧非常，人較平日多許多，尤其是西街，好不擁擠。

西街主要是買賣的地方，賣菜的、賣雞蛋和鴨蛋的，抑或是手工活都在此處。起個大早，占個好地方，只盼能早早將東西賣出去。叫賣聲、吆喝聲、討價聲，交互錯雜，吵吵嚷嚷、沸反盈天。

百草堂坐落在北街，旁有糧店、布莊、雜貨鋪等，較西街並不擁擠。

蘇木挽著蘇葉，吳氏牽著小虎子、侯文則圍幾人蹦蹦跳跳，倒也悠閒。

「娘，家裡缺啥，咱去置辦。方才也瞧見了，咱家寬裕，別念節省，捨不得花錢。」

吳氏想想，才道：「天日見涼，扯些布疋做冬衣吧！」

蘇木點點頭。「被子也該再添兩條。」

「倒是……」

「絲線也再買些。」蘇葉難得提出要求。她近日十分沈迷繡花，已能繡出樣子來。

母女三人一拍即合，走進布莊，挑挑選選，買了好幾疋。老闆慷慨地送些碎布，正好給蘇葉繡花用。

窮時啥也買不起，如今有錢，卻不曉得如何花？除了置辦穿的，吳氏再不曉得需要啥，便由蘇木發揮，進到雜貨鋪買些碗筷，還添了面銅鏡，兩塊香胰子、兩盒香膏；又到糕點鋪子秤些糕點。

最後來到「大董烤鴨」，挑了整隻肥鴨。老闆樂得合不攏嘴，說話越發殷勤。

幾人手上再是拿不下，這才罷手，坐到糖水攤子，等蘇世澤與侯老么夫婦。
「木兒，妳瞧……」蘇葉扯了扯妹妹衣裳，悄聲道。
蘇木放下糖水碗，轉頭，見她一臉驚慌，順著視線看去，見蘇大爺帶著一家子站在西街口，正朝糖水攤子看過來。
蘇大爺眯著眼，似瞧不真切，旁邊張氏齜牙咧嘴說著什麼，他臉色搭下來；蘇丹姊弟正踮腳，爭先探著腦袋張望。
見蘇大爺怒氣沖沖，吼了句，轉身就走。一家人這才老實下來，跟上去。
蘇世福挑著筐子站在最後，擠出人群，目光捉住兩個姪女，笑得一臉殷勤，揮手招呼。
挑筐子本就占地方，行色匆匆的路人將他撞得一趔趄，扁擔晃晃悠悠地從肩頭滑落。他慌忙抓住掉筐子的麻線，這才穩住，倉皇離去。
見姊妹二人神色有異，吳氏關懷地問道：「怎啦？」
「瞧見我爺了……」蘇葉抿著嘴，滿是擔憂。
吳氏眉頭微微皺起，轉身朝街頭望去，只見攢動的來往人群，並未瞧見。
「擔心啥？」蘇木拍拍姊姊的手。「銀子是咱自個兒賺的，不偷不搶，就是官老爺來了，咱們也不怕。」
「就是！」侯文拍著桌子，豪氣道：「誰再打妳，我第一個不樂意！」
蘇木睨了他一眼。「不樂意能怎地？還能打得過我爺？」

「打不過……打不過我能撒潑打盹！」侯文兩手抱胸，十分不服氣。「我就抱著大爺的腿，妳倆趕緊跑。他若打我，我可著勁兒哭，太奶最疼我，定要喊爹娘把我救走的！」說著還作哭相比劃，惹得母女三人哈哈大笑。

「啥事這麼好笑？」

買賣完事的蘇世澤並侯老么夫婦走來，侯文立即迎上去，手舞足蹈將方才的事道與三人聽。

蘇世澤擔憂地看向母女三人，吳氏溫柔地衝他笑了笑，以示寬慰。

姊妹二人則識趣地將位子讓給三人，又喊小二上三碗糖水。

糖水不是什麼稀罕玩意兒，一文錢一碗，卻也是捨不得。小二手腳麻利，立刻端上桌，三人不好說什麼。

「怎買這麼些東西，跟置辦年貨似的！」田氏瞧見他們這桌邊上堆了七七八八的東西，見姊妹二人自然地站在那處，才曉得這是她們置辦的。

「家中啥都短，如今手頭寬裕便置辦些。」吳氏笑著回話。

「都是木兒買的。娘，您該學學，銀子賺來不就是花的嗎？」侯文抱著老娘的胳膊晃悠，撒嬌道。若是他娘也能這般，不就能經常吃好吃的了？

「你懂什麼！」田氏戳著兒子的小腦袋，寵溺道：「不給你攢錢，將來如何娶媳婦兒？」

「我才不要媳婦兒！」侯文從老娘懷裡站起來，噘嘴，一臉不高興。

「喲，還撒氣！」田氏忍著笑，斜眼瞧兒子。

眾人哈哈大笑，歇息片刻，準備回去。

侯氏夫婦買些日常所需，並未耽擱多久，一行人筐子、背簍裝得滿滿，幾個小娃手上都掛著東西，歡歡喜喜、滿載而歸。

到家後，母女幾人歸整買的物品，蘇世澤則操刀將那隻肥美的烤鴨劈成兩半，用油紙包好給侯家送去。

片刻回來，手裡多了兩個圓菜頭，翠綠非常。

菜頭去皮，切片，適量香油，加辣子清炒，清爽可口。烤鴨切塊裝盤，油燜筍一碟，五碗紅薯粥，十分豐富。

一家五口，圍坐一起，吃得滿足。

蘇世澤掏出三個銀錁子，一串銅錢遞給蘇木。「筍子總共賣六兩，妳么叔那份結了，餘下這些妳收著。」

蘇木並不扭捏，大方接過。「您不怕我亂花錢？」

這錢，她自然打算管著。夫妻二人性子軟，保不齊蘇大爺那頭有人作怪，拿「孝道」二字壓著老爹，只怕就是乖乖就範。

至於吳氏，不是信不過她，考慮她前夫是賭鬼，為了銀子欺師滅祖的事怕是都做得出來，虎子是吳氏的軟肋，以此相挾，拿捏正好。

「不怕。」蘇世澤咧嘴笑了笑，給三個孩子一人挾一塊鴨肉。「妳比爹有本事。」

一家人對此無異議。

蘇木將銀子收好，仔細算算，賣藥、賣筍總共四十五兩有餘，除去近幾日雜七雜八的支出，餘四十兩左右。

「爹、娘，咱們蓋幢院子吧！」

「蓋院子？」夫妻二人異口同聲，頗感驚訝。蓋院子……那是想都不敢想的事。

蘇木點頭。「爹，您與我算算蓋一幢太奶家般的四合院要多少銀子？」

「妳太奶的院子約莫一畝半，咱人少，七、八分地足矣。田地貴重，家之根本，一畝要七、八兩，若非急用錢，怕是無人售賣。好的地段要貴上一、二兩，偏些地段便宜些。」

蘇世澤頓了頓，繼續道：「磚瓦便宜，村裡就有窯作坊，就是木料費錢。咱這方產竹，林木居少，一般有人建房，或外地拉來，或瞧上哪家山頭有合適的老樹。平日不起眼，那些幾十年的大樹，賣得可不便宜。如此算來，三十兩跑不掉，桌椅板凳還不算上。」

這筆帳越算，心裡越是沒底。

「這院子，咱蓋！」蘇木打定主意。銀子將將夠，她對油燜筍的生意充滿信心，不怕日後不來錢。

「妳這丫頭是魔怔了！上哪裡得這麼些銀子？」蘇世澤搖頭，嘆息。「酒館掌櫃將筍子收下，銀子付好，可沒說再要。」

吳氏約莫知道蘇木手上有多少銀子，細心與丈夫說道。只是為蓋屋子將銀子花個精光，她是有幾分不贊同的。無田、無地、無進項，吃哪樣都要靠銀錢，日子一樣不好過。況且兩個女兒年歲見長，相繼許人家，若無豐厚嫁妝，是要被婆家看輕的。

於是她建議道：「若不然建個磚瓦房，四、五分地，地段不必太好，山上亦可。若地方貧瘠，便宜將旁地買來，也好種點小菜。咱家無穩定進項，銀子還是留著好，為妳姊妹二人籌備嫁妝。」

蘇世澤驚喜那怪物竟賣這麼多錢之餘，也感念妻子考慮周到。

「妳娘說得是，銀子雖得來容易，也要緊著花。」

提起親事，蘇葉有些不好意思，買地、建房都是大事，她習慣不多嘴，安靜聽著。

「爹、娘，莫讓眼前的一時之利蒙了眼。」蘇木撇撇嘴，深知賺錢不易，才要先將日子過好。

「這是何意？」夫妻二人面面相覷。

第十章　上門

「咱們賺點小錢，您二人啊，就將我與姊的親事都想好，可就篤定咱發不了財，活該一輩子吃糠噍菜？」

「倒不是這個理……」

細細想來，是這麼個意思。

「我敢保證，明兒個掌櫃就得遣人上門！」

眾人不解，卻也不信。

「房子定是要建的，總不能一輩子借太奶家的地吧？既然要建，何不一次建好，咱又不是拿不出銀子來。倘若日後發達，定要再置辦房產，這磚瓦房歸誰，爹娘是存了要分家的意思？」

「妳這丫頭，說的什麼話！咱一家人和和睦睦，分啥家！」蘇世澤慍怒。

吳氏更是慌張。「天地良心，分家的念頭，我是半點都不敢存！」

蘇木著急，說話硬氣了些，見二人這般，忙放軟語氣。「我並無責問的意思，只作比方。爹、娘，咱得思慮周遠，虎子你們就不讓他上學堂唸書？縱使考不上官，當個教書先生也比在地裡幹活強啊！您二人都還年輕，往後不得生弟弟妹妹？就這三十兩銀子，還能保咱一生溫飽不成？」

什麼年輕、生弟弟妹妹，吳氏鬧了個大紅臉，低頭不語，細細想著小丫頭的話。

上學堂？讓這個同她毫無血緣的弟弟唸書？唸書可是要花大錢的……自兒子出生，她沒存過半點這樣的打算，只要不餓著他、能平平安安長大便已滿足。這小丫頭……她是真的看不透，連後母與親爹生娃都考慮上，是把自個兒當親娘看啊！

吳氏感動不已。

蘇世澤乾咳兩聲，也有些窘迫。不過，細細想來，的確有道理。這三十兩束縛了他的眼界，一家人有手有腳，只要勤勞肯幹，如何不能將日子過好？

「得，這院子，咱蓋！一會兒我就找妳么叔商量，哪處地段好，他在行！」

蘇木輕輕吁了口氣。可算答應了，她是真喜歡那四合院，若找個依山傍水臨官道的就更好了。

不過眼下，還得努力賺錢。

下晌，蘇世澤約了侯老么一道看地，為防老爹捨不得買好地段，蘇木跟著去了。

轉悠一圈，蘇木相中侯家對面那塊水田。水田居官道右側，間隔一塊瘦長的土地；背後是山，以一條小河溝為界限，約莫一畝二分，四方周正，一側靠坡坎，生著茂密竹林，一側是不臨官道村子通外的寬闊小路，是塊好地。

「木丫頭，妳可真會挑，這田是里正家的，縱使多出二兩銀子，怕也買不著。」侯老么笑道。

蘇木扶額。里正是村官，二兩銀子怕是打動不了……唉！

三人只得作罷，又走一圈，卻再也瞧不上別的地。

無功而返，敗興而歸，好在不是火燒眉毛的事，好地段慢慢尋就是。

次日，酒館果真遣人來訂油燜筍，又要了三十斤。只是這回稍有不同，十斤照上回用大缽，二十斤則用小陶罐分裝二十；陶罐的錢，掌櫃也承諾補上。

雖不明就裡，兩家人仍是歡歡喜喜將生意應承下來。二次要貨，寬了兩家人的心，做事也越發賣力。

侯老么留了個心眼，拉著小廝多說了幾句話，探出小罐分裝的緣由。

原來，酒館將油燜筍包裝成郡南特產，各外商到店自是要嚐，不僅嚐，還當作稀罕物帶回。

太好了！蘇木激動得又蹦又跳。若油燜筍流傳至外，還愁沒銷路嗎？

眼下是要將筍「標牌」，也就是做好自家標記，一防仿製，二做名聲。這罐子是契機。

蘇木道明緣由，便拉著老爹去窯作坊。

她打算在陶罐上做自家的標記，一個簡單的「蘇」字。家裡只有蘇世澤會寫幾個字，自然拉著一起。

窯作坊建在村尾臨河低矮一處，破舊的磚瓦房四周堆滿各樣陶罐缸缽，整齊堆砌的黑白磚瓦。

作坊主人是個乾瘦老頭，帶著三個兒子經營。父女二人道明要求，老頭立即讓兒子拿出模子。

蘇世澤刻出一個「蘇」字，卻有幾分不同，左下「魚」字更象形些，字似水草，輕舞飄搖。

蘇木想想，添上幾筆，多了魚頭、魚尾，更加象形。

二十個罐子不算多，老頭應承兩日後送去。

到了約定日，蘇、侯兩家早早備好貨，給酒樓送去。

母女三人留在家中另有忙活——做泡椒筍片。

泡椒筍片做法更簡單，各種調料醃製即可，味道鮮辣爽口，十分美味。少了油這樣原料，換作辣椒，成本省下不少。

不出意外，油燜筍的生意要打開了，酒館要貨只多不少；而泡椒筍片一直以來廣受歡迎，與其一併推出，不愁賣不了錢。

母女三人正忙著將筍焯水，蘇世福與張氏竟上門來了。

灶頭、方桌，擺著大小不一的竹篾，裡頭瀝著白嫩的筍片。站灶頭邊上的吳氏正一手拿竹篾，一手拿瓢，舀著鍋裡焯燙半熟的筍片。

張氏忙走過來，接過吳氏手中竹篾，殷勤笑道：「大嫂，我來幫妳。」

大嫂？吳氏被她這一舉動弄得手足無措。「不……不用……」

「都是一家人，客氣什麼？」張氏抱著竹篾不放，眼睛直勾勾地看向鍋裡。「這是做什麼呢？」

「這……是醃筍子……」吳氏心眼實在，不會打馬虎眼，猛地這麼一問，老老實實說出來。

「筍子還能醃呢？」蘇世福自是不便湊一塊兒，站在灶屋不遠處，漫不經心道，一雙眼珠滴溜轉著。

哼，這二人是惦記上好處了呢！

蘇木站起身，拍拍身上草木灰，笑道：「二叔，您找啥呢？」

「啊？」蘇世福心虛地昂著頭，兩手背在背後。「沒……沒找啥！這地方能找啥？」

話是這般說，腳卻挪步在草屋邊晃蕩，左右打量。

蘇葉只管坐在灶前燒火，不敢作聲，不安地看著二人。

「大嫂，妳手可真巧！」張氏斜著眼瞧吳氏，心裡「呸」一聲，不說生得多好看，那股子弱不禁風的模樣就讓人生厭，不過，這會兒容不得她翻臉。「還是大哥能耐，竟做起生意來，日子眼見就要好起來。大嫂嫁進蘇家門，真是天大的福分啊！這裡頭還有我牽線搭橋的功勞哩！」

吳氏尷尬地笑了笑，不甚了解這個二弟妹此番話是什麼意思，只得跟著附和。

張氏見她唯唯諾諾，有些得意，竟這般好拿捏。「同嫁蘇家門，我可就沒妳這福分，整日下地幹活，累死累活，撈不著半點好。好日子盼不來，全往老太爺那裡送了，可憐我青哥兒、丹姊兒……唉！」

「青哥兒、丹姊兒……怎啦？」吳氏一頭霧水。

「過不上大葉兒姊妹這樣的好日子唄！聽說前兒趕集，你們買了一整隻烤鴨？乖乖，聽得我流口水。那日我遠遠就瞧見，置辦好些東西，想著來打聲招呼，老頭子就是不讓。」

張氏十分惋惜地嘆口氣，隨即臉上堆滿笑容，親近道：「大嫂，要不妳教教我怎麼做這筍子，改明兒咱也做點賣賣，日子也能過這般好。」

這話一出，吳氏才曉得她話裡意思。不過木丫頭交代過，筍子做法是機密，機密被人知道，筍子也就不值錢了。

她不傻，卻嘴笨，問得突然，找不到說辭，只好求救般看向姊妹二人。

蘇木早猜到二人來意，並不打算理睬。「二嬸，您是在說笑話吧？咱家住的草屋還是太奶借的，叫什麼好日子？」

聽這話，張氏不高興了。大人說話，一個小丫頭騙子插什麼嘴？上回花生酥若不是這丫頭使壞，兒子就不會挨老頭子揍，她記著呢！

她冷冷道：「女娃子懂什麼，還不是賠錢貨！」

「咳咳！」蘇世福重重地咳兩聲，將張氏拉開，呵斥道：「跟個小娃見怪，讓人笑話！」

說著朝她遞個告誡的眼色。今兒是來問方子的，莫惹事才好！

「大嫂啊，妳弟妹嘴臭，心眼不壞，莫見怪。」蘇世福笑著賠不是。「都是一家人，你們日子好過，就幫襯兄弟一把，這不是人情應當嘛！」

呵，真是滑天下之大稽！被趕出門時，怎不見說半句好話？二房一家背地裡的心思，蘇木心知肚明。

「二叔，筍子的烹調法，酒館掌櫃本想花幾十兩銀子買下來，您……預備出多少啊？」

「妳！」蘇世福語塞。原本木丫頭同她名字般木訥，何時這般牙尖嘴利。「我不與妳說，小娃子啥都不懂！」

吳氏一問三不應，還當她好拿捏，沒想到也是個不省心的，蘇世福沒有方才的耐心。

「我看大哥臉面，喊妳一聲大嫂，好話也說盡，這法子妳是教還是不教?!」

吳氏雖唯諾，卻有幾分骨氣，不悅道：「教不了，幾十兩銀子的事，我一個女人作不了主，等你大哥回來，你與他要去！」

「哎喲，妳還牛氣上了！」張氏見她這般神氣，臉子當場拉下來。「喊妳聲大嫂，真當自個兒有臉面了？也就是個破爛貨，大哥沒心眼才會撿！」

吳氏同張氏娘家同村，自小一起長大，吳氏沈靜，張氏潑辣，且張氏家境寬裕些，並不瞧得上吳氏。

吳氏也儘量不去招惹，遇事躲著些，二人倒並未有什麼大衝突，張氏這般咒罵，吳氏頭回經受，她氣得發抖。

「妳……妳給我滾！」

她一把搶過張氏手中竹篋，就著鍋裡舀完筍子餘下的水，潑向二人腳下。水熱，天氣涼，地上瞬間冒起濃濃的白煙。

二人慌忙往後退，尖叫喊道：「妳瘋了！」

吳氏不管不顧，舀水就潑，二人頻頻退步，不敢上前，只得作罷。

「行，妳厲害，等著！今兒不給我，明兒爹來要！看妳給不給！」

說罷，夫妻二人狼狽離去。

吳氏這才收手，身子仍舊發抖，眼圈通紅。

蘇葉忙上前安慰，也跟著難過。

待吳氏平靜下來，才發覺不對，臉上由難過變得驚慌。「完了，我今兒是不是惹禍了？莫不是妳爺讓他二人來的？」

「您做得對，人善被人欺，對這種惡人就不該客氣。」蘇木寬慰道，讚賞吳氏這一舉動。

「可……可我將事情推妳爹頭上，若真喊他去問事，可怎麼……」丈夫孝順，定要教他為難，吳氏焦急萬分。

「放心吧……問不了。」蘇木狡黠一笑。

下晌，蘇世澤回來，知曉老二夫婦上門鬧事，痛心又生氣，卻也慚愧。按理說自個兒賺了錢，應當孝敬爹娘、匡扶兄弟，只是……唉，當家難啊！

母女三人正坐方桌處醃筍子，吳氏調味，蘇葉分裝，蘇木則拿塊乾布將沸水煮過的陶罐擦乾，問道：「爹，賺的銀子呢？」

見他一臉糾結，也不管不顧。吳氏知他為難，卻不好說什麼。

「喔！」蘇世澤忙從懷裡掏出銀子，遞給女兒，為難地開口。「木兒……妳爺他……」

蘇木沈下臉，將銀子還過去。「爹自個兒賺的銀子，拿去孝敬爺奶吧，咱也不用蓋什麼新院子，就在太奶這塊地住一輩子吧！」

「不是……爹不是這個意思！」蘇世澤忙將銀子推回。「這都問上門，我……」

「您是沒瞧見二叔同二嬸那副要吃人的模樣，罵得多難聽！咱銀子是大風颳來的？想要銀子，自個兒出力！」蘇木沒好氣。老爹就是愚孝，自家什麼光景，人家又如何，嘟囔道：「您到底跟誰過日子……」

蘇世澤看看一家五口，萬般無奈。

「自是與你們，可妳爺問起來……」

「您若事事以咱為先，大事一起商量，莫同我爺定下，這般我就有法子……」

這番話倒不光指賣筍生意，還有她同姊姊的親事。父母之命，媒妁之言，保不齊哪日訂下親，她還不曉得。

蘇世澤轉憂為喜。「啥法子？我答應就是。妳曉得我沒主意，哪樣不是與你們一道商量？」

「那是爺不在。」蘇木仍不依。

「好好好，我答應！」蘇世澤無奈女兒的精明。

一家人這才綻露笑顏。

次日大早，蘇世澤拎著兩只陶罐同蘇木一道出門，走至官道，喊上侯老么，朝大河塘走去。

郡南縣依山卻並不傍水，因此水貨分外值錢，家境寬裕些的會修建荷塘，養魚種藕。

福保村修建荷塘最大的一家便是里正田大爺。

荷塘臨山而落，足有二畝，北靠山，東西修著堤壩，壩上栽了一排楊柳；南面則建著屋舍，是青磚小瓦的四合院。

侯老太太的四合院寬敞卻破舊，田大爺家卻嶄新，瞧這牆都是青磚鋪疊而成，大門是紅漆榆木，連門口的石階都是整塊的石頭鑿成。

侯老么上前喊門，開門是田大爺的大孫子，田良。

田良約莫十四、五，生得文氣，頗有書卷味。

他將三人請至院中，田大爺披著襖子從正屋走出來，熱絡招呼，一邊吩咐孫子倒茶，頗為講究。

蘇木心想，倒有村官的氣派。

三個大人於院中方桌坐下，許是田大爺待人接物之處。

蘇木並不在乎，挨著蘇世澤坐下。田大爺瞧了她幾眼，暗道這娃子不懂禮數，大人談事，該是一邊等著。不過，兩個大人未斥責，他也不便說什麼。

田良倒好茶水，也挨在一旁坐下。田大爺似有心讓孫子接觸，多學些人情世故，待人接物。

一番寒暄，該道正題。

侯老么將兩只陶罐放置桌上，揭開蓋。「田叔，您嚐嚐。」

田大爺朝兩只陶罐看去，裡頭各裝一黑一白；細看，黑為塊狀，白為薄片，瞧著像是……

「筍子？」

侯老么點點頭。「大哥一家煮的，而今同鎮上的酒館買賣。」

田大爺看向蘇世澤。前幾日他聽說了，未當回事，心想，上不得檯面的東西，值什麼錢？

田良麻溜地進灶屋，拿來碗筷，爺孫二人嚐了嚐，滿是驚訝，當真好吃，一點也不麻口！

「這……」

蘇、侯二人相視一笑，侯老么先開口。「而今這筍子被酒館當作土產外銷，不出幾日，售出的量遠不止六兩銀子。」

啥？這麼些筍子能賣六兩銀子！

第十一章 煮魚

田大爺沈思。「尋此商機，倒是你二人走大運。六兩銀子，可不比刨地強！」說著看向蘇世澤，想到上月蘇家鬧分家一事，前腳將人分出來，後腳人便發財，蘇老哥怕是腸子都毀青了。

蘇世澤撓撓腦袋，不好意思道：「我沒什麼本事，都是二丫頭搗鼓出來的。昨兒又想到於陶罐上做什麼記號，能讓更多人知曉，我也不甚明白。」

爺孫二人齊看向邊上不作聲響、安靜喝茶的小丫頭。

田良仔細打量，她低著頭，瞧不清樣貌，瘦瘦小小，不甚出眾。

一細想，於陶罐做記號，這些個外商將筍子帶至各處，因著味道可口，樣子稀奇，可不就認準了，此法甚妙！

田良頗為敬佩，再次看向女娃。

這時，也見她抬起頭，臉蛋小巧，五官秀氣，一雙眼睛卻清澈有神。微微一笑，便眯成彎彎的月牙。

「某地盛產某物，多、廣且年代久遠，有一定價值，稱作『土產』。」

眾人不明所以。

田良一番思索道：「若不是『湖北紫崧』、『湖西魚』一般？二樣吃食名聞天下，據說是進貢皇宮的貢品。」

到底是唸過書的。蘇木點點頭。「正是此意。咱們郡南盛產竹，卻無法當作特產，若非竹質上品，再得手藝精巧的匠人編製出精美的物品，方能聞名，如今看來卻無。」

眾人仍舊一頭霧水，田良懂了她的心思。「竹不可以，筍尤為！妳是想將這筍子賣作土產？」

蘇木點點頭。正是這般，沒有比這個法子更快速地將筍子賣出去。

田大爺不以為然，筍子味道鮮美，可發展為土產，聞名一方，卻是大話。

蘇木見田大爺意興闌珊，忙道：「您定覺我說大話。」

田大爺端起茶碗，以示此意。

「我這是往大了想，若這物真當成了土產，名聞天下，您作為里正，可不是褒獎的頭一人？連縣老爺都跟著您沾光。往小了說，筍子賣價可不便宜，比不上豬肉，卻貴過雞蛋。」

田大爺心中一動，淡淡的眉頭皺起，看看蘇、侯二人，最後目光落到蘇木身上。「你們此番來意是？」

「與您談生意。」蘇木接話道。

田大爺轉動手中茶杯，似在思索，片刻問道：「如何談？」

「筍子如何去麻味、如何烹調，只我一家知曉。奈何本錢不多，更無山頭挖筍，生意做不下去。起初與么叔搭夥，小本買賣；如今酒館作土產賣，要量必逐漸增加，么叔家山頭只怕撐不得多久，便生了與您搭夥的念頭。」

田大爺細想，倒是條生財路。「如何搭夥？」

「開作坊！」

作坊？

「妳且細細道來。」田大爺主靠買賣發家，作坊主意，他頗感興趣。

「逢集三十斤，我娘與姊姊將將完成，甚是勞累，往後要量大，我們是不敢接的。如果開作坊，聘幾個工人，既解勞力問題，又讓村裡貧寒戶賺得幾個錢。筍子直接收現成的，秤斤賣，家家戶戶皆可上山挖筍買賣。您說，咱村是否能先富起來？」

蘇木話畢，半晌無人說話。

這已不是光買賣的事，還事關里正一家前程，田大爺面上終於露出喜色，連道三個「好」字。今兒是什麼好日子，竟有這等好事送上門！

「至於分成……」

這點至關重要，眾人齊齊看向蘇木，等她發話。

「方子是我家的，作坊也是我們想出來，往後如何擴展銷路、如何做出新的烹調法，我自會拿出辦法。除去開銷，占四股，您二家各占三股；活計如何安排，我是不懂，憑爹、么叔和大爺商量。惹您笑話，又當是大話，我啊還就想著聞名一方！」

眾人哄笑，細想卻也公正。說白了，除去蘇家，他二人就是搭著發財，出些勞力罷了。侯老么表示贊同，田大爺也無異議，道：「口說無憑，立字為據，涉及錢財，還是立條約為好。」

說罷，田良快手快腳地進屋將紙筆拿出，平整放置桌上，執筆等田大爺開口，像是常做這事。

田大爺經常立字據，將三家合夥生意各要項、細節，一氣呵成擬好。

田良執筆如行雲流水，字跡清秀灑脫。

末了，蘇木提醒標注，烹調之法絕不可洩漏。三個當家之人這才按下手印，將字據仔細收好。

蘇木見田大爺笑得甚歡，狡黠笑道：「大爺，木兒有個不情之請。」

「哦，是何？」再無方才輕視，田大爺對這女娃既欽佩又歡喜，自是和顏悅色。

「我家想蓋院子，瞧著么叔對面水田地段十分好，祈求您能割愛，將那塊水田賣與我家。」

田大爺細想自家水田，便是臨官道那塊，地段確實好，他也從未生過要變賣田地的想法，有些不捨……只是話都說到這分上，莫非，送上門的生意原是她瞧上了自家的地？罷了，一塊水田，哪有作坊及前程光景值錢？田大爺咬咬牙。「成，就賣與妳！良哥兒，地契你一併擬，就照良田價格，一畝二分收妳十兩銀子，可還滿意？」

「滿意，謝謝大爺！」說罷蘇木從懷裡掏出布包，遞至田大爺面前。「您點點。」

蘇世澤喜出望外，十兩銀子十分優厚了，連聲道謝。

田大爺拿過布包，墊了墊，不多不少正好十兩！這丫頭是算好的呀！

侯老么不住搖頭讚嘆。木丫頭當真聰明！三言兩語促成生意，如今連地都買來了。

蘇木目的達到，餘下事項由三個大人商量。田大爺買賣經驗豐富，侯老么老到，二人商量自然沒什麼要擔憂的；蘇世澤不懂行商，跟著聽聽，也好學些生意經。

蘇木則抱著兩份地契，坐一旁傻樂。

田良正襟危坐，眼神卻不由得往旁瞟，見女娃憨態可掬的模樣，甚是好笑，試探與她說話。「妳叫啥？」

蘇木歪著腦袋。「蘇木。」

蘇木，倒是簡單別致。「我叫田良，比妳大不少。」

蘇木聳聳肩，他倒不拘謹，舉止大膽，頗有風範，印象不壞。

「聽妳方才一番話，可是唸過書？」

「不曾。」蘇木搖搖頭。字據上的字她識得大半，卻不能暴露自己不是文盲，補充道：「我爹識得。」

田良恍然大悟，瞧她聰明伶俐，談吐嚴謹，原是有個識字的爹，自與一般人家教養子女有所不同。

蘇木眼睛一亮，小嘴甜甜喊道：「田良哥，可有啟蒙的小本？家弟尚小，想讓他學字。」

田良……哥……田良白淨的臉紅了，磕磕絆絆道：「有……我……我去找與妳。」說罷起身朝屋裡去。

「我與你一道。」蘇木跟上去。

她年紀不大，身量瘦小，還是孩子無異，三個大人並不往男女有別之處想，由著二人去。

田良的屋子寬敞簡潔，一床、一櫃、一案，案桌擺著整套的筆墨紙硯，旁立書架，擺滿了書。

頭回有女娃進自個兒屋子，田良頗感不自在，彆扭地站在書架前挑選。他選出幾本，放在案桌上。「都是我啟蒙時用的，妳挑些。」

「好。」

脆生生的聲音聽著格外悅耳，田良心裡莫名覺得歡喜。

蘇木挑了幾本小冊，又拿幾本雜書，這才作罷。

外頭，三人仍舊談得熱火朝天，沒有收場的意思。田大爺慷慨留三人吃飯，蘇木只道急著與兩家人告知好消息，欲先回去。

田大爺便吩咐孫子挑揀兩條大鯉魚讓蘇木拎回去。蘇、侯二人不好意思，一番推脫，奈何田大爺盛情難卻，只得收下。

田良實在，真就挑了兩條三、四斤的大鯉魚，用嫩綠的棕葉串在魚嘴上，一手拎一條，長至膝蓋。

「魚重，我送木兒回去。」

田大爺自是贊同，囑咐早去早回。

一高一矮走在寬敞的官道上，蘇木抱著書本，田良拎著魚。

她側頭問：「重不？可要我幫忙？」

田良咧嘴笑道：「妳力氣小，不用幫忙，我拎得住。」

行走片刻，只聽見有人喚。「木兒！」

二人轉頭朝那處看去，見一個青衣襖子的女娃正站官道口田埂上，手拿野蔥，朝這方揮手，笑靨如花。

雖喊自己，那視線卻越過她頭頂往後。蘇木轉頭，是田良清秀的面龐，聽見他問道：「喚妳的是誰？」

蘇木撇撇嘴。「我二叔的女兒，蘇丹。」

田良陪同她將魚送至侯家，告知三家搭夥開作坊的消息，一家人喜出望外。

收了魚自然得回禮，侯老太太喊媳婦去地裡砍了滿滿一背簍新鮮蔬菜，田良如何都拒絕不了，只得揹上。

蘇木家並無送得出手的，只有兩樣筍子稀奇，方才蘇世澤已拎兩罐，因此不回也不算失禮。

蘇世澤留在田家吃飯，吳氏便將魚養在水桶，娘兒幾個隨便應付午飯。

下晌，蘇世澤喝得醉醺醺地回家，嘴裡嘟嘟囔囔，一個勁兒笑。母女三人很無奈，將其洗洗弄弄，扶床休息。

吳氏閒得無事，將方才丈夫換下的衣裳洗了。蘇葉坐在桃樹下繡花，蘇木帶虎子在方桌識字看書。

如今，日子好過、有盼頭，一家人其樂融融，安靜而美好，只有那大鯉魚似被木桶拘得難受，不停撲騰。

拿著書本的虎子，眼神不住往那處瞟。書本上的字，他不識得啊，也不曉得二姊為何看得那般入迷？

不光虎子瞟魚，蘇葉也忍不住。魚肉金貴，不是常吃的東西，還是前年插秧放水，捉了許多穇子魚。鯉魚、草魚、鯽魚要放回田裡圈養，肥了賣錢；穇子魚是長不大的一種，吃秧苗卻十分厲害，捉了好打牙祭。她依稀記得奶拿灶頭烘烤成魚乾，再拿辣子爆炒，香香脆脆，十分可口。

這般肥大的魚是沒吃過，也不曉得怎麼做？

這時，聽見坡坎處，侯文脆生生的叫喊聲，是田氏帶兒子前來討教魚的做法。

「巴掌大的魚我倒煮過，三、四斤竟不曉得如何下手，生怕做壞了，糟蹋這般好的魚。大嫂，妳手藝好，我同妳學學。」

吳氏晾好衣裳，將木盆的水潑向崖邊，為難道：「不怕妳笑話，魚我當真沒煮過。」兩個女人無奈。

侯文蹦蹦跳跳至蘇木邊上挨著她，討好道：「木兒主意多，竹子蟲都能做得好吃，魚能難得住？」

說著從懷裡掏出一塊桂花糕，遞給她。

蘇木放下書本，撇嘴笑，接過糕點，自個兒並未吃，卻遞給虎子。對這個瘦弱又膽小的弟弟，她總帶幾分憐憫。

虎子看看姊姊，再看看侯文，接過來小口地吃。

侯文不高興了。「給妳的，怎給他了？統共就這一塊，我都捨不得吃。」

虎子似被嚇著，拿著糕點不敢動。

吳氏有些許尷尬，面上不自在。田氏更是不好意思，呵斥道：「怎麼回事！這般凶做什麼！」

「哼！」侯文更加氣，兩手抱胸，以示不滿。

小孩就是小孩。蘇木無奈，哄道：「這就生氣了？那大魚我可知道如何做得美味，保准比烤鴨還好吃。」

比烤鴨還好吃……侯文尖著耳朵聽，眼珠子橫過來。「真的？」

「自然是真的。」蘇木成竹在胸。

「那我不氣了，妳快教娘。」侯文立馬放下手，眼珠子發光。

兩個婦人也翹首以待。

家裡有泡筍，最適合做酸菜魚。

「先將魚去鱗，破腹去內臟洗淨，切片。」

「我來！」吳氏提刀，走至水桶，一手捉魚。奈何大魚折騰不停，吳氏便用刀背重重敲在魚腦袋上，待其不再折騰，這才開刀。

將內臟摳出來，水桶立即染成鮮紅。女兒家怕葷腥，田氏自告奮勇清理內臟。

四個小娃則圍在邊上，看得起勁。

「葉兒姊、木兒、么嬸……」蘇丹自坡坎處走來，著一身緋色襖子，映得小臉白裡透紅，十分嬌豔。只見她驚訝道：「這麼大的魚！」

吳氏多瞧了幾眼，覺得布料顏色好看，尋思給姊妹二人也做一身。

自那夜蘇木姊妹挨打，侯文便十分不待見蘇丹姊弟。「妳來做什麼？」眼神凌厲，語氣頗為不善。

蘇丹收起笑容，頓覺委屈。「是爺喊我來尋大伯，有事商量。」

「妳大伯晌午喝了酒，這會兒歇著呢！」吳氏好聲好氣道。

「那妳便去叫醒！」蘇丹白了她一眼，不甚耐煩。「爺讓喊人，還有不去的理？」

吳氏氣憤又無奈，一家子當真不講理。

「怎麼這是？」聽見外頭動靜，蘇世澤揉著腦袋走出來。

「大伯，爺喊你回去商量事哩！」蘇丹甜甜喊道，十分乖巧，與方才對吳氏的態度判若兩人。

蘇世澤看看妻女，反應過來。「哦……就去。」

說罷，進屋披件衣裳。

這間隙，蘇丹擠到蘇木身邊，親熱地挽她胳膊，神秘問道：「晌午同妳一道回來的少年是誰？」

蘇木轉頭見她面目含羞、眼波流轉，這是情竇初開，瞧上田家小哥了？欲捉弄，於是道：「窯作坊家的。」

「噢……」蘇丹輕咬嫣紅的嘴唇，面露羞色。

待蘇世澤出門，她忙跟上，一道離去。

侯文賊兮兮地挨到蘇木身旁。「她方才與妳說啥？」

蘇木嗤笑。「她說你是個小壞蛋！」

侯文眉毛一挑。「我瞧她才壞心眼呢！」

二人又開始打趣，惹眾人發笑。

除了吳氏擔憂，蘇世澤的離去眾人並未放心上，繼續捯飭煮魚。

魚清理乾淨，用刀取下兩扇魚肉，又把魚頭劈開，骨切塊。

蘇葉自屋裡抱出泡筍片的陶罐，拿乾淨筷子挾出一大碗，筍片泡了兩日，已有酸味。

吳氏掌廚，蘇葉打下手，蘇木從旁指揮，田氏則坐矮凳燒火，邊幹活邊聊閒話。

火燒得旺，鐵鍋冒起青煙，倒入少許油，下入野花椒、蒜瓣、辣子，再放泡筍片煸炒，加水上蓋。

田氏往灶膛塞把柴，火鉗掏了掏，火立刻大了，湧向鍋底。「放這些個調料，還沒煮魚就聞著香。」

蘇木原是南方人，南方菜精緻，調料齊全，味道稍重。據她觀察，這地雖南北交接，飲食卻偏向北方，做菜好煮、燉。

「可不是，木兒最是喜好放作料，恨不得全都放下去，紅薯糖同老酒也做調料，我是頭回見著。」吳氏照要求將魚肉切片，魚肉太過軟滑，總切得不好，一塊切完才手熟。

白煙自鍋蓋縫隙跑出，吳氏揭開，湯水翻滾，香氣逼人。於是改作小火，待翻滾氣焰歇下，將魚片撒落鍋中，煮上片刻即出鍋，撒上野蔥段，真真讓人直嚥口水。

吳氏拿出碗筷給眾人分嚐，當真鮮嫩爽口，美味異常！

田氏迫不及待，扯著不願離去的侯文回家燒魚去了。

第十二章 代理商

日落西斜，蘇世澤已去了許久，娘兒幾個圍坐方桌等人。魚肉拿大缽裝，蓋了蓋，香氣仍舊往外跑，十分惹人饞。

吳氏站起身走至桃樹下，自下眺望，喃喃道：「怎還不回來？莫不是留飯了？」

「不該，爹定會遣人與咱說。」蘇葉疑惑。

蘇木也站起身，只怕便宜老爹被拘著脫不了身，蘇大爺威逼加上二房一張嘴，定是招架不住。

「娘，拿個大碗騰些魚，我去瞧瞧。」

吳氏轉憂為喜，二丫頭伶俐會說話，教人放心。

入臘月，天兒涼得快，蘇大爺用棕櫚將院壩外圈的果樹幹圍一圈禦寒，枝幹也修剪完畢，枝頭皆用碎步包裹；地上的雜草除得乾乾淨淨，路過有糞味，該是施過肥不久。

院壩很安靜，堂屋的門虛掩，依稀聽見說話聲。

「我一把屎、一把尿把你拉拔大，你就這般回報我？」蘇大爺大口大口吸著水煙，吸得猛，一口氣沒緩過來，猛地咳起來。

蘇世澤坐在門邊的矮凳上，垂頭喪氣，見老爹這般模樣，於心不忍。「爹，我這一家子總不能一直住侯家的地，地都買了，等著建屋哩！」

「你個狗東西，十兩銀子買地！你——咳咳！」蘇大爺氣極。「咱家哪塊地不好，你建不得房子？買地這麼大的事，你不同我講？你眼裡還有沒有我這個爹！」

他是氣這麼多銀子給別人，更氣老大沒將自個兒放眼裡，他是當家的，是權威！

「不是……就趕上趟，來不及回來同您商量啊！那麼好的地，大爺便宜給咱，哪能猶豫？」蘇世澤唯諾道。

「大哥，瞧你把爹氣的。咱爹不是想占你啥便宜，買地建房是大事，還得爹幫你張羅。」蘇世福坐在邊上，語重心長地勸慰。「簽了契，地怕是換不得。這樣，餘下銀子你都給爹，建房讓爹把關，我也搭把手，總好過花錢請人強，大哥，你說是不？」

張氏倚在自個兒屋子的門框，瞧著堂屋一舉一動，附和道：「大哥，咱是實實在在的一家人，才幫你出主意，莫遭外人騙了。」

一向不多言不多語的丁氏也開口。「老大，聽你爹的，你心眼實，瞧不清好壞。」

蘇世澤只覺頭腦發脹。「這銀子不在我身上……」

「啥？你讓那狐媚子管錢！你個狗東西！」蘇大爺就著手裡茶碗朝蘇世澤砸去。

蘇世澤忙躲閃，茶碗並未砸中，摔地上，發出清脆的聲響。

「不是，木兒管著呢！」

不是那狐媚子就好。蘇大爺臉色緩下來。「像什麼話，讓個小娃子管錢？你是腦子不清醒！」

「這好辦，我去把木丫頭喊來！」張氏自告奮勇。

蘇大爺沒說話，表示默認。

張氏正要出門，蘇木端著個大碗推門進來，笑呵呵道：「爺奶，給您二老端了魚打牙祭。」

張氏忙上前，接過碗，眼珠子都要落到碗裡。「哎喲，真香！不是穆子魚，是大鯉魚呀！」

幾人不由得將視線投過來。

「魚最是腥氣，冷了不好吃。」蘇木茫然地看著堂屋坐的人，最後轉向張氏。「二嬸，太陽落山，怎還不做晚飯？」

張氏被噎住，竟不曉得如何反駁？

「做飯去。」蘇世福朝張氏擺擺手，張氏瞪了蘇木一眼，不情不願上灶屋去，耳朵卻尖著聽堂屋動靜。

「將將說到妳。」蘇世福溫和地看著蘇木。「大哥不是要建屋嘛？這事由妳爺張羅，把銀子拿出給妳爺管著。小孩子不知輕重，仔細弄丟了。」

「啥，咱爺張羅？」蘇木似十分驚訝，轉頭看向老爹。「里正爺爺不是幫咱置辦嗎？」

「里正？」
「田大爺？」
蘇大爺同二兒子一同開口，臉上皆是錯愕。
蘇木天真地點點頭。「可不是，里正爺爺甚是熱心，訂金都交了，大鯉魚就是里正爺爺給的。」
「啊?!」蘇大爺氣得倒仰，重重倚在棗木圓椅後背，直喘粗氣。
里正是村官，得罪不得啊！
蘇世福也是氣得吹鬍子瞪眼，眉毛都要擰一起了，沒好氣道：「怎跟里正扯一道?!」
蘇木看向蘇世澤，疑惑道：「爹，您沒同爺講嗎？」
蘇世澤一愣。講什麼？茫然搖頭。
「昨兒個二嬸不是來問如何煮筍子嗎？」
蘇世福眼睛一亮。「是啊！那女……大嫂硬是不說，還將我倆趕回來，說起就氣！」
「二叔，您可就冤枉人了，這法子說不得。」
蘇世福奇怪地看著她。「怎就說不得？都是一家人！」
蘇木笑了笑，從袖口抽出字據，撫了平整，呈在眾人面前，走向蘇大爺。「筍子要作土產賣，咱們村要致富啦！」
她將要開作坊的事娓娓道來，故意隱去是自家主意，頻頻提到里正，讓蘇大爺誤認是里正的意思，以此發展村子。如此這般，筍子生意他自是沾不到邊了。

「咱是一家人，好處自然先想到爺，往後酒館要貨，咱先買爺的筍子，想來里正爺爺也沒什麼話說。」

蘇大爺猛地咳嗽，滿臉通紅，再說不出一個字來。

蘇世福也是灰頭土臉，滿是喪氣。

「天兒不早啦，爺奶早點弄飯吃，魚肉若是冷了就熱熱，我們就回去了。」

蘇木說著便拉蘇世澤往外走，也沒人應話，無人阻攔。

福保村有個留傳下來的規矩，陽宅建築，按所擇日時，用鋤頭在吉方鋤下第一鋤土，稱「動土」。屆時請風水先生設香案，以主人生辰為據，推算上梁吉日和擇向定基，即可興工動土打層地基。

定基後，另請木工師傅擇吉日入山伐中柱，叫「伐墨」，再將所砍中柱抬回妥善存放，嚴禁婦女踐踏，即可備料開工。

近村，有名的風水先生便是二灣的張道士，也就是蘇世福的老丈人。

既是親家，自是要請的。

雖說錢財沾不上邊，蘇大爺恨得要命，可事已至此，卻沒法子，面子還是要的。他主動攬下風俗及待親友之事。大兒子買地蓋房，有出息，何等光榮，十里八村哪個不說他蘇家光景不錯，有能耐。

動土比不得遷新居隆重，只找風水先生作場法事，封些銀子與他即可。

然而蘇大爺卻想好好熱鬧，挽回些月餘前丟的面子，便想於那日請村裡幾個長輩一道觀禮、設宴席，自然是在自家院子。

只要不侵占錢財，蘇木也懶得干預蘇大爺的作派，照樣忙自個兒的。

作坊選在里正家旁，臨官道近旁村，是來往必經之處。

念及酒館要貨不斷，幾人合計先搭個簡約的棚子，旁邊同時建屋。搭建之日，許多得信的村民前來詢問，得知當真要收筍子，一個個樂呵呵地扛鋤上山。

寂寥而單調的車轆轆聲配合馬蹄，由遠及近從官道傳來，近官道的幾戶人家走出自家院壩朝這處望去。

只見一匹油光水滑的棗騮馬拉著馬車，行走在眾人的注視下，姿態高傲，眼神睥睨。

貧瘠的鄉下地方行駕牛車已是富貴，哪見有這般俊美的馬匹，行車之人非富即貴。

有熱鬧看，侯文自然不落下，跑到最前頭，站在官道邊上，仰著頭，目不轉睛盯著高大的駿馬，滿眼都是羨慕。

「小娃子！」

馬屁股後頭的車轅處坐了一個小廝，他朝文哥兒喚道，那馬兒似乎也應聲停下。

侯文一頭霧水往身後看看，最後看向小廝，指著自己問道：「喊我？」

這小廝有些面熟……

「可不是喊你？」小廝一躍下車，轉頭看看馬兒，似意猶未盡，隨即道：「我問你，那日同你一道來藥房的小女娃哩？」

藥房？侯文瞇著眼睛看他，恍然大悟，可不就是藥房的小廝？怎地，莫不是賣的藥有問題，這是找上門要錢來了？

侯文警惕地看著他，面露不善。「什麼藥房？什麼小女娃？我不認得你，找錯了！」說罷一溜煙地跑了，留下小廝一臉懵。

侯文一路狂奔，朝自家屋後坡坎去。

蘇木正掰飭曬筍乾，想到春後筍子出土抽條成竹，貨源就斷了，若囤些筍乾做乾貨也是不錯。

「木兒，不好了！」文哥兒火燒火燎地奔來。「藥房的人找來，怕是藥出事了！妳快走，莫要被找到！」

「藥出事？」蘇木手上動作停住，仔細問道：「怎麼回事？」

藥經由掌櫃賣出，如何能出事？

侯文急得不行。「那小廝坐馬車找到咱們村，還要找妳，妳快收拾從後山走！定是藥出事，找妳賠哩！」

吳氏同蘇葉走過來，聽他這般說，十分慌亂。一家人都不識得那藥，還賣得那麼些銀子，如今人家找上門該如何是好？當家的又不在，母女二人急得像熱鍋上的螞蟻。

蘇木自是不信藥會出事，當真出事也是不能跑的，侯、蘇兩家皆有參與，自家跑了，餘下罪過是他們代受，不能幹這麼狠心眼的事。

「娘、姊，莫要慌，我自信那藥沒問題。」蘇木忙安撫，隨即轉向侯文道：「你帶我去，把事情弄清楚。」

侯文拉住蘇木不放，都要急哭了「不許妳去，馬車會把妳帶走的！」

這方吵鬧，坡坎處傳來嘈雜的說話聲。

壞了！人來了！侯文立即將蘇木護在身後。

「嘿，你個小娃子怎扯謊哩！」藥房的小廝遠遠瞧見侯文，呵斥道。

蘇木掃視人群，大都是鄉里鄉親，一副看熱鬧的樣子。藥房小廝走在前頭，氣急敗壞，旁邊站一華服中年男子，留著八字鬍，一臉精明，隨後跟了兩個小廝裝扮的人。

這架勢不像是來捉人。

蘇木將侯文扯到身後。「小哥，這是怎麼回事？」

小廝冷哼一聲。「郡城的酒樓瞧上妳家筍子，打聽到咱藥鋪來，掌櫃喊我帶人來尋妳，卻被這小子誆騙！」說罷，怒瞪侯文一眼。

啊？不是來捉人啊，是買筍子？

侯文不好意思地撓撓腦袋，退到後頭，也不敢搭話了。

為首的華服男子打量蘇木幾人，又環顧草屋，最後將視線落到吳氏身上，作揖行禮。

「在下姓尹，乃郡城福滿樓的掌櫃，前幾日得了筍罐，味道鮮美非常，生了合作之意，特此前來。」

吳氏知不是賣藥一事，鬆了口氣，卻對來人一番話手足無措，不知如何作答？

原來是買賣上門。蘇木忍不住嘴角上揚，忙道：「我爹在建作坊，我帶您去。」

尹掌櫃也鬆了口氣，有當家的便好，拱手道：「有勞！」

蘇木給吳氏交代幾句，隨幾人下山。侯文自然跟在後頭，畢竟不認得來人，他要護好木兒。

看熱鬧的人也明白過來，有大生意上門啊！還是郡城來的，蘇老大一家要發達了，紛露羨慕之色。

幾人行至山下，馬車正停官道口。看馬小廝見人回來，忙從車上拿出車凳擺好。掌櫃同兩個小的進了馬車裡，小廝則坐外頭車轅。

隨一聲嘶鳴，馬車緩緩動起來。

侯文覺得新鮮，東瞅瞅、西瞅瞅，黑漆漆的眼珠子轉不停。

蘇木也好奇，原來古代的馬車坐起來這般感覺，晃晃悠悠，四面通風，不會暈車，倒也舒適，只是車轂轆輾過小石子時有震盪感。

尹掌櫃撫了撫八字鬍，面露疑惑，將二人一番打量，開了口。

「我瞧妳方才將筍片鋪曬，這是何意？」

「開春筍子出土，嫩筍便少至沒有，我尋思囤些筍乾。」蘇木大大方方回話，言語間有所保留。都說生意人精明，能做大地方的掌櫃，頭腦自然靈光，一不小心被套話，損失就大了。

尹掌櫃若有所思。嫩筍只生一季，算時令菜蔬，小丫頭能想到做筍乾賣四季，倒是聰明。

只是這筍乾如何製成佳餚，他卻沒有一點頭緒。不便問得過於深入，於是轉向別的話題。「這是去哪處？」

「村頭，咱們三家合開的作坊，幾個長輩都在那處忙活呢！」蘇木有問有答。

尹掌櫃點頭，再沒有別的話。

馬車行得再慢，也比得過人的雙腳，不一會兒便到了村頭。

得知是來談生意，田大爺三人忙將人迎進院子。尹掌櫃不露聲色四處打量，瞧見新建的作坊，有了底。

迎完客，田良等晚輩走在後頭，輕聲喊道：「蘇木妹妹。」

蘇木衝他甜甜一笑。

蘇木妹妹？叫得這般親。侯文不由得橫著眼，瞧這個比自己高半頭的少年郎。

四人於院子方桌邊坐下，幾個晚輩坐旁側聽。

筍。

尹掌櫃道明來意，起先欲買烹調方子，三人自是不答應，後訂一百斤油燜筍並五十斤泡

三人喜出望外。一百五十斤啊，近三十餘兩！

幾經商量，這筆大單應承下來，田大爺親自執筆寫了字據。

蘇木細想，筍子已流傳開來，往後各地酒樓採辦會陸續上門。人多又雜，光三人怕是看不過來，不好管理，為防出岔子，還需要一名專接採買的人，且各地都需要安置。

如此這般，統一發貨，也不必今日出幾斤、明兒出幾斤，烹煮量也好控制。

她一番思索，問道：「尹掌櫃，不知我家的筍子在郡城名聲如何？」

尹掌櫃轉過頭，笑了笑。「倒不是家喻戶曉，那些個商販自外地帶回，味道鮮美，還能裝罐儲藏，十分稀奇。」

不是家喻戶曉，他卻千里迢迢親自上門買下一百五十斤，那便是嗅到商機，覺著筍子生意有賺頭。

這掌櫃，是個有頭腦的。

「尹掌櫃，可有興趣成為筍子的代理商？」

代理商？這個新鮮詞聞所未聞。

「何為代理商？」尹掌櫃問道。

「我瞎編的。」蘇木吐吐舌頭，認真解釋。「意指您是否願意成為郡城代賣我家筍子之

人。您是聰明人，洞察先機，知曉筍子的價值，可您比人快一步，也只多賺那一步銀子。此番賣出，別家酒樓怕是會陸續上門，屆時就不是您家獨一份了。」

是這麼個理！尹掌櫃面色變得嚴肅，這丫頭說中他擔憂之事。筍子原料簡單，瞧著做法並不複雜，只是去腻味的手法，任後廚如何烹煮都不諳其道，才生了買方子的念頭。

「代賣？」

「正是，我家筍子凡銷郡城皆經由您手，不賣別家。」

不賣別家？尹掌櫃覺得不可思議，心想這丫頭是聰明，卻有些狂妄，莫不是戲耍自個兒？

第十三章　丟臉

田大爺表示不贊同。「木丫頭，生意上門還能拒了不成？」

「不是拒了，只是換個人賣出去罷了。」蘇木一頓，繼續道：「您頭家進貨，別家商鋪免不得上門打聽。當然您可以選擇不予告知，卻擋不住他人之口，總是會知曉的。與其這般，何不大大方方經由您賣出去，從中抽成，您的酒樓何愁聲名遠播？約束好買賣日子，統一進貨，咱這處也好酌量籌備，豈不皆大歡喜？」

尹掌櫃半晌沒有說話，細細推敲，隨後問道：「只做郡城？」

蘇木點點頭。「只做郡城。」

「那價格？」

「價格自然由您照郡城的水準而定。各地價格不一，您應知曉，因此我們賣給代理商的價格也是高低不同。」

尹掌櫃摸著八字鬍，一番計較，打定算盤，看向田大爺三人。「此事不小，我需回去同東家稟報，左不過這兩日，取貨之時便給答覆，你們看如何？」

三人沒回話，面色凝重，想來並不是事先商量好的。

田大爺到底經歷得多，場面話自是比二人會講。「不是一錘子買賣，您回去稟報，我們這兒也拿出具體辦法，屆時候您大駕。」

「多謝。」尹掌櫃拱手。

幾人再是一番寒暄，尹掌櫃便起身告辭，本欲留飯，卻道急著回去稟告，這就告辭離去。

人剛走，蘇木給三人致歉。「人來得突然，我這般想法也沒同大爺、么叔和爹商量。」侯老么擺手。「不礙事，只是這般想法，我還有些未反應過來，這……代……代……」

「代理商。」田良笑著接話。

「對對，代理商，卻是聞所未聞。」侯老么點頭又搖頭。

蘇世澤一頭霧水，田大爺也是有些糊塗，眼神中透著詢問。

蘇木用手指蘸茶水，在桌上畫出一個個圈，一一道：「此處是福保村，此處為郡城，旁為各地。地多複雜，若大小鋪子都來找咱，十斤、二十幾斤，幾十餘家就夠嗆了。咱是小地方，做小本買賣，可鎮子外頭的人，那都是見過大世面的，腸子比咱多繞幾圈，保不準有人眼紅使壞。

「各地設一代理，必是品行端正，有門路、有人脈之人，且對當地各行業有所了解，便大大壓低風險。有分紅，他們必當賣力，咱就只管出筍子，旁的不必擔憂。」

三人若有所思，田大爺道：「原是做小買賣，不用如此大費周章。尹掌櫃這一來，倒是提醒。不過，木丫頭，妳年紀小小竟會看人？這尹掌櫃如何就能讓妳覺得可靠？」

蘇木笑了笑。「大爺說笑了，我哪會看人？只是他頭一家上門，且一要便是一百五十斤。我想能先人一步瞄準筍子有利可圖，頭腦不一般。再者，他後幾日還會再來，今兒定不會馬上應承，咱也好捎人於郡城打聽這福滿樓到底如何？」

「木丫頭聰慧啊！」田大爺這才不住點頭，轉向蘇世澤道：「你生了個好女兒！」侯老么一臉佩服，感嘆自個兒做買賣這麼些年，卻不及一個十歲的女娃。

蘇世澤只咧嘴笑，頗感自豪。

作坊還未正式開張，便迎來第一筆生意，三家人欣喜萬分，緊鑼密鼓地籌備，當日就放出要一百五十斤筍子的消息。

得信人家陸陸續續上門登記，片刻一百五十斤齊活，來得晚的紛表遺憾，詢問下回什麼時候再要？

次日大早，作坊門口排起長隊，皆拎簍、揹筐、挑擔。

三家人齊出動，打秤、裝筐、付錢，尹掌櫃付的十兩訂金正好派上用場。

「大哥！」

隊伍盡頭，蘇世福挑著沈重的擔子緩步而來。筐子最大號，白嫩的筍子堆尖，將扁擔壓得彎彎。

他面上掛著不可一世般的傲氣，氣喘吁吁地越過人群，直接走到隊伍最前頭。

知道二人是親兄弟，無人有怨言。

「大哥，」蘇世福卸下擔子，四處打量。「你這地弄得真不賴！」

蘇世澤正同侯老么挑筍子秤量，見弟弟來了，很是高興。「你歇會兒，這筐秤好，就秤你的。」

秤桿粗壯，置於扁擔中央，蘇世澤同侯老么於扁擔一人扛一頭。侯老么一手扶扁擔，一手抬秤桿，見秤桿上刻著黃色銅星，整齊一排。

秤桿一頭掛了重物，另一頭高高翹起，他將拴了秤砣的麻線往外撥，秤頭便壓下，見他數著銅星道：「五斤四兩。」

而後田良坐在案上計算，蘇木則立一旁數銀子。

「不打緊，我來幫忙。」蘇世福就要上前，替過侯老么。「么弟，你去歇會兒。」

侯老么無法，只得讓位，去幫著裝筐。

輪到自家筍子，蘇世福故意將秤頭高高翹起，轉頭報給田良，待全部秤完，他便甩了擔子，眼巴巴地看他算。

田良也是好耐心，當他面算了三回，才與蘇木道：「四百文。」

蘇木瞧不上他這副小氣模樣，卻懶得搭理，數了銅錢，也不講半句話。

蘇世福不管不顧，樂呵呵地將銀子揣兜兒，轉身道：「大哥，你如今是東家，這些活計交給他們做便是。」

「這話說的，那也是要幹活的。」蘇世澤這頭已同侯老么重新扛起扁擔。

蘇世福瞧外頭還餘不少人，這活得幹到啥時候？「大哥，你莫不是忘了今兒個『開工』，你二弟妹他爹都到了！」

老爹喚他來幫忙，忙好與大哥一道回去，又不得銀子，他為何平白留下給人幹活？

「我把這檔子事給忘了！」蘇世澤想起來，算好的「開工」吉日便是今日，忙忘了。

「大哥，你去吧！這裡有我，也沒剩多少了。」侯老么體諒道。

蘇世澤覺著歉意。「勞累你了。」

說罷，兄弟二人一同離去。

田良看看離去的二人，不解地問道：「蘇木妹妹，妳怎不去？」

蘇木抿嘴笑了笑。她姊妹二人於家中本就無足輕重，被忽視也是情理之中。況且她也沒打算去，蘇大爺斷不會讓吳氏進門，若一家子都去，獨留母子二人，那該是對她多大的傷害。

田良見她不說話，也不追問。人小鬼大，主意多著呢！

忙活一上午，才將筍子秤完，餘下就是女人家的事，案頭上擺好幾個菜板，侯家幾個妯娌、田家的媳婦皆來幫忙，切片焯水，有說有笑，熱鬧非常。

臨近晌午，當家的去吃酒了，大家商量就在這處做飯，鍋碗瓢盆早已添置齊全，下午要幹活，不必走來走去。

田氏回家砍了幾個菜頭，田大爺家的拎來一條四、五斤的魚；蘇世澤家無田地，自然出不了菜，吳氏便裝來半袋子米。

幾個婦人本就相識，見吳氏溫柔大方，也將其拉夥，很快熟識。

侯文一大早跟來幹活，不一會兒便沒了耐心，不知道跑哪裡去野了。虎子早與他混熟，每天屁顛屁顛地跟在侯文後頭，大哥哥、大哥哥地喊，侯文十分受用，上哪兒都愛帶著他。

蘇木趴在案上，耳畔是田良撥弄算盤的聲響，覺著一切真是美好。

這時，一抹緋色映入眼簾，是蘇丹提著衣襬緩步走來。蘇丹比蘇葉小一歲，卻發育得早，已顯示女兒家的婀娜。

見她澄亮的眸子四處轉動，在一堆勞作婦人中搜尋，終發現不遠處的案桌坐著一位烏髮青衣的翩翩少年郎，不由得小臉發燙，眼睛移不開。

她緩步走去，十分嬌柔，細聲道：「木兒。」

蘇木早看到她，眼神橫過來，嗯了聲，算回應。

蘇丹對她的冷淡毫不在意，眼神不住往身旁人瞟。

田良手上動作頓住，一抬頭，二人視線正好碰觸，便禮貌地衝她笑了笑，低頭繼續手上活計。

蘇丹心花怒放，一笑醉心。

「你可真能幹，會寫字、會打算盤。」

田良又抬頭，看看她，忙道：「不……稱不上能幹。」

家中都是弟弟妹妹，除了蘇木，他從未同別的姑娘說話，得她誇獎，田良心裡有些莫名自豪，卻也覺得不好意思。

「原以為燒窯搬磚，整日在窯作坊不是爐烤便是灰飛，不承想你竟這般乾淨清爽打扮，當真是個能幹的人。」

蘇丹低頭偷瞄他，嬌滴滴誇讚。燒窯稱不得體面，好歹是個作坊，有穩定進項。家境一般，人卻生得好，這般文質彬彬，又會唸書，往後若是考上當官，也是……極好的。

蘇木不由得噗哧笑出來。窯？田良一頭霧水。

蘇丹沈下臉。「妳笑什麼？」

蘇木不住搖頭，只是笑，弄得她很尷尬。

她沒好氣道：「家裡宴席快好了，爺讓我喊妳和葉兒姊，莫耽擱了。葉兒姊呢？」

「我姊和靈兒姊在家繡花呢！妳回去同爺說，作坊忙不開，就不去了。」蘇木漫不經心道。

繡花？她竟也學起繡花！那個吳姓女人不讓她幹活？

「這是什麼話，還能繡花了？爺讓我來喊妳們，豈能不去？都是上好的席面，百年難得吃一回！」蘇丹氣極。

蘇木白她一眼，沒了耐心，冷聲道：「可莫耽擱妳吃上好的席面，我同田良哥還要算帳，忙不開就是忙不開！」

「妳、妳會算什麼帳！跟在田——」等等，田、田良？窯作坊的不是姓姚嗎？這個田……莫不是里正家的？自個兒竟認作他人，還說了那些話。

蘇丹氣急又羞愧，眼圈都紅了，難受地看著田良，又看向一臉冷漠的蘇木，再也忍不住地哭著跑開了。

吳氏一邊摘圍裙，一邊走過來，看向門外。「丹姊兒怎來了？怎還哭了哩？」

蘇木沒好氣。「自個兒認錯人，羞著了唄。」

「啊？」吳氏覺得莫名其妙，看向田良，後者也是一頭霧水。

見小丫頭不高興，想是姑娘家鬧架，沒什麼大不了。「得了，活計收起來，吃飯了。今兒做的酸筍魚，妳最是愛吃，一會兒良哥兒也好好嚐嚐。」

「誒！」田良忙應答。

想到中午有好吃的，氣也消了不少，蘇木四處瞧瞧，未發現蘇葉同侯文幾個的蹤影。

「我姊呢？文哥兒、虎子呢？」

「妳太奶近日身子不爽快，不便走動，文哥兒娘回去送飯了，順道將大葉兒、靈姊兒接來。文哥兒和虎子卻不曉得跑哪裡野去，這會兒也該回來了。你二人先入席，我去官道口迎迎。」

二人應下，這就收拾案桌。

今兒「動土」，蘇大爺將村裡幾戶當家的都請了去，大擺筵席，下足了血本。三家婦人吃不上宴席，在這搭建的簡陋作坊同吃大鍋飯也甚是歡樂。

人不多，便擺了一桌，田良坐在其中，並不覺得尷尬，都是熟識的嬸嬸、伯娘，幾日忙活，抬頭不見低頭見的。

這時門口傳來哭聲，聲音稚嫩，一抽一抽，聽著耳熟，像是虎子。

眾人忙起身，走去，果見虎子哇哇大哭，青灰襖子沾滿灰塵，小臉更是髒兮兮，眼淚、鼻涕、塵土糊一臉。

而旁邊的侯文也好不到哪裡去，只是噘著嘴，瞪圓眼睛，像是憤怒極了。

吳氏將虎子拉進懷裡，扯出帕子給他擦臉，眼圈瞬間紅了。

一旁婦人關懷問道：「這是怎啦？」

虎子年紀小，像是受了驚嚇，哭得停不下來，道不出半個字。

「是蘇青他們！」侯文幾乎用吼的。「他們欺負虎子，說虎子是野種，還推他！他們人多，我打不過！」

說著聲音開始哽咽，硬是憋著不哭出來。

侯文的爹娘不在，沒人安慰，平日嬌生慣養，哪受這般委屈，心裡定是不好受。

蘇木忙上前，給他拍拍身上灰塵。「我們文哥兒多勇敢，知道護著虎子。你且好好說怎麼回事？」

侯文當下覺著鼻子酸，可自個兒是男子漢，怎麼能哭？生生忍下來，道明事情原委。

原來，侯文帶著虎子到坡上摘拐棗子吃，哪承想蘇青並幾個男娃子也在尋。深冬後，拐棗少了，好不容易尋著一處，可不就爭搶起來。

幾個男娃是張氏娘家的，大小都有，張道士喜子孫，對其管教並不嚴厲，養成頑劣性格；小虎子他們是認得的，說出野種等話，只怕是聽大人說起。

吳氏再也忍不住，抱著兒子哭起來。這等不光彩的事，她最是害怕，怕兒子被欺負、怕夫家蒙羞。

幾個小娃子都這般說，外頭指不定怎麼傳……

幾個婦人面面相覷，不知如何安慰？

此時，田氏帶兩個姑娘回來，知曉原委，快手快腳打來熱水，幾人幫忙給兩個小子擦洗。

一行人回到屋子，田氏這才安慰。「大嫂，妳莫要哭了，虎子本就嚇著，妳這般哭，他也害怕。」

吳氏慌忙抹去淚水，低聲啜泣。

「可莫難過，妳是怎樣人，旁人不了解，咱可是看在眼裡。妳待兩個丫頭極好，比虎子還親上幾分，又是能幹人，一個草屋都讓妳打理得井井有條，還能幫襯做生意。大哥起初堅持要娶妳，是他心眼明亮，找著顆明珠呀！」

「可是我……從前到底……讓木兒她爹臉上無光……」

田氏拍著吳氏的手，語重心長。「如今日子好起來，那些人才會嚼舌根，是嫉妒妳嫁得好！日子是自己過出來的，舒不舒心最重要，那些話，莫要放心上！妳這難過，大葉兒姊妹跟著傷心，大哥知曉，心裡也難受。」

蘇木暗嘆田氏的能言善道。見過世面的到底與旁的婦人不同，倒不是說她們不好，文哥兒娘的貼心卻是比不上的。

吳氏聽進了，這般哭哭啼啼確實不成樣子，忙擦乾眼淚。「我省得了，往後就要把日子過好，讓她們眼紅去！」

「這就對了！」田氏笑了笑，招呼眾人。「寒冬臘月，菜涼得快，咱吃飯。今兒大嫂做了拿手菜——酸筍魚，保准妳們吃了，都要回家琢磨！」

不愉快的事抛諸腦後，眾人圍坐一起，吃得熱火朝天。

下晌，不見當家男人回來，許是還在喝酒。再沈默寡言的男人在酒桌上，話匣子也是收不住的，天南地北，自小到大，都要翻出來嘮嗑。

臨近傍晚，眾人才逐漸從蘇大爺的院壩散去。

第十四章　回家

丁氏帶著媳婦、孫女收拾桌上的殘羹冷炙，拿大碗將各桌同樣的菜倒在一起，剩得並不多，熱上一熱，將將夠晚上一頓。

張氏端來大木盆，裡頭舀上半盆子熱水，坐在灶屋門口洗碗。洗碗水倒鍋裡就著豬草煮豬食，沾些油水，豬吃了能長膘。

蘇丹在灶屋燒火，帶著哭腔喊道：「娘……今兒個我被木丫頭戲耍了！」

「這般沒用，教那榆木腦袋戲耍。」張氏手拿絲瓜絡刷得極快，油水不多，並不難洗。

「她現在可不比從前，嘴巴厲害了，心眼也壞了，竟誆騙我田家哥哥是窯作坊的，害我出醜！」蘇丹想想就生氣，火鉗在灶膛裡一陣亂搗，火燃得極旺。

「田家哥哥？」張氏疑惑，田姓……莫不是里正的孫子？說是長得俊俏又有文采，里正當官在培養，形式作派頗有風範，年歲不大，卻比大人還要穩重幹練。

「可是里正家的？」

「嗯……」蘇丹唯諾應道，想到那少年郎便覺心花怒放，跟吃了蜜似地甜。

里正家境頗豐又是村官，若是女兒嫁過去，可不是進門享福去了！張氏心頭歡喜，放下手中的碗，走進灶屋，鄭重其事問道：「妳今兒瞧見他了？他待妳如何？」

蘇丹嬌羞地低下頭。「同他招呼，他也衝我笑了……」

張氏一拍大腿，覺著有戲。「我晚上就與妳爹說道這事！」

蘇大爺同兩個兒子將張道士送至官道口，酒勁上頭，又嘮了半天才回去。

他今兒個高興，鄉里都說蘇家人能耐，連里正都誇好幾句，他臉上有光啊！

「爹、二弟，回去歇息吧，我還得去作坊瞧瞧。」蘇世澤被灌了不少酒，滿臉通紅，好在神智清醒。

「去吧，好好幹！」蘇大爺臉上堆著笑，下吊的眼角擠出好幾道褶子。

蘇世福喝得也不少，卻是不變臉色。「大哥，你走路穩當些，瞧清腳底。不行，瞧你喝不少，平日也不怎麼多喝，怕得醉，我去喊青哥兒送你。」

「不礙事，我清醒著呢，回去吧！」蘇世澤擺擺手，說著離去。

「那你路上小心啊！」蘇世福朝著他後背喊，甚是關心。說罷，回來攙著老爹。「爹，瞧我大哥多有出息！」

蘇大爺滿意地點點頭。「可不是，他們今兒對我頗敬重，心裡頭啊，舒坦！」

蘇世福笑容淡下來。「人哪是看您臉面，還不是大哥在，大家敬他的酒比您多！」

蘇大爺面色一僵，有些不自在。「老大能幹，我的臉面不就好看？」

「兒子們出息，爹您自然光榮，可大哥是被您分出去的……他再有出息，賺再多銀子，那也到不了您手啊！」

「怎地，我還能去搶不成？作坊是簽了契的，旁人占不了利！」蘇大爺有些後悔當初不該草草把老大分出去。

「占不了利，有分紅啊！幾十百兩的銀子可是嘩嘩地往口袋裡流，您想，最後落到誰口袋？若是把大哥一家接回來，您是一家之主，銀子自然歸您管。」

竟把這茬忘了！今兒里正道那作坊不僅能賺錢，還能帶村人致富，銀子可不就落到那女人手裡？老大沒兒子，大葉兒姊妹外嫁，家產便落小野種身上……不行，斷不能讓老大被算計！

「你說得對，只是，當初把老大分出去，我也說出不讓那女人進門的話。」

「今時不同往日，家還得您當。再者臨近年關，要往郡城給太爺送年貨了，哪兒都要用銀子呀！」

蘇世福仔細規勸。年前就要賣豬賣雞鴨，那麼些銀子統統往郡城送，餘不下多少。開春送兒子上學堂一事怕是又要耽擱，一年復一年，青哥兒都九歲了！

蘇大爺若有所思。今年收成不好，糧食沒賣多少銀子，就靠牲畜補上。幸好老大做上筍子生意，後山的筍子能賣個八百一兩的，這般算來，年過得也緊。

若將老大一家接回來，銀子歸自個兒管，那女人就賞她一口吃的，只要不生事，不在跟前晃悠，便眼不見，心不煩。

「明兒你去將人接回來，青哥兒讓他在堂屋唸書，西屋還給老大一家。」

蘇世福面露難色。「我上回去，被趕了回來，再去怕是沒好臉色。若不您讓娘去，娘不多言、不多語，待人和善，也是長輩，吳氏要給三分臉面。吳氏點頭了，大哥還能說啥？我瞧著大哥是想回來的。」

蘇大爺細想，的確有道理。「成，明兒大早，我讓你娘去。」

入夜，張氏將家務事料理完，拎桶熱水進屋。

蘇世福正仰在床上，蹺著二郎腿，閉目養神，嘴裡哼著小曲。

張氏沒好氣。「你倒好，吃完就歇著，那麼些活計只我一人累死累活！」

嘴上抱怨，擰乾的面巾還是遞給他。

「往後就沒那般辛苦了。」蘇世福坐起身子，接過面巾，擦在臉上，熱熱燙燙，十分舒服。

張氏耳朵尖起，認真問道：「啥意思？」

蘇世福將面巾遞給她。「明兒娘要把大哥一家接回來。」

「啥？好不容易分出去，怎又接回來了！」張氏瞪眼。

「婦人家見識短！」蘇世福挽起褲腳，伸進桶裡，燙得他直嘶嘶。「大哥如今能賺錢，不得孝敬爹娘、匡扶兄弟？妳今兒沒聽里正說，那作坊多賺錢，咱家不指著大哥指著誰？」

張氏明白過來，心裡卻不是滋味。「那女人也進門？如今大哥能賺錢，她尾巴還不翹天上，哪裡還有我說話的分啊！」

「爹最記恨吳氏，厭惡吳氏的兒子，如何會給她好臉色？定得搓磨，不然我怎說妳往後沒那麼辛苦？」

蘇世福瞇著眼睛，搓著腳，十分得意。

張氏心頭一喜。「你說得對。唉，這日子當真要好起來了！對了，女兒到了成婚的年紀，你給張羅！」

蘇世福不耐。「丹丫頭年後才是十二，年歲還輕，這般早張羅幹啥？況且哪有閒錢打點，青哥兒還等著上學堂呢！家裡銀子緊巴，妳不是不曉得。」

這倒是，女兒婚事重要，可兒子的學業才是頭等大事。不過里正家那麼好的機會，她不想放過，於是將女兒今日的遭遇同丈夫細說。

蘇世澤一愣。「里正家的？」

里正家境富庶，人人皆知，若是嫁入田家，當真是門好親事，若得公婆歡心，幫襯娘家自然不必多說。

「這事，我省得了。」

丈夫應承，張氏歡喜，殷勤道：「我再去添點熱水！」

隔日一大早，吳氏早起推開門，寒風呼嘯，吹到臉上如刀割一般，不禁打了個寒顫。

「可真冷啊！」

她輕手輕腳關上門，往灶臺去。生火煮粥，小鍋溫著熱水，幾個孩子起床就能洗上。灶臺處只是搭個棚子，四面通風，因著怕引燃柴火，四處也是不敢堆放的。寒風颳到手上，饒是灶膛燃著火，也是生生刺骨。

門板響起，蘇世澤披著衣裳走出來，縮了縮脖子。「今兒冷了許多，怎麼不多披件衣裳？」

「披著幹活不索利，動著也不覺得冷。」吳氏轉頭朝他笑了笑。

蘇世澤不由得咧嘴，朝草屋後頭走去，抱來一捆柴放置吳氏身旁，吳氏自然而然往灶膛塞。

不多時，鍋裡飄出飯香，還有饅頭的氣味。

蘇世澤將紅薯粥連鍋端出，換上炒鍋。

吳氏起身，他便坐過去，替了燒火的活。

筷子擦乾水，在泡筍罐子裡挾出一碗，切作丁，和著薑蒜一併翻炒，酸酸鹹鹹，最是下飯。

三個孩子陸續起床，吳氏又細心打水給三人洗漱。

因著天日越來越涼，飯桌便搬到屋裡，挨在床邊。屋子越發狹窄，只留窄窄的道供進出。

一家人並不覺得多苦，圍坐一起，捧著熱燙的粥，吃著摻了白麵的玉米餅子，津津有味，溫情滿滿。

「老大……」一個略顯沙啞的聲音自門外傳來。

蘇世澤當即聽出是老母，忙起身，推開虛掩的門。

果見丁氏著灰黑襖子，手揣兜兒，哆哆嗦嗦地站在門口，襖子陳舊，布料黏貼一起，顯示出凹凸不平的裡子，瞧著便又死又硬，談何暖身。

「娘，您怎麼來了？快進屋，今兒降溫，怎穿這般單薄！」

丁氏被兒子迎進門，一股暖意包裹而來，是門邊放了個敞口陶缽，裡頭埋著炭火。

狹窄卻整潔的屋子中間擺了張方桌，兩個孫女坐在靠裡，穿著新襖子，小臉紅撲撲，而一旁依了個四、五歲的小男娃，正端著碗，怯生生地看向自己。

離門不遠處，站著身量中等的年輕婦人，穿戴整齊，乾淨索利，見她有些拘謹，似要開口，又有些猶豫。

「娘，吃過了嗎？」蘇世澤攙著老娘往裡走。

丁氏往桌上瞧了一眼，米多紅薯少的稠粥，白麵、玉米麵摻雜的饅頭，一碟油亮的筍丁，心下驚訝，早飯竟吃這般豐盛。

「吃過了……」

「路不遠，天卻涼，我再去盛一碗，喝些熱的暖身子。」吳氏接過話，將火盆往丁氏身邊挪了挪，這才開門走出去。

丁氏於吳氏位子坐下，蘇葉姊妹忙喊人。

她點點頭，心下想，草屋雖破舊，日子過得還是可以。

「老大，我今兒來，是接你一家人回去的，也是你爹的意思。」

蘇世澤心頭一喜。如今日子過得順遂，可一家人團圓在一起才算美滿，只是……木丫頭似不喜，吳娘也有幾分懼怕，這事他不能一口就應承。

「這……」

丁氏有些意外。能回家去該是高興的，怎麼這般臉色？「怎了？你還不願意？」

「不是兒子不願意，只是……先頭因著吳娘進門，鬧了諸多不愉快，我怕……」

這時，吳氏端碗進門，畢恭畢敬地放置婆婆面前。

丁氏瞧了她一眼。「怎地，怕我苛待她？」

「不敢！」

夫妻二人齊聲應答，有些惶恐。

「一家人在一起，日子才算圓滿。我成日念你，怕吃不飽、穿不暖。你是我身上掉的一塊肉，唯在身邊天天瞧見，才能放心。我同你爹年歲大了，還能享幾年的兒女福啊……」

丁氏說著有些哽咽，夫妻二人於心不忍，心有動搖。

蘇木覺得不妙，忙道：「奶，您說什麼呢！您同爺身子健壯，再活一百歲都不成問題！」

夫妻二人忙點頭，眼圈紅了。

「奶，如今爹做筍子生意，咱們過得好，您犯不著憂心。開春後，新房子也建得差不多，到時候時不時接奶過來住，讓您老多享兒孫福。」

丁氏聽出孫女意思。「怎了，木丫頭是不願回來？可還是記著冤枉妳被打那事？」

「奶，您想多了。爺奶為我好，怕我學壞了，我省得。」蘇木不以為然。可不就記著，老夫妻自私，好吃的自個兒私藏，苛待子孫，這樣的家回去做什麼，白白把銀子送人？

「只是筍子生意好，整日在作坊忙碌，不得空搬家；且爹娘也分不開心思顧家裡活計，搬回去也是讓爺奶受累！」

「不是——」

蘇木打斷丁氏的話。「況且開春後便要搬到新家，左不過三、四月時日，搬來搬去，甚是麻煩。爺奶的心意，咱們心裡知道就好！」

一番話將丁氏堵得啞口無言。

接著，蘇木從懷裡掏出一錠銀子，遞給丁氏。「奶，再幾日便過年了，建房、建作坊，銀子所剩不多，爹娘說心意卻是要盡的，這一兩銀子是給爺奶盡孝的！」

蘇世澤苦著的臉總算晴朗。木丫頭做得很對。「是啊，娘，兒子不在身邊盡孝，您二老吃穿莫省著，養好身體，日泰康健，兒子才放心。」

丁氏內心複雜，也再道不出勸兒子的話，只得將銀子收下。「罷了，作坊再忙，也要記著吃飯。」說著看向吳氏。「在外打拚是男人該幹的事，能幫襯一二自然好，家裡卻是要打點妥當。」

吳氏低頭，謙遜回話。「記下了。」

丁氏再囑託幾句便起身回去，蘇世澤自然跟隨，送至蘇家院壩才返回。

路上，丁氏再三勸誡，銀子要自個兒管好，莫要事事都聽吳氏的，到底有個兒子，心裡藏著小算盤；還道蘇大爺如何看重他，盼他回去云云。

蘇世澤只會悶聲應承，卻拿不出主意，丁氏只得無奈嘆息。

丁氏此去，像是絕了蘇大爺的心思，竟再沒喊人勸老大一家搬回去。不知是因為蘇木的話，還是那一兩銀子起了作用？

臘月二十四，福保村終於迎來了冬日的第一場雪。

寒風中，細小的雪花自空中飄來，如柳絮隨風輕飄，落到地上消失不見。

蘇木最是怕冷，整日挨在炭盆邊上。

農戶人家燒柴火，木頭燃盡便是炭火，掩在草木灰中，能熱半日。

「下雪啦！」

聽見門外吳氏輕聲道，蘇木忙起身，推門出去。果見雪花洋洋灑灑、隨風飄落，甚是歡喜。

她前世是南方人，少見雪，每每落點雪，都激動得不行。

見她蹦蹦跳跳，伸手去接雪花，吳氏忍不住笑。「當個四、五歲的小娃子般調皮。」

站在屋簷下的蘇葉也摀嘴笑。蘇木不管不顧，玩得樂呵；虎子見她玩得歡喜，也加入行列，圍著姊姊轉圈，笑得歡樂。

「你二人慢著點！」吳氏關心道，說著走至桃樹下，瞧了瞧天日。「這雪怕是會越落越大，今兒祭灶，咱一併將年貨置辦了吧！」

第十五章　年歲

春節一般從臘月二十三或二十四的祭灶揭開序幕，有所謂「官三民四船家五」，也就是官府在臘月二十三日，一般民家二十四日，水上人家則在二十五日舉行祭灶儀式。

相傳，每年的臘月二十三，灶王爺都要上天向玉皇大帝稟報這家人的善惡，讓玉皇大帝賞罰。因此送灶時，人們在灶臺供放瓜果、酒水、豐富的菜餚等，還有插香、燒紙錢。

祭灶後，便正式開始做迎接過年的準備。

蘇世澤一家穿裹嚴實，相攜趕集。今雖逢小集，卻近年關，趕集的人不少。

要逛買的東西不少，便想著先買大件，多幾個錢，讓小二直接送上門。

幾人先去到布莊，那掌櫃還認得蘇木等人，上回也是大手筆買了兩疋，今兒瞧著只多不少，便熱情待客，拿出好些上好的料子供人挑選。

蘇木不懂布疋，只能摸出滑軟糙硬，見吳氏頗講究地仔細比較，終挑出較糙的一種。倒不是為了省錢，細滑的料子貴不說，做活計易勾拉起絲，不大實用。

她想了想，又拿起那柔滑的一種，對姊妹二人道：「布料雖不耐磨，顏色卻好。我上回瞧見丹姊兒穿著十分喜人，可喜歡？」

蠶絲細膩，顏色鮮亮，摸著又軟又滑，二人自是喜歡。蘇木挑了藕色，蘇葉挑了緋色，二人瞧著胭脂色的一疋十分喜慶，便慫恿吳氏，直誇好看。

吳氏幾番糾結，擰不過二人，便要了，想著就過年穿。母女三人又挑緇色、赭色各一疋給蘇世澤和虎子，虎子身形小，能做兩、三套，且小娃子竄個兒快，吳氏便挑了便宜的一種。

再是一番比較，確定下來，末了又拿兩疋青灰。「我瞧娘的冬衣怕是穿了有幾年，裡襯死板不暖身，不如給二老做上一身，算點心意。」

蘇世澤欣慰萬分。爹娘不待見，難得她以德報怨，比自個兒還想得細。

挑好布疋，又秤了棉花，給小二幾個腳錢，只管送上門。再到糧店，買些米糧、白麵，又到點心鋪子秤上幾斤花生瓜子、酥糖點心，買得不多，各樣都混了些。

路過金飾鋪，蘇木提議到裡頭瞧瞧。

女人天生愛美，瞧見各式各樣的耳環、項鍊、手鐲、髮簪，便移不開眼。

吳氏瞧著喜歡，卻沒打算買。農戶人家戴什麼首飾，又不是什麼便宜貨。倘若兩個丫頭喜歡，便由著，畢竟花兒一般年紀，是該好好打扮的。

蘇木見吳氏只跟著瞧瞧，並不伸手拿，知她捨不得。

她瞧了一只鐲子好幾眼，想是喜歡。蘇木拿起，其上刻著木槿花，很是雅致，與吳氏很相配，調笑道：「爹，過年了，給咱壓歲錢不給？」

見媳婦兒、兒女面上帶笑，他也歡喜。「自是要給。」

「銀子就免了，給咱添金吧！」蘇木狡黠地笑了笑。

吳氏只是笑了笑，附和應當，便給兩個女兒挑起金飾。

「娘，莫顧著給我倆挑，妳也挑一個；還有虎子，既是爹給錢，咱一個都不落下。」

「不、不，妳姊妹二人只管挑選，我這把年紀戴什麼飾物，讓人笑話。虎子也小，仔細弄丟了。」吳氏忙拒絕。

「娘年輕，生得好看，我瞧這鐲子十分配娘，您就戴戴看。」

「是啊，戴戴看！」

蘇木半認真、半撒嬌，蘇葉附和著拉過吳氏的手。

吳氏擰不過，只得戴上。她手腕纖細，膚色白嫩，很是好看。

「好看，就戴著。」蘇世澤忍不住開口。自她進門，還未添置半樣東西，如今家境好了，只當作補償。

吳氏慌忙脫下，鬧了個臉紅。姊妹二人自是不讓，吳氏只得收下，摩挲半天，歡喜之餘又覺心疼。

最後，蘇葉姊妹挑了兩支鑲金邊的桃花簪，樣子差不多，稍有不同；蘇葉是綻放的桃花，蘇木則是一朵花蕾，還給小虎子添了只銀項圈。

滿載而歸，銀子也花去不少。

最後去往西街，家裡無田地，肉、菜都要買。

街道兩旁的農戶攤子一個挨一個，擠在一起。菜蔬新鮮各樣堆一邊，雞鴨肥碩置一處，被捆了雙腳，伸著脖子叫喚，淹沒在嘈雜的人聲中。

蘇世澤蹲地上選雞鴨，母女幾人站一旁挑菜蔬。

蘇世澤忽覺後背被人拍了拍，轉頭看。

張氏正扯著嗓子喊：「大哥，我喚你好幾聲，怎沒聽見？」

蘇世澤見她手上拿著秤，不解地問道：「今兒二十四了，怎還在買賣？」

照往年，臘月二十三爹就該置辦年貨去郡城探望蘇老太爺，後幾日是不出攤的。

「大哥來買菜？都是自家人，走，去咱攤，娘還在哩！」張氏未答話，說著帶人走。

吳氏等人聞訊也過來，跟上去。

張氏占的攤位不算好，有些裡頭，攤子上擺了小菜苔，像是新長出來的；還有兩隻鴨子，個頭偏小。總的來說，賣相不好，因此擺了半日也不見賣出去。

「娘，天兒這麼冷，怎還出來擺哩！」

見大兒子一家來，丁氏站起身，笑道：「還餘下些。」

張氏走至婆婆身邊，這才瞧清一家子手上拎不少東西，有些酸。「哪兒呢，家裡缺銀子，除去捎往郡城，沒餘下多少，開春青哥兒的束脩都不夠。大哥，你做做好人，把這些個都買去，讓你大姪子進學堂。」

天寒地凍，老娘出來擺攤子，他於心不忍，自是全都買下來。

張氏樂呵呵地將攤子收了，眼睛卻不住往吳氏手上包裹瞟，滿心羨慕道：「大嫂買的啥，我聞著甜絲絲的。」

吳氏老實道：「是些瓜果、糕點，今兒祭灶哩。」

「祭灶也用不著這麼多呀！」張氏撇嘴。「妳姪子、姪女還在家裡餓著哩！」

「啊？」吳氏尷尬地看著她，轉頭看看丈夫，後者也是面色難看。「是買得多，妳倒些去吧！」

張氏臉上立刻堆滿笑。「欸，謝謝大嫂。」

說罷，就著賣菜的布袋子，伸了過來。

吳氏打開包裹，倒些過去。張氏袋子大，且她半天不撤回去，吳氏不好停手，以顯小氣，眼見倒去大半。

蘇木高聲喊道：「二嬸，袋子是漏的！」

啊？張氏急急收手，檢查袋子。「哪兒呢？沒有哇！」

吳氏順勢收起包裹。

蘇木無辜道：「哦，許是我瞧錯了。」

「妳！」張氏氣極，見吳氏已將包裹收起，也不好再要，不過手裡分量不輕，暗自歡喜。

張氏得了好處，不再鬧事。日頭不早，一家人便一道回家去。

張氏扭著肥胖的屁股，攙著丁氏走在最前頭，蘇木挽著姊姊，湊到她耳邊輕聲道：「二嬸真沒臉皮！」

蘇葉搖搖頭，沒說什麼。好在布疋是直接送家裡，若被她瞧見，指不定還得順走。

自祭灶後，家家戶戶不必在外忙活，皆準備過年。

筍作坊也停了。尹掌櫃第二次來時，帶上東家首肯，簽了代理，又於二十日要了三百斤，加上鎮上酒館的貨，足足忙了好幾日，這也是今年最後一筆大單，夠三家人歡喜過好年。

天氣越發寒冷，雪已下至鵝毛一般，整片大地籠罩在一片雪白中。

蘇木裹著厚厚的衣裳，從門縫向外瞧，已不是初見這片村落時的青蔥翠綠。

俗有「二十七洗疚疾，二十八洗邋遢」，在這兩日要集中地洗澡、洗衣，除去一年的晦氣，準備迎接來年的新春。

因著寒涼，家中近況不變，不必洗得那般妥貼，吳氏燒來滾燙的熱水給一家子挨個兒擦洗。巾帕上抹了香胰子，搽在身上香香的，十分好聞。

洗畢，一家人圍炭盆烤火，縫補衣裳，吃著零嘴，說著閒話，很是自在。

「蘇老大家的、蘇老大家的！」門外傳來婦人的呼喊。

「誰呀？」吳氏放下衣裳站起身，聽這稱呼是喊自己無疑。

她開門，見一婦人穿蓑衣、戴斗笠，手拎一籃，其上蓋了藍布。饒是這般武裝，身上還是黏得雪白。

「李嫂，快進來暖和！」是同村的李家媳婦，娘家也在二灣，雖走得不近，還算熟識。

「不了，」李嫂擺擺手，將籃子遞給她。「妳爹娘讓我捎來的，還問妳好，我與他們道，妳一切都好，二老總是不放心。」

爹娘？吳氏當下眼淚流下來，顫抖著接過籃子，手中沈甸甸，哽咽道：「他二人身體可好？家中如何了？」

「都好，就是擔心妳，叔的腿天涼還疼。妳也莫憂心，顧好自個兒，二老才能放心。」李嫂寬慰道。

「嗯！」吳氏點頭，淚水直落。

「行啦，進去吧，天怪冷的。」李嫂說著就要離去。

「嫂子，謝謝啊。」吳氏忙相送。「這麼大冷天，麻煩妳了。」

蘇木從門縫鑽出來，捧著些零嘴，追上去。「嬸子，麻煩了，也不進去歇歇。」

「哎喲，使不得、使不得！」她瞧蘇木手上捧著瓜子花生，還有好些糖果糕點，一番推脫，也就收下了。家裡有好幾個娃子，卻不捨得買這些。

「回去吧，天涼。」

送走李嫂，一家人再圍坐一起。

吳氏揭開籃子上的布，裡頭整齊放了一籃鴨蛋，另還放著是冬棗，個頭飽滿，紅綠相間，都是挑得好的，當即眼淚又下來了。
蘇世澤撫著她肩頭。方才的話，他都聽見了，媳婦兒定是想家。「難過做甚，李嫂方才道二老一切都好。初二，咱一家去瞧瞧。」
吳氏呆住了。回娘家？自個兒是怎麼嫁進來的，如何有臉面帶夫家回去，她想都不敢想，忙搖頭。「不了，我知道爹娘好就成。」
「妳呀，想家咱就回去瞧瞧，思慮這般多做甚。咱是一家人，妳爹娘就是我爹娘，是大葉兒和木兒的阿公、阿婆。」
吳氏不可思議地看著丈夫，又轉頭看向姊妹倆，後者笑著朝她點頭，讓她更是忍不住哭，這回卻是喜極而泣。
蘇世澤將她攬在懷裡。「大過年的，哭了不好。」
姊妹二人看著這甜蜜模樣，替他倆高興。虎子小小雙手捣著眼睛，似覺羞羞。
大年三十，一年的最後一天，為月窮歲盡之日，辭舊迎新之時。沒有好看的大紅窗花，沒有熱鬧的鞭炮，也沒有新春對聯，更沒有喜慶高照的燈籠。
蘇木重生後的第一個年歲，未免有些遺憾。
「木兒，妳來瞧瞧餃子熟了沒？」門外灶臺方向，蘇葉喚她。
蘇木回過神來，放下手中碗筷，開門出去，一股寒風直往脖子鑽，可她並不覺得冷。
灶臺上，蘇世澤掌火，吳氏掌勺，正舀出一個雪白圓胖的餃子，拿筷子戳，旁邊挨著的蘇葉也仔細瞧著。

「可莫戳破了，餃子浮起來便熟了！」蘇木走過去，阻止道。

「哦，與麵片兒一般！」吳氏似恍然大悟，忙將餃子倒回鍋中，輕輕攪著。往年三十都是吃麵片兒，往裡頭添肉的餃子卻不是一般人家奢侈肯做的。

餃子出鍋，裝一大缽，吳氏用布捧著進屋。

蘇世澤滅了柴火，洗完手也跟進去。

姊妹二人早將桌子安排妥當，蘇木還調了兩碗沾醬，蔥薑少許，辣子爆炒和醬醋，再加一小勺紅薯糖，香香辣辣，很是開胃。

碗還是大小不一，吳氏盛得滿滿的，每碗都放了一個鴨蛋。

蘇葉捧著碗，感慨頗深。往年三十，也是有蛋的，卻只是家中男丁有。爹捨不得吃，挾做兩半分給自個兒和妹妹，總招來爺和奶的白眼，再是美味，也有些難以下嚥。

如今，人人碗裡都有，她覺得很滿足。

蘇世澤又何嘗不記得？剛想把蛋分給姊妹二人，卻發現二人碗中皆臥白胖一團，頓覺眼中酸澀。

場面一時安靜，只有吃餃子的聲響，伴著屋外呼呼風雪聲。

吃過年夜飯，有吃凍梨、凍柿子的習俗，這幾乎是一般人家冬日裡吃到的唯一水果。

當然，他們並沒有。

好在吳氏娘家捎來冬棗，棗子不多，將將裝一小盤，一人也就吃得兩、三個。除了冬棗，還有零嘴，因著被張氏分去大半，也餘得不多。

屋裡安置兩個炭盆，坐在凳上仍是有些凍手凍腳，沒有什麼消遣，一家子決定不守歲了。

總的來說，這個大年三十過得並不富足，卻圓滿。

大年初一，風雪既停，難得開了太陽。

蘇世澤一家穿戴一新，母女幾個歡喜地戴上首飾，互道吉祥話。

新年第一日須上山祭拜先人，意為邀請過新年，且越早越好，以表誠意，再回家一同吃飯。先人已然被邀請，專設一桌飯菜；且先人吃過的飯菜再吃，便有福隋安康、心想事成之說。

蘇世澤與兩個女兒是要一同去的；吳氏母子不受待見，去了怕是會平白受氣，蘇世澤便讓她留在家中。

走至蘇家院壩，蘇大爺帶領一家子正理著紙錢香燭。

蘇世澤上前幫忙，喊聲爹。

蘇大爺眉眼未抬，只「嗯」了聲。

「老大來了。」丁氏從堂屋出來，挎個籃子，裡頭放滿理好的香燭，遞給他。

丁氏今兒分外高興，只因好幾年沒穿新棉衣。吳氏手藝好，眼睛跟尺子似的，也沒來量，便做得這般合身。布料軟滑，裡頭竟填棉花，穿上比蓋被子還要暖和。

前日，老大來送衣裳是沒想到的，本就給了一兩銀子，這兩身衣裳也要不少錢。老頭子拉著臉，瞧不上，可老大前腳走，他便偷偷拿來瞧，想來也是歡喜的。

養兒養孫，還是頭回得孝敬。丁氏覺著老大一家分出去也好，看他的眼神，慈愛許多。

蘇丹自姊妹二人進院，便氣紅了眼。

原以為娘給她新做的新棉衣，可在二人面前好生炫耀一番，哪承想她二人比自個兒穿得還要好看，顏色雖比不得自己豔麗，可料子一瞧便是貴的；頭上竟還插著簪子，自個兒卻只有紅繩。

「娘，您瞧人家，人家的娘可比您捨得！」蘇丹氣鼓鼓地抱怨。

張氏哪會沒瞧見，可惜那女人沒來，不然自個兒也好鬧上一鬧。「人家娘管錢，妳娘管錢嗎？」

她嗓門大，聲音便傳到蘇大爺耳中，蘇大爺不怒自威。「怎麼，妳還想管錢了？」

張氏心中有氣，篤定大年初一老頭子不會發火，冷笑道：「爹，人家管錢才能給您二老做衣裳，媳婦沒得銀子，盡不了孝心，您二老莫要見怪。」

蘇大爺氣得眼睛瞪圓，胸膛起伏不定。老二媳婦兒越發放肆了！

這個二嬸總眼饞別人，嘴巴尖酸刻薄。蘇木笑道：「二嬸，您說得對，我爹賺了點小錢，孝敬爺奶應當的，給銀子、做衣裳全是我們一家的孝心。不管今年，往後年年如此。」

言下之意，有好處只會想著二老，他二房一點便宜都別想占，且大房一家就是能賺錢！

蘇大爺臉色緩和下來，竟露出一絲笑意。

「成了，收拾好上山，莫誤吉時。」

張氏氣得吐血，恨極了蘇木的牙尖嘴利，偏說不過她。

第十六章　娘家

初二，薄雪輕飄。一家人穿戴一新，拎著大包小罐地出門。

路過侯家院子，說幾句吉祥話，告知回吳氏娘家。侯老太太便囑咐媳婦去地窖裡拿兩個菜頭，道不是稀罕物，吃個新鮮。

冬日少有新鮮果蔬，家境稍好些的便挖地窖儲藏，到冬日再拿出來。因此，這兩個菜頭，若在年前集市上也賣得不便宜。

一家人推脫不下，方才收下，道謝離去。

到了田家，見門口張燈結綵，這才有過年的氛圍。

蘇世澤上前叩門，開門的是田良，一身墨色棉袍，玉簪束髮，背脊挺直，溫潤爾雅。

「大伯、大伯娘，新年好。」

一見來人，忙作揖行禮，眼神瞟至二人身後，見小人兒著一身藕色襖子，小臉靈秀，像是胖了些，彎彎眉毛下閃動一雙烏黑發亮的眼睛，流露出聰穎。

「好、好！」蘇世澤笑著誇讚。「良哥兒越發俊朗，來年作媒的怕是要踏破門檻了！」

田良頓覺耳根發燙。「大伯說笑，快進屋吧，外頭冷。」

說罷側身，請人進門。二人笑著走進去，他便落到後頭，跟在蘇木身側，低聲道：「蘇木妹妹，新年好。」

蘇木歪著腦袋，笑著回他。「田良哥，新年好。」

田良只覺耳根更燙了。

蘇世澤道明來意，田大爺立刻讓兒子去魚塘撈魚，兩條大鯉魚足六、七斤。付過錢，一家人道完謝，繼續趕路。

二灣在鄰村，順官道足兩個時辰腳程。蘇世澤決定走小路，能節省半個時辰。小路穿梭在各個屋子，每每路過，偶聽狗喚。那叫喚聲可不是善意的，似要撲上來撕咬，好在關在院子裡，倒是見不到那副猙獰模樣。饒是如此，虎子依舊嚇得不輕。

蘇世澤便將虎子扛在肩頭，虎子捧著他的臉，起初害怕，後覺好玩，笑了一路。

聽這名字，本以為二灣臨河，依山傍水，哪想竟是綿延的山丘，田地頗少，多種果樹，適宜養雞鴨。

走了幾個田埂，穿過幾片果林，一排柑橘樹下掩映著一座破敗的瓦房，屋頂好幾處瓦片破碎，搭著稻草；牆壁斑駁，黃泥糊得顏色深淺不一，新舊都有。門庭冷落，很是蕭條。

「爹、娘、小弟！」吳氏歡喜地喊道。

一個皮膚黝黑的少年自門扉探出腦袋，一臉麻木，見著吳氏，眼睛亮了，一把推開大門，回頭喊道：「爹、娘，我姊回來了！」說罷奔過來，至眾人面前，卻拘謹地停下。

蘇木偷偷打量。單薄的棉衣已辨不出顏色，袖子略短，露出小半截手臂；棉褲也是一樣，破爛的布鞋上露出一節，在寒風中凍得發紫。
「三兒！」吳氏上前拉住弟弟的手，一片冰涼，頓覺眼睛發酸。
「二丫？二丫回來了？」吳老爹夫婦相扶著走出來，衣衫破舊，身形矮瘦，瞧著卻精幹，是長年勞作之人才有的。
「娘、爹！」吳氏奔過去抱著二老，再是忍不住，哭出來。
夫婦倆老淚縱橫，嗚嗚地哭。
二人孕有三個孩子，老大早夭，獨留一雙兒女，女兒命運坎坷，嫁得不好，吃了好些苦。兒子到了成婚年紀，卻無人上門，只因家境太過貧寒，哪有女娃願意上門吃苦？
蘇世澤有些不知所措，愣在原地，蘇木手肘碰碰他，低聲道：「爹，去問好。」
「啊？喔！」他反應過來，走上前，朝二老鞠躬作揖。「爹、娘，過年好。」
吳氏忙擦乾淚，站起身，苦笑道：「瞧我，只顧著哭了，竟把人撇一旁。」
姊妹二人嘴甜，一口一個阿公、阿婆，喊得夫婦倆笑得合不攏嘴。
於他們最高興的還是夫家對女兒好，瞧那穿著打扮，跟個少奶奶似的，不由感慨萬分，二丫是熬出頭了。
「爹、娘，沒什麼好東西，拎這些來給您二老拜年，莫怪罪。」
見蘇世澤手裡拎了魚菜、籃子、罐子，夫婦二人受寵若驚，忙叫小兒子接過。「一路勞累，快進屋。」

吳三兒一一接過，來回兩趟才將東西歸置好。他一把抱起小姪兒，虎子便脆生生地喊他舅舅。

他低聲問道：「乖，跟舅舅說，他們待你好不好？」

虎子歪著腦袋，似在思索，最後搗蒜般地點頭。

因一家子的狀況，蘇木對屋裡的破敗沒有太驚訝。

吳大娘搬來板凳，面露歉色。「兩姑娘坐床上。天兒涼，我去生個火盆。三兒，燒把火，端些熱水來。走這一路，定是凍壞了！」說罷，帶兒子去灶屋。

吳大爺不擅言辭，只看著幾人笑得合不攏嘴。

「爹，您坐。」吳氏讓老爹坐下。「孩子們知禮，您不坐著，他們便拘謹。」

「好、好！」吳大爺直著條腿，艱難地坐下。

眾人也就落坐。蘇世澤擔憂道：「腿得去看看。」

吳大爺仍是咧著嘴。「不妨事，年歲大了就是這般。」

兩人開始聊起山上果樹、地裡莊稼，說起這些，吳大爺才有幾分生氣。

吳氏的大哥來得晚，生下來身子就不好，幾次險些喪命，老夫婦都將他從鬼門關拉回來，為此欠下不少錢。三歲那年，終是熬不過病痛，去了，家境本就不甚寬裕，因這一變故，越發窘迫。好在後頭順利生下一兒一女，倒是無病無災，僅靠山頭二畝果園度日，將將溫飽。

說著，兩人就要上果園瞧瞧；閒著無事，坐著也拘得慌，姊妹二人欲跟隨。

綿延的紅土地上整齊種著一排排、一列列果樹，枝椏修剪整齊，裹上碎布防寒，園子邊上還開了一片甘蔗地，此刻已被大雪覆蓋。

吳大爺道，甘蔗在不同時期，需肥不同，重施基肥，適時分期追肥。如果只施追肥而不施基肥，則甘蔗容易長成頭重腳輕，上粗下細，容易倒伏；反之只施基肥，不施追肥，則後勁不足，形成「鼠尾蔗」，影響產量。別看這一小塊地，照他的法子來栽足比人一畝。

蘇木聽得似懂非懂，卻知道吳大爺是栽培好手。

幾人閒逛片刻，也就回去了，但見屋前來了好些人，熱鬧非常。

不知是誰，高喝道：「吳家女婿回來了！」

原是吳家在二灣的親友，一行人也不講究，站在門口，兩手塞袖，熱絡嘮起嗑來。

「兩丫頭是蘇家的？」一婦人問道。

眾人毫不避諱，直勾勾地打量。「穿得真好看，跟官家小姐似的。」

蘇葉不好意思地低下頭。

吳大娘見狀，忙將姊妹二人拉進屋，生怕受了委屈，邊道：「姑娘家臉皮薄，可莫打趣。」

「外頭冷，妳倆就在屋裡待著。生了火盆，三兒揀了幾個棗，都是洗乾淨的。」吳大娘十分客氣，和藹非常。

姊妹二人便圍著火盆坐下，板凳上放了個瓷碗，裡頭是半碗冬棗，不及那日送來的粒大飽滿。

隔著門扉，清楚聽見屋前說話聲，卻是眾人東一句、西一句的問話。蘇世澤老實，有問有答。大家也就知曉蘇老大雖被分出來，卻過得並不寒磣，瞧這穿著、送的拜年禮，哪樣都顯示出吳氏並不如他們想的那般艱辛，直感嘆一家人心善，吳氏有福云云。

「我孫兒哩？」一個尖細嗓音急促傳來，聽著有些喘，像是跑來的。

場面霎時安靜下來，只聽見那人喘著粗氣。「我孫兒回來了？」

蘇木站起身，從門縫探去。

只見一個乾瘦老婦走來，皮膚黝黑，頭髮花白，滿臉滄桑，眼窩深凹，眼神焦急，也不給旁人道吉祥，只顧尋找孫兒。

吳大爺方從園裡回來，自是不曉得。吳大娘臉上沒了笑，像是看不上她，接過話。「同三兒去山上了。」

「嫂子啊，妳讓我看看我的孫兒，我的乖孫兒！」那老婦撲過來，抓住吳大娘雙手，很是激動。

眾人有看不過的。「人家二丫帶夫家回來拜年，妳這鬧上門，很是沒臉。」

「可不是，夫家對二丫好，妳莫把事情攪和了！」

「當初二丫受那麼些苦，如今已同尹家毫無干係，妳這巴巴地跑來，當真沒臉！」

老婦尖叫道：「我看我親孫兒，怎就沒臉皮？不是親生的，誰會對他好！」

「哎喲，妳這話沒良心，虎子這趟回來，臉都圓了，嘴巴也甜，機靈許多。我方才瞧見蘇老大將虎子馱在肩頭一路走來，這當真比親爹還親啊！」

「呸，馱一輩子那也是流著我尹家的血，還是我尹家子孫！」

老婦說話越發難聽，開始撒潑打諢。

有人好心給蘇世澤解釋，是虎子的奶，也就是吳氏前婆婆。隻言片語中，蘇世澤早已聽出大概，只是他身分尷尬，不好開口說什麼。

其中並沒有吳氏身影，早有人眼尖瞧見來人，告知吳大娘，吳大娘便叫女兒不要露面，任那婆子鬧一鬧就罷了，只是把蘇世澤算漏了。

老婦見自個兒說話不管用，撲向蘇世澤，又是跪地又是求饒，弄得他手足無措。

吳大娘無法，只得遣人上山去喊。

片刻，吳三兒抱著小虎子自屋後走來。

老婦見孫子長高許多，白了，也胖了，穿著新棉衣，脖子上還掛了個銀項圈，驚訝萬分，卻也不死心，忙撲過去將虎子搶來，急切掀開他的衣裳，想找出一絲半點的傷痕？哪承想白白嫩嫩，哪有什麼傷痕。

倒是虎子被她這一粗魯舉動嚇著了，一下子哭出來。

躲在灶屋的吳氏再是忍不住，衝出來奪回兒子，哭喊道：「您這是幹啥！虎子是我親生的，我還能害他不成?!」

老婦沒留神，被推了一個趔趄。

見吳氏一身胭脂色，襯得整個人明豔動人，哪裡還是當初離家時的模樣？老婦恨得牙癢癢。這個狠心眼的媳婦，竟帶孫子和離改嫁，還過得這般好。

當下難聽話就罵出來，什麼娼婦、婊子，聽得吳氏淚水直流。

吳大娘哪能讓女兒受委屈，當即同那老婦扭打一團，眾人紛紛勸攔，將老婦拉走，老婦嘴裡仍舊罵罵咧咧。

吳大娘也跟著罵，罵到最後哭起來，直道女兒命苦，對不住她，當初怎就應了這門親？

蘇世澤到現在腦袋還嗡嗡作響。媳婦兒受的委屈他看在眼裡，卻無可奈何，只得攬著她的肩，說安慰話。

好好的新春拜年，便被這不速之客攪和了。

人走了，場面平息下來。到了飯點，眾人說些安慰話，也就告辭離去。

「木兒。」蘇葉拉妹妹衣角，像是嚇著了。

「沒事。」蘇木安慰道，隱隱有些不安，直覺那家人不是善茬。

吳家貧寒，拿不出好的招待，就著女婿帶來的菜，豐盛做一桌。

一大盆酸筍魚、一大缽餃子、一盤油燜筍、一碟辣子清炒菜頭，菜樣不多，於一家人來說已是十分豐盛。

吳氏給一人盛一碗餃子，又端來調料。「餃子裡頭包了豬肉白菜餡，就已好吃。木丫頭心思巧，調了料沾著吃，更有滋味。」

夫婦二人只會說好，笑得合不攏嘴，卻不捨得動筷子。

吳氏知曉二人心意，省下一口留給孩子們，寬慰道：「白麵買得多，兩個丫頭讓我全包了送來。煮一半，鍋裡也還有，夠吃的。」

夫婦二人這才動筷子，直呼好吃。

飯畢，一家人坐在屋裡嘮家常，吳氏跟著老娘收拾碗筷，在灶屋忙活。

吳大娘並不讓女兒動手，只讓她站一旁。「夫家活計做得多，回娘家就別動手。」

「成，那就偷回懶。」吳氏難得撒嬌。

「我瞧見妳手上戴了鐲子，怎費那個錢！」吳大娘怕女兒花錢過多，惹丈夫不悅。

吳氏低頭笑道：「木丫頭挑的，兩女兒硬說好看，木兒她爹就買下了。」

吳大娘見女兒一臉笑意，也就放心了。

「這趟回來，見妳好，我也就放心了。當初誰都不同意妳改嫁，自個兒爭口硬氣，愣是過上好日子。往後，莫回娘家了，那瘋婆子鬧上門，我生怕女婿不高興，跟妳散了。一回他能忍，回數多了，總是要生異心的。」

說到這兒，吳氏忍不住落淚。她也這般想，不打照面便生不出事端，她最怕讓夫家蒙羞，這是她的心病。

「娘……我就放心不下你們……」

「我跟妳爹都好，有三兒……唉，有三兒顧著家裡哩，別操那心。」

「對了，娘，」吳氏從懷裡掏出個銀錁子塞給她。「拿著。」

「啥？」吳大娘一看，一兩銀子，嚇一跳。「二丫妳糊塗啊，哪有往娘家拿錢的！若被女婿知道，妳……妳做的什麼混帳事！」

「木丫頭給的，說給爹看腿。如今家裡她管帳，她爹也是應了的，您放心拿著。」

吳大娘還是有些不信。「當真？」

「當真。莫瞧木丫頭年歲不大，很是聰慧。筍子生意是她想出來的，新房子地段好，也是她想法子同里正買的。地基已打好，開春就蓋，四月能搬進去。到時候遷新居，你們都來。」

吳氏說著，一臉嚮往。

吳大娘聽得淚眼花花。女兒當真走了大運，卻也擔憂，若能為女婿生下一子半女就更好了，不過，這話她沒說。

下晌，一家人就要回去了，夫婦倆送至官道口，仍不捨離去。今日一別，再見已不知何時了。

第十七章　新房

很快地到了三月三。

纏綿月餘的小雨，讓農戶們喜上眉梢。春雨貴如油，旱了一冬的莊稼受到滋潤，旺盛長成。

山林間盛開潔白的梨花，掩映在這片重回蔥綠的村落中，散發幽幽香氣。

蘇世澤一家卻犯了愁。雨下不停，建房進展緩慢，又要往後延月餘。

好在作坊建成，又有好幾個外來商販上門，至今已簽了四家代理。作坊日日炊煙裊裊，煙火不斷。

春季農活並不繁重，各家皆出一、二人來作坊上工，每日賺得七、八十文，加上自家山頭的筍子，每月竟得不菲收入。

如今，福保村的農戶們個個臉上掛笑，日子總算有盼頭了。

於吳氏最高興的，莫過兒子要去鎮上唸書。虎子年紀小，先啟蒙，原本丈夫識得幾個字，可教他，省去幾年束脩。木丫頭卻說，啟蒙最是重要，就像山裡樹苗，前期沒顧好，後期便生得歪七扭八，還是要正經先生教授。不求他考取功名，但求實幹有為，成就一個有用之人。

這不，吳氏同蘇葉近幾日皆忙活虎子上學堂一事，縫製新的春衣鞋帽，還有蘇木想出來的書包。

鎮上學堂名額有限，分給管轄下的幾個村子，每年開春由各村里正上報。田大爺坐在院中搖椅上，很是悠閒，手上是村裡各家孩子上學堂的名單，足比去年多一倍，乃各村上報人數之最，他面上有光啊！

且孫子田良今年預備考童生，以他的學識該是沒問題，可為保萬全，仍報了學堂，不似初級，專對考生進行輔導之類。

侯文是不情願上學堂的，奈何一家子極力主張，還拿虎子作例，他反駁無望，只覺暗無天日，整日愁在家中，也不去尋蘇家兄妹玩。

蘇世福夫妻也終於了了一樁心事，蘇青的束脩可算湊齊，一家人也為著蘇青上學堂忙碌不已。

四月秀萲，五月鳴蜩，在一片生機勃勃、萬象更新中，蘇木期盼的四合小院終於建成。

院子以東西方向的青石板路連接官道，坐北朝南。北房、南房和東西廂房分居四面，四周以高牆形成四合，開一扇大門，大門闢於宅院東南角「巽」位。

北房為主房，配房便做了灶屋。因灶屋的位置是灶神所在，灶神為一家之主，安置也十分重要。姊妹二人住西房，東房給雙方父母準備，南房則待客，北房作書房。

四合小院中間是庭院，院落寬敞，種了一棵茂盛的石榴樹，寓意吉祥。整個小院小巧別致，優雅大方。

「哎喲，真真好。」吳氏撫著門窗，摩挲窗格上的雕花。「真細緻、真寬敞、真亮堂！」

蘇世澤忙於作坊，院子都是蘇木忙活的，各處歸置她最明白，今兒個也特地帶一家子參觀。

她上前挽著吳氏，走向北房。「這是主房，您跟爹住，家具什物這兩日該是送來了。」

吳氏方瞧了一圈，知曉這屋比旁幾個都大，採光極好。「姑娘家東西多，妳同大葉兒住，我住那處就好。」說著指向南方屋子。

「娘，住房也是有講究的，主房得一家之主住，非您跟爹不可，那處是客房。」蘇木笑著解釋。

「哦？還有這一說？」吳氏似懂非懂，看向抱著虎子的蘇世澤。

後者點點頭，道：「風水玄學，講究頗多，我也不甚了解。木丫頭該是請教過風水先生了，聽她的準沒錯。」

吳氏這才點頭。

「木兒，那我倆住哪處？」蘇葉東瞧瞧、西望望，覺著哪處都好。

「住西房。」

說著一家人往那處去。

進門便是一個小廳，中間擺著一張梨花木案桌，正對門是空壁，蘇木預備掛上一幅畫卷。小廳將屋子隔成左右兩間，以兩扇簡約的屏風間隔，隱約可見兩間屋子陳設一致。臨東方向，側開了小窗，窗下擺張案桌。案桌沒有誇張的雕花，只是簡單曲線勾勒出不俗的文雅意味。

繞過屏風，蘇木走至案桌。「姊，案上可擺瓶插花，或放妝匣，妳在這處梳妝打扮，也可裁衣繡花。裡邊是要放床和衣櫃，照妳喜好擺，咱倆不必一樣。」

「誒。」蘇葉滿心歡喜，哪樣都好。

「二姊，我住哪兒？」虎子掙脫蘇世澤的懷抱，邁著小短腿奔向蘇木，抱住大腿，仰著小臉，憨憨道。

自虎子去了學堂，字是識了，撒嬌的本領也會了不少。

蘇木見虎子憨態可掬，忍不住捏了捏他的小臉，打趣道：「北房是書房，你以後讀書、寫字都在那處，配房留作你住。本想著你還小，離不了人，跟爹娘一塊兒住主屋的，若你想自個兒睡，那便將你的東西都搬過去。」

「虎子不要自己睡！」虎子晃著腦袋，掙開了撲到蘇世澤懷中。「我要和爹睡！」

這般可愛模樣，惹得一家人捧腹大笑。

五月初十，是蘇大爺託人算的暖房吉日。

早前五日，一家人開始籌備，買菜、訂糕點、借桌椅碗筷、宴請賓客，好不忙活。因暖房擺席是大日子，受邀的各戶家眷皆可前來，卻不是一來坐一桌，四人帶二小娃已最多，自然也是要備禮的。

小院不大，總就擺四、五桌，便安排女眷小娃子坐這處。大多數人安排在作坊，作坊鍋灶齊全，鐵鍋大，灶火旺，更加方便。

有侯、田兩家幫襯，又有蘇大爺張羅，前期籌備有條不紊。

到了這日，天剛亮，蘇大爺攜一家子早早上門。

夫婦倆穿上吳氏縫製的新衣，頭髮梳得光整。

二房一家也是光鮮，蘇丹今兒更是精心打扮，像是描了眉、施了黛。

「爹，來得正好，早飯剛做好，先吃。」

蘇世澤將人迎進正屋偏房，偏房又分二，裡間設灶臺，外間寬敞擺飯桌。

吳氏正圍裙炒菜，蘇葉從旁打下手。

聽見人聲，吳氏忙放下鍋鏟，從裡間出來，小心翼翼喊人。「爹、娘、二弟、二弟妹。」

蘇大爺似未聽見，自顧自上桌；丁氏瞧了她一眼，微微頷首，也不敢多說什麼，跟著老頭子坐下。

二房一家倒是熱情，張氏當即鑽進裡間，邊道：「這是煮啥？噴香。」

片刻端出金燦燦、油亮亮的一碗，幾人也聞到香味，紛紛望去，蘇青更是饞得直嚥口水。

「這是啥？全是蛋哩！」蘇世福本是坐著，不由自主站起來，問道。

「蛋炒飯，木丫頭想出來的。」蘇世澤解釋。「她最愛搗鼓稀奇古怪的玩意兒，竟也好吃。」

米粒黏著蛋渣，還放那麼些油，能不好吃嗎？

張氏撇撇嘴，心裡泛酸。才幾日，那女人便養得豐腴，面色紅潤，很是精神，生生年輕了五、六歲。反觀自個兒，面黃手糙，越發生氣，卻發作不得，今兒是好日子，老頭子重視。

說著，吳氏同蘇葉各端兩碗出來，擺在幾人面前。

蘇大爺不說話，吳氏更不敢開口。蘇葉進出兩趟，端齊了，又擺好碗筷，見蘇木不在。

「爺奶，先吃著，我去喊木兒。」

蘇大爺冷哼，不悅道：「越發沒規沒矩，都忙活完了，還未起身，往後嫁作人婦，定要受搓磨。」

蘇世澤笑了笑。「昨兒在作坊搗鼓什麼豆漿，說最是養身，忙活壞了，這才起晚，平日也是勤快人。」

蘇大爺仍是一臉不悅。再苦再累，也要早早起來侍奉，這便是身為女人該做的。

蘇丹拉住蘇葉。「葉兒姊，我同妳一道去。」

妹妹不愛做家務事，也不愛繡花，喜歡看畫本、愛搗鼓稀奇玩意兒。日子久了，大家都習慣，並不覺她有何不好，冷不防被一頓斥責，蘇葉有些嚇到，愣在原處，經蘇丹一喊，這才回過神來。

二人來到西房，蘇木方才起身，正坐窗前，對鏡梳妝。

蘇丹自進屋便各處打量，這處摸摸、那處瞧瞧，眼紅極了。同樣是蘇家孫女兒，她怎就住不上這般好的屋子？

「木兒，吃飯了。」蘇葉說著走向妹妹，放低聲音。「爺在發火呢！」

「嗯。」一家子的動靜，她早聽見了，並不放心上。這是她的家，愛怎麼來怎麼來，旁人休要管。

蘇木從妝匣拿出那支桃花簪插在頭上，這才起身。「走吧。」

蘇丹磨磨嘰嘰地落在後頭。她到窗前，銅鏡清楚地照出自己的面龐，粉面桃花，嬌嬌俏俏，不由得坐下。

銅鏡邊上是妝匣，設有上下二層，一一拉開看，裡頭只擺了兩尺頭繩，顏色素淨，不是她喜歡的。

案桌另一側，整齊地擺放一疊書，聽說都是從田良那處借的。蘇丹氣得直咬牙，拿過一本翻開，卻不識得。那榆木腦袋怎會認得字，怕是以此為由勾引人吧！越發覺得蘇木面目可憎。

「丹姊兒！」是蘇葉在院中呼喊。

蘇丹忙放下書本，慌忙離去。「來了！」

飯堂裡，眾人落坐，面前皆放一碗蛋炒飯、一碗豆漿，已然動過。

蘇木嘴甜，一一喊人。蘇大爺沒再說什麼，丁氏也是一臉含笑；蘇世福夫婦更是嘴上添花，誇讚不斷，想是吃得過癮，瞧她也就順眼了吧！

桌是八仙桌，一方二人是坐不下的。餘二空位，蘇丹徑直走去，坐到蘇青邊上。

張氏熱絡道：「兩丫頭莫站著，木丫頭同妳丹兒姊擠擠。」

這般，將將一桌，卻是沒有吳氏的位子。

蘇木笑了笑。「就不擠了，有小桌呢！娘，咱娘兒幾個坐小桌吧！」

蘇世澤正愁不知怎麼辦，經女兒提起，這才想到，忙起身搬置。

早先，考慮來人來客坐不下，備了小桌，小桌與大桌無異，只小上一半，她娘兒幾個坐一桌也是自在。

母女三人進裡間端飯，蘇木見虎子正坐灶臺邊上的小凳，端著碗吃飯，便上前問道：「好吃不？二姊再給你盛些。」

「好吃！」虎子一臉憨笑，將碗遞給她。

蘇木接過，給他盛滿，卻不給他，而是牽起虎子的小手，往外走去。

吳氏慌忙制止，小聲道：「可莫出去，虎子就留在裡間，我怕……我怕妳爺見了不高興。」

「娘，這是咱家，虎子是我弟，怎還怕人臉色？無事，有我哩！」蘇木不以為然，說罷，仍舊牽著人往外去。

吳氏感動是有，更多的是焦急，忙跟出去。

果然，蘇大爺見了虎子，立刻拉下臉，碗重重往桌上一放，「砰」的一聲，十分響亮。

「不吃了！」說罷，起身朝外走去。

唉！蘇世澤忙兩口把飯扒拉完，跟了出去。

張氏一臉怪笑。「木丫頭，怎這般不會看臉色，知道妳爺在，還將人牽出來。」

蘇木好笑道：「二嬸，這話好笑，虎子在自個兒家裡，怎麼吃個飯還見不得人了？」

「娘，您聽聽，木丫頭都被教唆成啥樣了？」張氏說不過她，轉向丁氏。「又不是親的，我瞧待他比親姊弟還好。」

丁氏雖對吳氏態度有所改觀，那前夫的兒子仍舊厭惡萬分，總覺他養不熟，要爭家產，於是道：「木丫頭，妳做得不對。」

言語頗有責怪之意。張氏得婆婆肯定，有些得意。

蘇木白了她一眼，接過丁氏的話。「對或不對，得我爹說了算，娘既帶著虎子嫁過來，那虎子便是爹的兒子，是我弟弟，誰也莫想欺他。」

說罷，不再理會，牽虎子入座，又給他倒碗豆漿，輕聲細語道：「不怕，只管坐這兒吃。」

虎子委屈巴巴，他雖年紀小，卻知曉自己身分與兩個姊姊不同，方才眾人的話明白了大概，心裡有些害怕。

可大姊關懷的眼神、二姊的維護，教他很踏實，聽見二姊道：「甜不甜，可要再加些糖？」

虎子連忙點頭，豆漿加糖，甜甜香香很好喝。

一旁默不作聲的吳氏眼圈通紅，哽咽道：「我去拿。」

早晨的不愉快，並未影響一家人辦事的心情。

庭院中擺了四、五桌，桌上放著瓜子、糖果和茶碗。

蘇大爺坐正中，一旁是幾個早到的長輩，正熱絡聊著。有人進門，無論長輩、晚輩，皆朝這桌招呼一聲，誇讚之詞只多不少，蘇大爺很有臉面。

蘇世澤兩兄弟則站在門口迎客，上門赴宴的鄉里都帶了禮，有送錢的，有送雞鴨魚肉、酒食的，還有送對聯匾額或鏡子炊具等日常生活用品的。

田大爺也親自上門道賀。他比較有特色，送兩斤豆腐、豆芽、兩條鯉魚，皆有好事成雙之意。豆腐是「都富」，豆芽代表「兒孫滿堂」，鯉魚象徵年年有餘。

到底是讀書人，送個禮都寓意頗深。

丁氏帶著兩個媳婦在灶屋煮茶水，田氏跑進來。「大嫂，妳娘家來人了。」

吳氏立即臉上掛笑，偷偷看丁氏臉色，小心翼翼開口。「娘，我去迎迎。」

「嗯。」丁氏忙活，並未阻撓。

吳氏欣喜，摘了圍裙。田氏朝她使個眼色，二人相攜出門。

吳大爺夫婦送了一套炊具，鍋碗瓢盆樣樣齊全，蘇世澤接個滿懷，蘇葉姊妹也在旁側幫忙。

「爹、娘、三兒。」吳氏三步併作兩步。

老夫婦兩人笑得合不攏嘴。

蘇木將手上東西遞給吳氏，知曉灶屋有許多忙活的。「娘，您同爹將東西歸置，我們陪阿公、阿婆轉轉。今兒也別回去了，等晚上散席，你們再好好嘮嗑。」

吳氏驚喜。木丫頭從來說一不二，留人住下，就錯不了。

「成，聽木丫頭的。」

吳大爺夫婦倆既喜又驚。「這……不好吧……」

「沒什麼不好的，只管放心住下，家裡雞鴨可關好了？」蘇木親暱地挽著吳大娘，很是喜歡這個性子有些潑辣又和善的老太太。

「關好了，放了好些野菜，餓上一、兩頓不成事。」吳大娘笑得臉上堆起褶子，自然很樂意在女兒家住下。

第十八章　前夫

約莫到晌午，賓客俱至，作坊那邊侯老么遣人來話，席面備好了。

蘇大爺同兩個兒子便招呼大家往作坊吃席，也有好些人知道宴席擺那處，送了禮，早早去占座。

席面是專請廚子做的，照村裡辦事排場，只不過多了開胃的酸筍和油燜筍烤肉，外加一大盆酸筍魚。男人們喝酒，女人們則有豆漿喝，這算是眾多席面最別出心裁的。

小院建得好，酒桌飯菜豐盛，蘇大爺臉上笑意就沒停過。十里八村，哪戶人家的席能做得這般好，誰不說他蘇大爺能耐，兒孫有才幹。

一高興，又端起酒碗，咕嚕咕嚕飲一大口。

院裡女眷也是賓至如歸，吃著、笑著、說著，很是熱鬧。不懂事的調皮娃子，吃飽喝足便下桌追逐打鬧，婦人呵斥兩句，也就由著去了。

這時，張氏著急慌忙地跑來，在屋門口大呼小叫。「不好了！出事了！大嫂，妳先頭男人找上門了！」

張氏嗓門大，又扯著嗓子喊，沒有人不聽得一清二楚，紛紛朝吳氏那桌望去。

吳氏帶兒女同老娘坐一桌，聽這一喊，險些昏過去。

吳大娘臉色也不好看，身子都哆嗦了。

先頭男人怎會找上門？蘇木百思不解，不過此刻由不得張氏大呼小叫。女人家最注重名節，再鬧下去，吳氏定是死的心都有。

「二嬸大呼小叫做甚？指著我娘喊什麼先頭男人，不知道的還以為妳嚼舌根、爛心眼。」蘇木冷聲喝道。

「我嚼啥舌根？人都在作坊鬧起來了，大嫂快去瞧瞧，好好的宴席都被攪和了！」張氏仍不死心。

「啊？鬧起來了？」吳氏緩緩站起身，不哭也不鬧，兩眼無神，呆呆傻傻。

蘇木覺著不妙。吳氏多看重名節，她是知道的，這個打擊怕是承受不住，忙拉住她。「娘，咱是一家人，出什麼事有爹頂著，您就待在家裡，哪兒也不去。爹既娶了您，就會護您周全。」

「妳爹……」吳氏眼神漸漸清明，有了神采，隨即哇地哭出聲來。

吳大娘忙抱住女兒，也跟著哭。

「大嫂，妳快去瞧——」

蘇木一臉怒氣，顧不得什麼尊卑有禮，打斷張氏的話。「瞧什麼瞧？二嬸要瞧人笑話，自個兒去就是。今日起，我家門檻，二嬸也莫進了，沒那麼多笑話給妳瞧！」

「妳……」張氏被堵得啞口無言，眾人瞧她眼神滿是厭惡，她再不敢開口，灰溜溜走了。

田氏走過來，面上不忍，仔細寬慰，將人勸進屋子，幾個要好的妯娌自告奮勇安撫賓客。

場面又熱絡起來，卻也止不住低聲攀談這事。

吳氏坐在屋裡，只是哭，哭得上氣不接下氣。

蘇木心有不忍，不過哭出來也好，總比方才那般呆傻的嚇人模樣好。

這時，屋門口探進個腦袋，不是侯文又是誰？

自上了學堂，他便不再留朝天揪，正經束起髮冠，似個小書僮模樣。他眼珠子滴溜地轉，見蘇木看過來，朝她招手。

蘇木忙走過去。文哥兒機靈，定是來通風報信的。「怎樣了？」

「鬧得凶哩！說是將虎子要回去，不給人就給錢，讓大伯拿出一百兩。大伯沒主意，遣我回來商量，要不要給這個錢？」

侯文眼巴巴望著，等她拿主意。

蘇木沈下臉。一百兩，當銀子是大風颳來的！為了置辦院子，已所剩不多，就算真有一百兩，憑啥給那賭徒?!

「我爺就沒說話？」

侯文想了想，搖搖頭。「就是臉色不好看。倒是虎子阿公氣得要打人，若不攔著，怕是早動手了。」

蘇大爺外強中乾，待外人總是「和善」，況且今兒個本是光彩日子，經人一鬧，他怕覺著老臉丟盡，恨不得早早開溜。二房一家表面親熱，巴不得蘇世澤出事，更不會維護。

「你且等著。」

說罷，蘇木進屋。好片刻，拿了一張契書出來。「把這給我爹。」這是吳氏的和離書，上頭清楚寫明虎子隨母，與父方再無半點干係，蘇世澤再沒主意也該知曉怎麼做。

「沒交代的話？」侯文拿著契書，並無動作。

「沒有，去吧！」

「得嘞！」說罷，朝外跑去。

「等等。」蘇木好似想到什麼，喚住他，上前湊耳邊一番交代。

侯文瞇著眼，一臉賊笑地跑了。

屋內，吳氏已平靜下來，只是低低抽泣。

見蘇木進來，娘兒幾個人齊看向她。田氏先問道：「怎樣？」

「放心吧！無非鬧一鬧，想訛些錢財。」蘇木寬慰道，看向吳氏。「虎子他甭想帶走，咱有契書，占理。」

幾人寬下心來，不過大好日子鬧出這般不愉快，吳氏心裡不是滋味。

不多時，有人回來，是田良同侯文。

事情已解決，蘇世澤等人還要招呼客人，分不開身回家，便遣侯文回來告知；又怕他道不清楚，惹家人擔憂，故麻煩田良跟隨。

蘇丹就站在北屋門口，張氏要她探著點消息，可屋裡來往是有人，說話嘀嘀咕咕，她聽不真切，又不好拉住人打聽。正惱怒著，忽見日夜思念的人兒從正門進來，忙理了理鬢髮，迎上去，一臉含羞。「田良哥。」

聲音軟糯，自帶嬌媚，這般喚自己，聽得田良心肝顫顫，循聲一見，粉面桃花的女子站在不遠處。原來是木兒的堂姊，便朝她點頭笑了笑。「蘇丹妹妹。」

蘇丹驚喜。不過見兩回，他竟記得自個兒名字，心思也就熱絡，忙湊近，嬌羞道：「你怎麼來了？怎不在作坊吃酒？」

佳人近身，田良哪經歷過這些，心兒怦怦跳起來，欲解釋。「是……」

侯文卻不耐煩，將蘇丹擠開，白了她一眼，怒道：「走開，木兒還等著哩！」

說罷也不管田良，自顧自往正屋去。

田良也就回過神來，歉意地朝蘇丹躬身，跟著往屋裡去了。

蘇丹氣得跺腳，偏不敢跟上去。方才那榆木腦袋厲聲吼人的模樣她是瞧見的，若自個兒再撞上去，指不定要怎麼被訓斥，偏又說不過她。

侯文同田良進門，一屋子的人熱切地看著他倆，還是蘇木先開口。「如何了？」

侯文搶過話。「人走了，被一頓好揍。」

「瞧著能走能跑，出不了事。」一見眾人擔憂，田良仔細解釋，也將事情經過娓娓道來。

大家原本高高興興吃酒，哪承想竄出個乾瘦漢子要找蘇世澤，見他眼生，一經詢問，才知是吳氏前夫。

這就尷尬了，只好領人去找。

這人見到蘇世澤就要虎子，蘇世澤自是不肯，他便順勢要錢，蘇世澤猶豫不應，便嚷嚷起來。

大家因這吵鬧圍過來，他越說越來勁，話也越來越難聽，什麼虎子是他的種，吳氏更是不要的破鞋，還當個寶之類。

見女兒被侮辱，吳大爺自是不能忍，就要衝上去打人。

怕將事情鬧大，侯老么將人攔下，想著私了，於面子上也好看些，散些銀錢，將這事一刀斬了。

可不承想那人開口便是一百兩，還不依不饒，滿嘴渾話，這才亂了方寸。

好在侯文將契書拿來，侯老么也不再攔著吳大爺，直言再不滾就報官。那人欠一屁股賭債，本就四處逃竄，若被抓住，又還不上錢，牢獄之苦怕是要吃一輩子。卻也不死心這個得錢的機會，還是嚷嚷，吳大爺便衝上去一頓好揍，旁邊幾個看不過眼的也補了幾腳。

那人抵擋不過，罵罵咧咧地慌忙逃走。

吳大爺攆至村口，至不見人影才甘休。

經這一鬧，宴席自然吃不下去，一眾人站著嘮了會兒，也就散去。

事情大致這般，只是那人如何找上門，還在如此重要的日子，事情太過湊巧，像是有人刻意安排，讓蘇世澤一家財名兩盡，抑或是讓吳氏身敗名裂，遭人唾棄。

宴席散了，吳氏無心主持，權由田氏帶幾個妯娌幫忙收拾。臨近夜幕落下，這才妥當，桌椅板凳歸還各家，剩的好酒好菜也送至幫忙的幾家人。

本欲留下的吳大爺一家覺著沒臉待下去，打算回二灣，蘇木再三挽留。但夫婦倆心意已決，像是再怕拖累半分。蘇木無法，便揀了好些肉菜讓帶回去，囑咐天黑，行路當心。

而蘇大爺一家，在宴席將將散去便沒了身影，慰問的話更是半句沒有。

總的來說，今兒這宴席雖風光，卻也讓蘇家人顏面掃地。

接連好幾日，吳氏都鬱鬱寡歡，不曾笑過。蘇世澤十分心疼，尤其聽女兒講，宴席那日，她險些得失心瘋，更是心急如焚。加之近幾日來好些大單，山上筍子抽條，供應不足又跑別村收筍，很是忙碌，蘇世澤嘴上起了好幾個燎皰。

好在先前已預料這一情況，蘇木曬的筍乾派上用場。之前出筍時，已將筍乾製作下去，而後逐漸有人要貨，雖比不得鮮筍貴，盈利還可以，不至於五到十月間，全是空檔。

生意好賺錢，土地還是根本，餘下銀子，打算買地，不過還未得空去看。

忙碌和憂愁籠罩著一家子，只是更大的災禍還在後頭。

這日天氣晴朗，日頭足。

蘇世澤早早去作坊忙活，侯文將虎子接去一道往鎮上唸書，只餘母女三人在家。

吳氏心情好了許多，打算將冬衣拿出來翻洗晾曬。

母女三人在院子裡支起三角竹架，細長的竹竿橫在上頭，一根竿子將將晾曬四、五件，三個架子圍一圈，將將正好。

吳氏站在其中用如意拍拍打，一番動作加之日曬，額上出現細密的汗。

「大嫂，不好了！」

忽傳來急促的敲門聲和呼喊，吳氏猶如驚弓之鳥，手一顫，如意拍便掉落地上。

蘇木朝蘇葉使個眼色，自個兒前去開門。

蘇葉心領神會，至吳氏身旁。

敲門的是二灣嫁來的李嫂，蘇木頓覺不妙。莫不是二灣出事了？

只見她焦急萬分。「木丫頭，妳娘在家不？」

蘇木正要問出了什麼事，吳氏便走過來，面色恐懼，脆弱的模樣很是可憐。

「大嫂，妳可要挺住。」李嫂心有不忍，上前拉住她的手。「妳娘家……娘家房子著火了，燒了精光，妳爹……昏死過去，往鎮上醫館送去了。妳娘同妳弟……」

話還未說完，吳氏兩眼翻白，身子軟下去，倒在地上。

「大嫂！」李嫂眼疾手快扶住，顯然也嚇著了。「哎喲，這可怎麼辦？」

蘇木忙掐吳氏人中，輕輕晃她，一邊呼喊，一邊讓蘇葉調碗紅糖水。

吳氏臉色慘白，悠悠醒來，蘇木忙給她餵了幾口紅糖水。「娘，您得振作些，阿公、阿婆會沒事的。我這會兒去喊爹上鎮上瞧瞧，您身子弱，就同姊姊在家等消息。」

吳氏抿著嘴，點點頭，淚流不停。

她又和李家嫂子道：「李嬸，麻煩您幫忙照料。」

「見外話了，快去吧！」李嬸自是應承，幫著將人扶進屋去。

蘇木直奔作坊，告知蘇世澤，父女二人問田大爺借了牛車，趕著往鎮上去。

鎮上唯一的醫館是百草堂，剛進門，就見吳大娘母子抱頭痛哭，頭髮凌亂，身上又髒又亂，瞧著身子尚好。

「阿婆、舅，人怎樣了？可有事？」蘇木鬆了口氣，上前攙著吳大娘上下瞧得仔細。

「我同三兒下地去了，一點事也沒有，就是他爹……嗚……」吳大娘哭得都站不穩了，直喘氣。

蘇木扶她坐下。這般模樣，想來也說不出什麼；而一旁的吳三兒，神色悲戚，哭得眼睛通紅，眼神卻清明，便問他。「舅，阿公怎樣了？」

吳三兒吸了吸鼻子，哽咽道：「爹自那日回去便身子不爽快，躺了幾日。今兒個我同娘下地幹活，不多時家裡著火了，好在發現及時，將爹救出來，人昏死過去，這會兒掌櫃在內堂看，不曉得怎樣了。」

蘇木鄭重地點點頭，轉向蘇世澤。「爹，您去打聽人有事沒事，好安心。」

蘇世澤也是一臉凝重，欲進內堂，恰好，掌櫃掀簾子出來。

見蘇木站在堂中，有些意外。「丫頭，裡頭是妳親人？」

蘇木點頭行禮，忙問道：「是我阿公，人怎樣了？」

掌櫃撫著長鬍。「受風寒，積幾日散不了熱，致臥床不起，又嗆著煙，才昏死過去。沒什麼大事，餵了藥，過會兒就能醒。回去捂身汗，再喝些調養的藥，該是能下地了。」

一家人鬆口氣。人沒事就好，只是屋子本就破舊，如今著火，怕是住不得人了。

「二灣那屋是住不得，也不利養病，讓阿公、阿婆跟咱住著再打算吧！爹，您說呢？」

蘇世澤自無二話。「是啊，家裡是留了屋子的，只管住下。吳娘整日擔憂，在身邊照料著，也放心。」

吳大娘看看二人臉色，又看看兒子，便點頭答應。如今身上沒多少錢，並無他法。

蘇木拉過蘇世澤，低聲道：「爹，您照看著，事情突然，也沒備著阿公、阿婆的用度，我去置辦些。」

蘇世澤點頭，還是女兒想得周到。

蘇木到布莊挑了幾套成衣、兩床棉被，又去西市買些新鮮菜蔬、養胃的小米，還買了隻公雞，直至兩手拎不過，才往回走。

吳大爺已醒來，仍是恍恍惚惚。蘇世澤將其揹上牛車，又將蘇木買的東西安置好，一家人與掌櫃道完謝，也都上車，駕著回村了。

回到家中，吳氏母女抱頭痛哭，因著一家人住一起，她揪起的心也放下來，整個人有了精神，將爹娘安置妥當。

吳大爺吃了藥，昏昏沈沈一下午，至晚上才開始發汗。

吳大娘坐在床邊，見丈夫緩緩睜開眼，關切地喊道：「老頭子……」

吳大爺只覺眼皮沈重，頭昏腦脹，渾身更是痠疼無力，虛弱道：「這……這是哪兒？」

入眼是寬敞的屋子，家具什物齊全，整潔一新，還有淡淡的木頭味。窗外是皎潔月光，將屋子照得幾分亮堂；床邊擺著小杌子，其上放盞油燈，老婆子正坐床邊，手裡拿著嶄新的汗巾。

吳氏擰把水，擦他額上冒出的汗，回道：「女婿家。」

「女婿家？」吳大爺掙扎著起身。「走，收拾回去。」

吳氏忙攙扶，焦急道：「去哪兒？房子燒了精光，手裡銀子都給你瞧病了。」

吳大爺身子一僵，半天沒有動作，深深凹陷的眼中滿是絕望，最後無奈道：「又要給二丫招麻煩了……」

「咱真是沒用……」吳大娘嘆口氣，摸著身上的衣裳和軟滑的被面。「女婿一家當真心善，對咱是上了心的。瞧這些，都是木丫頭當時置辦的，想是來的路上就做好了準備。」

「那也不能常住。且看今夏園裡收成，將房子翻一翻；再不濟，只好賣地了。」吳大爺咬咬牙。家裡田地早已賣光，如今只剩二畝果園，若果園都賣了，那當真家徒四壁了，唉！

「這幾月只好叨擾女婿，咱也別閒著，家務活計多做些。」

吳大娘點點頭。「我省得。聽二丫說，家裡準備買地，咱沒能耐，莊稼活還是一把好手；再說女婿的作坊成日忙，就讓三兒去幫襯。」

吳大爺點點頭，夫妻二人商量半夜，直至快天亮才睡去。

第十九章 來信

沒兩日，吳大爺身子已大好。他閒不住，總往莊稼地遛達，一來一回一身汗，比吃藥還管用，就是身子虛，吳氏煨了雞湯，吃上幾回，已好得差不多。

知曉女婿打算買地，他幫著挑選，於院子不遠處二畝和官道口的瘦長七分皆買下來。五、六月分宜種花生、玉米，吳大爺帶兒子忙得不亦樂乎，又種了好些菜蔬，辣椒、薺菜、冬瓜、菜豆……

蘇世澤過意不去，每每幫忙，皆被趕回來，吳大爺只道作坊夠忙活，地裡就甭操心。

蘇世澤無法，只得由他去。

有了娘家幫襯，吳氏也就閒下來，每日將屋子收拾乾淨，便為一家人縫製夏衣。蘇葉針線活越發精進，縫補衣衫已是信手拈來，她還心思細巧，於衣裳上繡花，花樣雖簡單，到底有幾分女兒家的閨中樂趣。

「我回來了！」虎子童稚的呼喊於門外響起，是他下學回來。

因著田良每日要去鎮上唸書，村裡只他一家有牛車，一些送娃子上學的人家便給里正交了牛車錢，每日一道接送。因此，每每下學，天色尚早。

虎子邁著小短腿，直奔蘇木的屋子。蘇木正倚在案上看話本，百無聊賴。

「二姊，給！」

蘇木坐直身子，看向門口，見虎子著青襟，手拿一束紅白相間不知名的花小跑過來，很是可愛，立即露出笑臉，起身接過，替了案上素瓶裡打蔫的花。「真好看。」

得了誇獎，虎子也咧嘴笑，缺了兩顆門牙，有些滑稽。

「今兒先生教《百家姓》，趙錢孫李，周吳鄭王。」說著從書袋裡拿出整齊疊好的麻紙，放在案上鋪開，小手撫平整，歪著小腦袋等姊姊點評。

紙上寫了歪七扭八的八個大字，較前幾日已好許多。蘇木點點頭。「有進步。」

虎子笑得更開心，挨她又近了些。

「對了，」虎子忙從書袋掏出兩個小本遞給蘇木。「田良哥給妳挑的話本，新到的。」

二姊不似娘愛幹活，也不似大姊喜針線，獨愛花和話本。果見她眼睛亮了，嘴角咧得更開，露出一排整齊的牙齒，隱約可見嘴角旁有兩個小小的梨渦。

「羊角哀捨命全交：昔時齊國有管仲，字夷吾；鮑叔，字宣子，兩個自幼時以貧賤結交。後來鮑叔先在齊桓公門下，信用顯達，舉薦管仲為首相，位在己上……」

蘇木洋洋盈耳唸著，虎子倚靠她聽得認真。蘇葉進門見二人這般模樣，已是見怪不怪。

妹妹自接觸話本，便愛不釋手，得空就讀。初時識字不多，常問爹，長此以往，問的次數逐漸減少，如今通讀流暢，還能給虎子釋義，當真佩服。

「我方做好的夏衫，妳試試。」

虎子識趣，收拾好自個兒的東西，脆聲道：「那我去瞧娘，晚些再來聽二姊唸話本。」
蘇木放下本子，佯裝嚴肅。「去吧，可莫吃糖，當心變成癟嘴小老頭。」
「我省得！」虎子笑著跑開了。
蘇木換上新衣，是一身淺綠裙裝，袖口、下襬皆繡了桃花，或盛開或含苞。料子素麻，輕薄透氣，最適宜做夏衣。
「怎麼小了？」蘇木見妹妹腰身收緊，眉頭微微皺起，忙以手作尺丈量，嘴裡喃喃計算。「沒錯呀！木兒，妳像是胖了……」
蘇木掐了掐腰身，像是真胖了……不過，這具身子之前營養不良至太瘦，如此正好。又因足不出戶，白了許多，蘇木覺著自個兒好看不少。
這時，大門外頭傳來說話聲，像是蘇世福。
自「暖房」宴席後，蘇大爺一家再不上門親近，近一月過去，今兒又是鬧哪齣？
姊妹二人面面相覷，豎耳細聽，依稀聽見郡城、來信……蘇世澤便隨人去了。
是夜，月朗星稀，吃罷晚飯，一家人坐院子消食。
吳大爺自山上割了四、五張葵葉做葵扇，天日漸熱，用來搧風，得一絲清涼。
葵葉經日曬、水洗、烘乾、剪形，再以絲線緣邊，仍用其葵柄為扇柄。
這會兒他正剪形，三個小娃圍坐著，一個要圓的，一個要方的，一個還要花樣，吳大爺笑呵呵一一滿足。

吳氏同吳大娘則挨坐著篩選豆子，豆漿養胃又健康，已是一家人早飯必備。晚上泡發，第二日小磨盤一碾，拿粗布過濾，煮沸加糖，很是方便。

「有個事……」蘇世澤猶猶豫豫道：「木兒太爺捎信來，讓我去郡城作客。」

蘇老太爺？作客？

吳氏覺著丈夫情緒不對，問道：「她太爺請去郡城，該是高興事，怎還愁了？」

蘇世澤搖搖頭。「爺待咱兩家不親，更別說子孫，又不是啥節日，平白請去郡城，我這心裡總覺著不安。」

吳氏細想，倒是。

「光請您一人？」蘇木問道。

蘇世澤點頭。「妳爺本讓妳二叔同我一道，妳二叔硬是不肯，說地裡活計多。」

光請蘇世澤一人，無非惦記筍子生意，只是三爺當官，每年又有租子收，爺每年還往郡城捎銀子贍養蘇老太爺，日子該是過得好，怎還惦記孫子的生意了？

「該不是有啥不好的事吧……」吳氏擔憂道。

吳大爺適時開口。「老太爺親自寫信來請，不去，怕是不成。」

「正是，方才爹也一番好話，讓我好生孝敬，往後丹姊兒、葉兒、木丫頭相人家，還得看郡城榮光。我思量，是這麼個理。」

蘇世澤也想到了筍子生意。作坊簽過契，太爺不好為難，多買些東西孝敬，老人家定能諒解。「等忙過這兩日，我便去一趟吧。」

蘇木不放心。便宜老爹太老實，郡城是什麼地方，九衢三市，花天錦地，魚龍混雜，人心難測。此去本就意圖不明，若被人算計，於無權無勢的一家子，可是致命打擊。

「早聞郡城繁華，若不然咱一家子都去見見世面。再來，也去尹掌櫃的酒樓瞧瞧筍子賣得如何？」

吳大爺表示贊同，木丫頭機靈，跟著總是好。「只管去，家裡有咱看著，三兒在作坊也做得順手，沒什麼顧慮的。」

蘇世澤想了片刻，最後似下了決心。「成，咱都去。」

福保村距郡城路途遠，蘇大爺每年進城都租牛車，天不亮便趕路，傍晚時分才到。牛車緩慢顛簸，久坐也是受罪，一家人決定租馬車，價格雖貴上一半，卻不必早早出門，且下晌能到郡城。

沿途是山光水色，水村山郭，蘇木大飽眼福，有種出門旅遊的輕鬆感。

行了半日，新鮮感也就過去，一家人又睏又乏，於涼風習習中睡去。

隨著車夫一聲響亮的吆喝，馬車停在城門下。「到郡城嘍！」

一家人悠悠醒來，攙扶下車，娘兒幾個揹包袱；虎子仍舊迷迷糊糊，蘇世澤便抱著他。

城門高大堅固，碧瓦飛甍，與小城鎮的路界截然不同，由此已見郡城的繁華。

遠遠見城門口站了兩人，一個華服少年約莫十六、七歲，身旁跟著短褐小廝，正朝這處張望。

走近了，蘇世澤認出來。「是么弟。」

他早些年隨蘇大爺上過一趟郡城，見過此人。

此人叫蘇世泰，是蘇三爺的大兒子。蘇三爺還有個女兒，叫蘇世安，比兒子小上三歲。

蘇世泰想是覺來人眼熟，又不甚確定，客氣問道：「可是大哥？」

「泰哥兒，上回見還是個小娃子，而今已是俊朗少年。」蘇世澤驚喜應答。

蘇三爺是老來子，比蘇世澤大不了幾歲，兒女年紀自然小。

「大哥過譽了，這幾位想是姪女、大嫂……」他不露聲色打量一行人。爹只說讓迎大哥，不承想一家子都來了，那年輕婦人當是他去年娶的新妻。

娘兒幾個笑著見禮，並不多話。

「正是，郡城繁榮，帶來瞧瞧。」

「原來如此，改日我定帶著好生逛逛。」蘇世泰似恍然大悟。「一路舟車勞頓，快隨我回府歇息吧！爺和爹也等得心急了。」

說著指使小廝幫娘兒幾個拿行李，帶一家子進城。

夕陽餘暉遍灑在這綠瓦紅牆間，突兀橫出的飛簷，高高飄蕩的商鋪招牌旗號，迎面而來的車馬、川流不息的行人、一張張淡泊愜意的笑容，無不反襯出郡城的繁榮昌盛。

一家人目不暇接，或懵懂、或驚訝，或新奇、或讚嘆。

蘇世泰耐心介紹，卻也不多停留，直往前走。街市開始人潮稀少，前路分左右，一行人往左去，四周越發冷清。

但見一石橋，橫跨南北，碧綠的水面倒映出石橋斑駁的灰影、泛著光斑的瓦片、錯落有致的屋舍，和古老灰黑的磚牆。

幾人穿過石橋，便瞧見東南一角立一處宅院，門楣上方掛著一方灰色匾額——蘇宅。

看門小廝見來人，高喝著往屋裡報信。「人來了！」

虎子悠悠醒來，趴在蘇世澤肩頭，睜大眼睛，滿是好奇。

進了大門，正中是一條灰色的磚石路直指廳堂，石路兩旁栽了幾棵鐵樹。

廳門是四扇暗紅色的扇門，此刻正敞開，一中年男子並兩婦人、幾個丫鬟、小廝出來。

男子約莫三十五、六，著一身綠紋黑紫長袍，臃腫的腰間繫一條黑色素玉腰帶，烏髮束冠，一絲不苟。發福的臉上嵌著一雙桃花眼，與蘇世泰八分相似，應是蘇三爺無疑。

身旁二婦人，一個年紀稍長，著深青色羅裙，上繡大朵牡丹，顯得富貴；另一位則一身粉紅絲裙，腰間繫著金絲軟羅，腰身纖細，體態豐滿。

二人一左一右立於蘇三爺身旁，很是親近，應是正妻沈氏與不知名的小妾。

「大姪。」蘇三爺熱絡迎接。「一路辛勞、一路辛勞，快裡邊坐。」說著招呼下人去請老太爺。

入門正對板壁，板壁前放了一張長條案，案前是一張四仙桌，左右配扶手椅，堂中央則整齊擺放對稱的幾何椅。各處歸置頗講究，卻也陳舊，與主人華麗的穿著形成極大反差。

不懂排場規矩，好在有小廝引導，蘇世澤一家也就落坐，丫鬟即刻奉上茶水點心。

蘇三爺一一問起家中狀況，又關懷幾個姪孫女，十分周到。

一家人如此熱情，讓蘇木產生錯覺，像是真真期盼遠親上門作客。只是宅院的地段和陳舊的擺設，無不顯示這家主人並不是大富大貴，可一家人的著裝和周到的僕人，又像是過著奢華的日子。

總之，透著古怪。

片刻，有人道，老太爺來了。

側門，小廝攙著一位瘦高老者走出來，老者雖然滿頭銀髮，鬍子斑白，卻顯得精神抖擻。眾人忙起身行禮。

老者落坐後，側身問向蘇三爺。「哪個是我大孫兒？」

蘇三爺忙起身，親自領蘇世澤至堂前。「這便是。」

一番作派，蘇世澤有些惶恐，忙作揖喊人。「爺。」

蘇老太爺瞇著眼睛看他，微微頷首，是個老實人。嚴肅的面上，露出一絲笑意。

「早聽你爹道，去年開了作坊，還修院子、買田地，甚是欣慰。祖上庇佑，咱老蘇家出官又出商，兒孫得福啊！」

「是！」蘇世澤不會講好聽話，只規矩站著，應聲附和。

「只是，世澤啊！士農工商，做商人雖好了吃穿用度，品級卻是下等。好在有你三爺，往後給兩個丫頭相人家，拿出這層關係，才能找到好歸宿。郡城離家雖遠，你叔姪關係卻親近，往後多走動走動。」

「是，我省得了。」

「爹，大姪一家趕一天路，已是勞累，不如先讓他們歇歇、吃點東西，晚些再來同您敘舊。」

蘇老太爺瞥了兒子一眼，笑道：「倒是，吩咐下去備些好菜，仔細招待。」

話落，一旁伺候的小廝便領著一家人往側門去。側門外是一條窄小的長廊，長廊一側是磚牆，一側生著蔥鬱的綠植，到頭便是廂房。

廂房簡陋，鋪設陳舊，甚至有股淡淡的霉味。

蘇木放下包袱，推開窗，便是黑漆漆的磚牆，想來那條長廊已橫穿整個院落。片刻有丫鬟端來溫水供一家人梳洗，又上了一桌飯菜，十分周到。

趕了一路，已是又累又餓，一家人圍坐一起，大快朵頤。

飯將將用完，前院便遣人喚蘇世澤過去。母女幾個不必跟隨，留在房中等候。

直至夜幕低垂，掌上燈，蘇世澤才回來。見他神色並無異樣，甚至有些高興。

「爹，太爺說啥了？」蘇木問道。

「是我瞎擔心了。」蘇世澤鬆口氣，繼續道：「三叔雖當著官，可住郡城，開銷大，那點俸祿養活一家老小，很是吃力，想在咱作坊參一股，以維持日常生計。」

這番說辭倒是滴水不漏，可蘇木總覺著哪裡不對勁。只是參股這般簡單？若只是參股，倒也好說。

「您應下了？」

「不能，我道作坊是三家合開，獨我應下也不作數。三弟便遣人回去問信，方才派去，明兒該是能回了。」

「這般著急？」

蘇世澤也有些不解。「不知為何著急？不過都是自家人，若真能讓三叔參股，一家子日子過好，我是願意的。木丫頭，妳道如何？」

「如今作坊由咱三家經營，也是忙得過來，允三爺參股那完全是因為情分。若么叔同田大爺答應，您就自個兒作主吧！唯一一點，筍子烹煮的法子萬萬不能洩漏了。饒是太爺找您要，也是不可的。」

說著，她轉向坐一旁的吳氏和蘇葉。「娘、姊，方子的事可大可小，咱家餘錢不多，在沒找到別的生計前，萬萬不可洩漏。」

二人雖不懂什麼參股、經營，可木丫頭這般鄭重交代，自是不敢怠慢。

一家人又嘮了會兒，便收拾睡了。

第二十章 狀況

第二日，吃罷早飯，一家人一道去街市逛逛。

蘇老太爺允了，讓蘇世泰兄妹陪同。

臨出門，還不見蘇世安，一家人站在門口等，也不心急。

倒是蘇世泰有些不耐，喚小廝催了好幾回。

不一會兒，緋紅羅裙的蘇世安由兩個丫鬟簇擁著，自長廊姍姍來遲。她頭上梳著髻，斜插兩支蝴蝶簪，簪上有墜，晃悠著發出叮鈴聲。但見她一臉怒氣，很是不爽快。

「哎喲，我的小姑奶奶，可算來了，大哥一家都等了好一會兒。」蘇世泰有些焦躁。

蘇世安仔細打量一家人，橫了一眼。一副窮酸樣，老土很沒臉面，她當真不想一道逛集，偏爺發話，她不得不去。

「哼！」冷哼一聲，便直直往外走去，並不招呼。

一家人面面相覷，不知道哪裡惹她不悅？

蘇世泰忙賠笑。「這丫頭被嬌慣壞了，莫見怪。」

街市熱鬧，商鋪繁多，一家人眼花撩亂，逛得仔細，卻也不買。郡城的價格較鎮上高出許多，一支普通樣式的銀簪子竟要一兩，更別說花樣精細的了。

莫說吳氏捨不得，連花錢大手大腳的蘇木也覺著肉疼。倒是蘇葉最自在，成衣店裡有許多好看的樣式，她偷偷記下，打算回去自個兒縫製。尤其一套水藍色羅裙，妹妹穿一定好看。

「沒錢逛什麼街市，一副窮酸樣。」蘇世安跟了一路，實在有些忍不過，翻著白眼嘀咕。

這會兒蘇世泰倒是沒說什麼，心不在焉的模樣想來也是有些不耐煩。

她聲音不大，一家人卻聽得一清二楚。嘀咕一路，當真不願陪同，便不要跟隨。

蘇世泰也是表面熱絡，蘇木早看出他眼底的厭惡，冷聲道：「天兒還早，我們打算再逛逛，小姑若累了，便回去吧！」

蘇世安見蘇木語氣不善，火氣更盛。什麼東西，敢這般態度！

「妳真以為我願意跟著！若不是——」

蘇世泰忙打斷，朝她使個眼色，轉身對蘇木笑道：「妳小姑想是走累了，不如我倆先去前頭茶樓等，你們逛好，咱再一道回去。」

蘇世澤忙打圓場。「甚好，倒是麻煩你二人跟半天。」

「無事，你們人生地不熟，讓來福跟著，有個照應。」

說著給身邊小廝吩咐，一行人便分開了。

蘇世澤等人剛走，蘇世安便鄙夷不屑道：「大哥，你瞧他們一副沒見過世面的樣子，真丟人！還有那吳氏，自個兒什麼身分，跑出來丟人現眼！」

蘇世泰垮下臉，嗤之以鼻。「妳當我願意跟著？若不是爹交代要寸步不離，特別留意他們與人接觸。且忍這一、兩日吧，爹要妳與兩個丫頭親近，怎麼這副脾氣？關係鬧僵，怪罪下來，我看妳怎麼辦！」

蘇世安自覺身分高出一等，看不上幾人，經一番說教，有些慌了。「這……我一時沒忍住，該是壞不了事吧？」

蘇世安無奈地搖頭。「且去茶樓等消息。好在我機警，讓來福跟著。」

沒了二人跟隨，一家人自在不少，街市的熱鬧也將方才的不愉快沖散。

「二姊，我想吃糖葫蘆。」虎子親暱地拉住蘇木的手，搖晃著撒嬌。

「成。」蘇木用手指輕輕點了點他額頭，很是寵溺。

得了肯定，虎子忙奔向那扛著稻草插桿的小販。

街市人多，他突然一跑，便與一旁行色匆匆之人撞個滿懷，摔倒在地。虎子矮小，熙攘的行人並未注意，就要踩過來。好在那人反應快，一把拉過虎子，這才沒有受傷。

娘兒幾個嚇壞了，忙奔過去。吳氏焦急道：「怎樣？哪裡傷了？」說著拉過兒子，周身仔細檢查。

「這裡比不得鎮上，人多、車馬多，可不能這般莽莽撞撞。」蘇世澤沈著臉，方才真是凶險。

虎子顯然也嚇壞了，小臉懵懂，眼中閃著淚花，哽咽道：「我錯了……」

見他無事，大家都鬆了口氣。

「蘇老闆？蘇二姑娘？」一個熟悉的聲音自旁側傳來。

幾人看去，驚喜道：「尹掌櫃！」

「沒傷著吧？」尹掌櫃一臉關切，歉意道：「是我不當心。」

蘇世澤忙擺手。「哪能，小娃子毛躁。」

「怎麼來郡城了不捎個信，我好盡地主之誼。走，上酒樓瞧瞧。」

尹掌櫃很熱情，一家人本有此意，自不推辭，隨著去了。那跟一路的小廝不知何時卻沒了身影。

尹掌櫃領一家子往鬧市中心去，隔著厚厚的人群，見一座飛簷雕畫的三層古樓座落其中，雕簷外高懸一面匾額，上刻三個燙金大字——福滿樓。

往上看去，見二層簷角竟掛了五個招子，正隨風飄揚。

招子相當於現在的「星級餐廳」，一個的是小吃鋪，兩個的是基本的小飯館，有菜單的那種，一般菜都能做；四個的基本上可以做某一菜系的菜，五個的是全能餐廳。

這福滿樓當真氣派！

尹掌櫃直接將一家子領上二樓雅間，一面吩咐小二上好酒好菜，一面與一家人介紹。

酒樓一樓為普通飯桌，二樓是雅間，三樓為茶室，設有「藝人」專門招待，說書唱曲，文人墨客最是喜好。

福滿樓地勢好，樓層高，饒是只在二層，憑窗也能將郡城的繁榮瞧個大概。

蘇木汗顏自己目光短淺，人家早已把酒樓做得這般完善，自個兒還以筍子為由能讓酒樓聲名遠播。

「倒是要與尹掌櫃賠不是，那日一番話是我自大了。承蒙您不計較，待我一家這般客氣。」

「哈哈！」尹掌櫃摸著八字鬍，饒有興致地看著蘇木，十分欣賞她的謙虛和膽識。「妳說得不錯，兩道筍子確實讓酒樓名噪一時，可知為何？」

一家人面面相覷。難道不是因為獨一份？

尹掌櫃爽朗一笑，解釋道：「郡城繁榮，大富大貴之人居多，來福滿樓的人更是非富即貴。山珍海味，珍饈美饌，哪樣沒吃過？獨這筍子，新奇不說，清新爽口，最是解膩。吃多了葷腥，這道素食自然廣受歡迎。再者，自古人讚竹子，長青不敗，高風亮節，高尚不俗，對這筍子自然是愛屋及烏，文人墨客每來必點！」

原來如此，蘇木恍然大悟。「佩服、佩服！」

「哈哈！」尹掌櫃撫著鬍子大笑，是有幾分自豪。

這時，小二叩門。「掌櫃，外頭兩位公子、小姐來找，說是蘇老闆的兄妹。」

尹掌櫃見一家子面上並無意外，當下了然。「快請進來。」

片刻，小二領著蘇世泰兄妹進門。

二人畢恭畢敬，似換了副面孔，給尹掌櫃周到行禮，甚至有些諂媚。

蘇世安更是親暱地挨在蘇木邊上，嬌嗔道：「許久不見妳等回來，好生擔憂，尋半天才尋到這裡。」

蘇木敷衍地笑了笑，並不想搭理。

蘇世澤倒未多想，仍是一副好脾氣，解釋道：「路上遇到尹掌櫃，進來坐了片刻。」

「掌櫃，」小二急忙跑來，氣喘吁吁道：「筍子又售光了，好幾位客人都點了，這可如何是好？」

「售罄的牌子掛出去，賠菜一碟，往日不都這般，怎大驚小怪？」尹掌櫃不悅道。

「今兒這客人不依，道專門來吃，定要這道油燜筍。」小二擦了擦額上的汗，說著放低了聲音。「像是與郡守沾親帶故……」

尹掌櫃重視起來。最怕得罪這些當官的，難纏且不講理，這般態度怕是吃不上不甘休了。

近日，因著嫩筍減少，作坊出貨量也少了大半，別家酒樓早就不銷了，這會兒想要調貨已是不可能。

忽地掌櫃一拍腦門，皺起的濃眉舒展開來。「瞧我也跟著糊塗，活菜譜就站在面前。」說著，朝蘇木作揖，懇切道：「還要煩勞蘇二姑娘紆尊降貴，隨我去內廚做這道菜，解了這燃眉之急呀！」

蘇木忙站起身。「不敢當，舉手之勞，您且吩咐人備好筍子。」

「還不快去！」尹掌櫃如釋重負，朝小二呵斥。

可小二又為難了。「掌櫃，後廚哪兒有筍子啊？怕是得去城郊現挖，快馬加鞭也要近一個時辰，我怕客人等不住。」

「那也得去！」尹掌櫃有些惱怒。「我且去周旋，你速去速回。」

「是！」小二急忙跑開，險些絆倒。

「恕尹某人不能奉陪了，還請幾位稍候，筍子一到，隨即派人來請。」尹掌櫃眉頭緊鎖，與眾人歉意地拱手，欲離去，一邊喃喃自語。「一個時辰，再加之烹煮的時間，我就是三寸不爛之舌，怕也要說爛了。」

「掌櫃留步。」蘇木見他焦急萬分，心有一計。「後廚可還有筍乾？若不然我備一道點心，也好爭取些時間。」

尹掌櫃的腳步頓了頓。「點心？」

他不甚確定，福滿樓的點心是出了名的，她做的點心能上得了檯面？

蘇木點點頭，自信道：「保證是酒樓沒有的。」

「哦？」尹掌櫃來了興趣。「筍乾是有，蘇姑娘，事急從權，可開不得玩笑！」

「自然。」

「好，妳且隨我來。」若沒點膽色，他也做不得這酒樓的掌櫃。

「木兒！」

蘇世澤同吳氏等人喚住她，擔憂萬分。木丫頭鬼點子是多，可來人不是一般身分？若是得罪了，有個好歹可怎麼辦啊！

蘇木寬慰道：「爹、娘，放心吧！一會兒筍子來，還得你們來做。」

「可有把握？」蘇世澤目光如炬。

蘇木鄭重點頭，便隨掌櫃離去。

一家人還是不放心，在屋子裡坐立難安。

蘇世安跟到門外朝離去的人兒張望，又回到屋子，至蘇世泰身旁，低聲道：「咱還是先走吧！我瞧這丫頭是說大話，她會什麼點心，做出的點心能有福滿樓的精緻？咱可別被連累了。」

蘇世泰也有顧慮。此行走了，探不到半點消息，若等小二挖筍回來，再隨一家人到後廚……

「妳且先回去將事情告知爹，我留下看看，再打算。」

蘇世安看看一家人，又看看她大哥。「那我就先走了。」

福滿樓的後廚教蘇木大開眼界。

各樣器具一應俱全，歸置有序，許多是她不曾見過的。臨東貨架足二、三十尺，滿滿擺放新鮮菜蔬、瓜果酒肉。穿戴一致的廚子們正忙碌著，跑堂的小二進進出出，井然有序。

廚院外修有水井不說，竟有一套完整的排水溝，不得不讚嘆修建之人的心思巧妙。

尹掌櫃命人空出一個灶臺，將蘇木需要的東西置備齊全。

「蘇二姑娘，妳且稍等，我已命人去取屏風。」

屏風？蘇木一愣，隨即反應過來。「倒是不必，若真解了酒樓之急，這道點心權當交個朋友。」

尹掌櫃詫異地看著她。小小女娃，眼界竟不小。

見她繼續道：「不瞞您說，我是個懶人，很少碰炊具，鹹淡火候更是掌握不好，還要煩勞您配個大廚和打下手的小廝給我。」

聽這話，尹掌櫃已不是單單詫異，瞪大了眼看她，半天說不出一句話。

前廳的小二來催，道雅間客人在發火，請他速去。

尹掌櫃顧不得別的，撥了兩個人給她，匆匆離去。

大廚姓丁，一旁年輕小夥子是他的表親，跟著當學徒，喚作小丁子。二人站在灶臺前，一頭霧水地看著蘇木。

見她東瞧瞧、西望望，於一大瓷盆下找到一張木凳，端至灶旁坐下。

「那咱……就開始吧！」

二人露出怪異的神色，但因有掌櫃吩咐，不敢怠慢，抄起傢伙，等蘇木發話。

「豬皮三百錢，洗淨煮爛，熬成膠狀。」

丁大廚傻愣愣地看著她，半天沒動手。這是什麼操作？

「趕緊呀！」蘇木朝案板上的一塊肥豬肉努努嘴。

丁大廚嚥了下口水，動起來，將豬皮洗乾淨後煮一遍，刮乾淨肥肉和豬毛。再用水洗乾淨，冷水下鍋煮，煮到能用筷子輕易戳通。

小丁子拿來一個奇怪的不明物，其造型近似板凳，而面板向一端傾斜，並開了圓槽與流口相通，凳面植立柱兩根，中加橫桭，壓板如一把拍子，盡端插入桭下，採用了槓桿構造。

見丁大廚將煮爛的豬皮放置圓槽，手按榨板手柄的一端，濃稠的膠狀物體便沿著槽流入事先放好的瓷碗中。

蘇木驚喜。這就是榨汁機呀！便打算臨走前也買一個回去。馬上是瓜果成熟的季節，榨果汁再加些冰塊，炎炎夏日，豈不快哉！

蘇木從貨架上拿了一根黃瓜，復又坐回去，咬上一口，繼續道：「將那豬皮膠熬煮後，拿冰塊冷卻成皮凍。這活兒就交給小丁子，丁大廚就調餡擀皮。餡就調筍乾鮮肉，多放些蔥薑，切細些。」

調餡擀皮?丁大廚吃驚道：「您這是做包子？」

蘇木又咬了一口黃瓜，含糊道：「差不多吧。」

「啊？那些個達官貴人嘴是吃叼了的，龍肉都不見得看得上，您這包子怕是端上去，就叫人丟出來了！」丁大廚擔憂道。事關酒樓聲譽，掌櫃怎麼信了這毛孩子？

「丟不丟出來，一會兒不就知道了？」蘇木不以為然。

丁大廚苦著臉照辦，手上動作飛快，筍子是早泡好的，和著肥瘦相間的豬肉剁得極爛。調好後，復又擀皮，蘇木便叮囑他要擀得極薄極韌。

而小丁子那處的皮凍也已製成，正切丁。

餘下事項就簡單了，鍋裡滾著熱水，放著精緻小巧的籠屜。

丁大廚手糙卻巧，挖一勺肉餡，放一粒皮凍。一個個小包子如同花兒一般，自他手上綻放，再整齊排入籠屜。

片刻，尹掌櫃傳人來問可好了？

「好是好了……」

丁大廚一臉愁苦。好是好了，可……這包子太過普通了……

小二十分焦急，掌櫃那頭已周旋不過了。「好了就端上來啊！」

丁大廚無法，只得將籠屜端出來，小二接過，撒腿就要走。

「等等！」蘇木喚住他。

她拿起菜刀出門，復又回來，手裡多了幾節竹管，叮囑道：「你上菜時，先提醒包子裡湯汁燙嘴，先用這竹管吸食，方可動口。」

小二聽了雲裡霧裡。「記下了。」

說罷，急匆匆離去。

第二十一章　逼迫

丁大廚忐忑不安，早已做好被責罰的準備，可等半天也沒人來。莫不是出事了？他越發焦急。

這時——

「妙啊、妙啊！」

未見人影，便聽尹掌櫃拍手稱好。

蘇木放下心來，得意地瞧了丁大廚一眼，後者已轉急為驚。

尹掌櫃進門，便目光如炬地看向蘇木。「那屜包子當真妙啊！尤其先用竹管吸食，吊足了人胃口。皮薄而筋，餡鮮而美，湯汁更是濃厚，幾個貴人讚不絕口。」

蘇木自豪地挑了挑眉。「如今這朋友可還交得？」

「交得、交得！」尹掌櫃眉開眼笑，不露聲色地看了丁大廚一眼。

後者心領神會，忙點頭。

他便放心了，明日就推出這道包子。

這時，挖筍的小二也匆匆趕回來，丁掌櫃忙命人去請吳氏母女。

這會兒，蘇木主動要了屏風。

一家子忙趕來，已從小二口中得知，蘇木解了燃眉之急，一顆懸著的心才落地。

「娘，餘下事情就交給您了。」

「誒！」吳氏說罷，接過小二遞來的圍裙，往灶間去。

跟在幾人身後的蘇世泰試圖混進去。蘇木卻早有警惕，攔下他。「三叔進去做甚？」

蘇世泰被逮個正著，面上有些尷尬。「我……我進去瞧瞧大嫂可要幫忙的？」

「裡頭有我姊呢，您還是去雅間等吧！」蘇木一點也不退讓，直勾勾地盯著他。

眾人都看著，蘇世泰無法，只得退了出去，氣得牙癢癢。

油燜筍很快做好，吳氏母女又回到雅間。

酒樓的狀況解決了，尹掌櫃對一家人感謝萬分，讓帳房拿出二十兩銀子，贈予一家人。

蘇世澤不敢收，連忙推辭。不過舉手之勞，怎好收人這麼多錢？

尹掌櫃卻十分固執，硬是要送。蘇木知曉他的用意，便作主收下。那道灌湯包，值這個價！

一番說笑，一家人起身告辭。

臨行前，尹掌櫃似想到了什麼，喚住蘇木。「蘇二姑娘，方才上包子時，那幾節竹管是哪兒來的？」

他隱隱有絲不安。

「哦，在二樓樓梯口那盆竹景砍的！」

啊？那盆竹景……可是東家從江南特地運來的稀有品種啊！完了、完了！

從福滿樓出來，一家人不再閒逛，徑直回去了。

剛過小橋，見蘇三爺帶領一家子站在門口，似有些焦急。

見人回來，蘇三爺忙快步過來，先瞧了兒子一眼，後者搖頭，他又轉向一家人。「可算回來了。怎麼與福滿樓的事攪和一塊兒，沒出什麼事吧？」

「事」是指酒樓所遇的狀況，蘇世安早早不見人影，應是回來報信了。

蘇世澤忙道：「教三叔擔憂了，只是烹製油燜筍，解了尹掌櫃之急，他還以二十兩相贈，甚是客氣。」

蘇三爺眸子的亮光一閃而過，放心地點點頭，歡喜道：「村裡回信了，道作坊的事一應由你作主。走，裡頭說。」

既然侯老么同田大爺沒有意見，那蘇三爺入股一事便水到渠成。他立即寫了四份新契約，二人先蓋上手印，便將四份一併交由蘇世澤，並不甚在意契約的歸處，似十分信任。

下晌，臨晚飯時，蘇三爺的媳婦兒沈氏帶女兒領著兩個丫鬟到後院。

一家人和這個貴氣的婦人並無往來，只將將見過兩回。

蘇世澤客氣而有禮。「三嬸怎麼來了，快裡邊坐。」

沈氏輩分雖高，卻比吳氏大不了幾歲，瞧著卻比她年輕。見她瞥了吳氏一眼，又垂下眼簾，瞧不清眼底的情緒。「這位是你去年新娶的妻吧？是個模樣周正的。」
見提到自己，吳氏忙規矩行禮，喚了一聲「三嬸。」
沈氏「嗯」了一聲，不再看她，轉向兩姊妹，和顏悅色道：「倒是頭回見兩個丫頭，生得真好。我命人做了兩套衣裳，作見面禮。」
說著，丫鬟上前，將手裡捧著的衣裳遞給二人。
姊妹倆忙接過，入手便清涼絲滑，顏色也鮮亮，是上好的料子。
「謝三奶。」
而一旁的蘇世安盯著衣裳，神色難看，手裡的絹子都要攪爛了。
沈氏又說了一番誇讚的話，氣氛很是和睦。忽地話鋒一轉，玩笑般對蘇世澤道：「你爺想吃那油燜筍，我吩咐人晚上備了，不如請姪媳指點一二，往後你爺想吃，也就方便了。」
蘇世澤愣了愣神，沒反應過來。
蘇木接過話。「三奶，昨兒我們來，不是拎了許多？」
沈氏笑道：「油燜筍稀罕，妳三爺早拿去疏通官場了，村裡比不得郡城，哪樣都要靠關係。」
「三奶也知道稀罕，這烹調法子是萬不可洩漏的，若太爺想吃，讓娘多做些吧。」
「無事，廚子是我娘家人，可靠，洩漏不了。」沈氏仍是好聲好氣。
「方子事關三家，咱爹也作不得主呀！」蘇木說著看向蘇世澤。「是吧，爹？」

蘇世澤忙點頭，面露難色。「是啊三嬸，打聽方子的人不少，委實不能相告。」

沈氏沈下臉。「今兒老爺不是入股，與你們簽了契，也算個東家，怎地想吃這筍子，還得求你們不可？」

她這番話有些重了，蘇世澤同吳氏面面相覷。

「三奶，為何這般為難？娘做上幾大缸，是疏通官場還是太爺想吃，自個兒作主便是。」

「妳——」沈氏惡狠狠地盯著蘇木，全無方才的和顏悅色。

見談崩了，蘇世安也不必裝親近，厲聲道：「妳是什麼東西，輪到妳來插嘴？識相就把方子交出來，不交就滾蛋！」

合著真就是為了方子而來。

母女二人的醜惡嘴臉顯露，教蘇世澤心寒。

「三奶這般為難，我也無法，還是請三爺來評評理吧！」

沈氏冷笑。本就是丈夫叫自個兒來的，還想評什麼理！

見她描得細長的眉毛一挑，冷冷道：「喊誰來都一樣。」

還未派人去喊，蘇三爺便匆匆趕來。一見這個劍拔弩張的氣氛，他狠狠瞪了沈氏一眼。

沈氏收斂了神色，退至一旁，不再言語。

「你三奶是個婦道人家，沒啥見識，莫要與她計較。」

蘇世澤鬆口氣。還是三爺明事理。

「只是……」蘇三爺話鋒一轉，蘇世澤的心又提到嗓子眼。「只是我已入股，又是骨肉親，怎麼這方子還要防著不成？」

他語氣溫和，又帶著長輩的威嚴，教一家子不好答話。

「三爺既已入股，自得肩負作坊的責任，頭一條便是不得洩漏烹調方子。倘若方子洩漏，生意便做不成了，三家人的損失，誰來承擔？我們也是為大家好。」

蘇木不卑不亢，細細道來，一家子直點頭。是這個理。

「也只是自家人知道吧！你們不知為官的艱難，處處要見人臉色行事。我欲得這方子，也是想能隨時烹製，一來妳太爺想吃，二來於疏通官場便利些。」蘇三爺滿臉無奈，繼續道：「我肩上負擔著蘇氏家族的榮光，你們幾個往後也是跟著沾光的。」

蘇三爺態度懇切，言辭隱隱有請求之意。

蘇世澤心有不忍，有些動搖。只自家烹製送人，該是不會洩漏，危及作坊的生意。

他拉了拉女兒的衣袖，低聲道：「我瞧三爺是有難言之隱，他這番話是有道理，咱能幫一把就幫一把，都是自家人！」

這麼些年不回鄉省親，家裡本就艱難，非但不體恤，還著勁搜刮兩房的銀子。穿金戴銀，僕傭成群，除了這陳舊的院子，蘇木看不出蘇三爺哪裡有什麼難言之隱。

「爹，您莫不是忘了吃糠噍菜的日子？您看三爺一家子吃穿用度，缺那點送禮錢？今兒在酒樓，您也是瞧見筍子的暢銷，我尋思，三爺另有他用。」
蘇世澤倒吸一口涼氣。是他將事情想簡單了？
好話說盡，見一家人不鬆口，蘇三爺有些不耐煩。「怎麼，還是不肯？」
蘇世澤低著頭不說話，吳氏同蘇葉半句不敢吭聲，蘇木更是一副油鹽不進的樣子。
蘇三爺怒了。「不識好歹！你們且考慮考慮，明兒大早我再來。」
說罷，甩袖離去。
沈氏瞪著一家人，狠狠啐了一口，忙跟了出去。
「老爺，明兒期限將至，若他們還不鬆口可怎麼辦？」沈氏追隨丈夫，擔憂問道。
蘇三爺腳步頓了頓，面露陰鷙之色。「哼，那便怪不得我了！」

「怎鬧成這般？」蘇世澤一屁股坐下，很是頭疼。
「突然叫咱上郡城，本就意圖不明，白日爹沒瞧見三叔直往灶間鑽的情形？」
蘇世澤不再言語。一家人的好難道都是裝出來的嗎？他很是心寒。「明兒個咱收拾回去吧！」
娘兒幾個不住點頭。郡城繁華雖好，處處是算計，不是他們待的地方，還是回去種田耕地，過自個兒的小日子吧！
晚飯時，前院並沒有傳人來喚，只有小丫鬟端來些飯菜，態度極為冷淡，放下便走，招呼也不打一聲，桌上菜色較之前已是不可比擬。

一家人相互看了看，並未說什麼，匆匆吃完便上床歇息了。

次日一早，蘇三爺匆匆趕來，見一家人正收拾行李，冷冷道：「要走？」

一家人手上動作停下，蘇世澤嘴巴動了動。「嗯，耽擱了幾日，是得回去了。」

蘇三爺瞇著眼看他，眼神有些凶狠。「方子還是不肯說？」

「這……著實為難……」蘇世澤眼神躲閃，周身不自在。

「呵呵！」

蘇三爺一聲冷笑，轉身走了，留下一室忐忑。

一家人不再逗留，匆忙將包袱收拾好，預備到前院向蘇老太爺辭行。不承想被小廝攔住，告知蘇老太爺身子不適，不便見人。

一家子無法，只得離去。

走得突然，馬車並未租好，便一路問人，尋到了車鋪。

剛要上車，一隊手持長矛、身穿軍服的衙役將一家子團團圍住。

「哪個是蘇世澤？」

一家子不明就裡，見這般陣仗有些慌張。

蘇世澤顫抖著聲音。「我……我是，軍爺，不知……」

他話還未說完，為首的衙役便指揮道：「蘇家油燜筍吃死了人，給我拿下！」

啥？吃死了人！

蘇世澤驚慌求饒。「冤枉啊軍爺！我家賣筍這麼久從未出過事，怎會吃死人！」

看熱鬧的人將街市圍得水泄不通，指指點點。

吳氏並兩個女兒哭喊著不讓把人帶走，虎子被推到一旁，害怕地大哭。

只是三個婦孺如何是身強力壯衙役的對手？眼睜睜見蘇世澤被帶走，哭著追上去，一路追到了衙門，朱紅的大門將娘兒幾個關在外頭，十分無助。

「這可如何是好啊？」吳氏摟著兩個女兒哭得上氣不接下氣。

蘇木也慌了。蘇世澤本就是冤枉的，無故被抓進衙門，這是半條命進了鬼門關啊！她摸了摸懷裡，硬硬的一團，忙拿出兩錠，掙開吳氏的懷抱，奔至守門的衙役面前，給二人一人一錠，哀求道：「兩位軍爺，讓我們進去看看我爹，就一會兒，不會耽擱太久。」

二人掂了掂手上的銀子，藏進衣袖，四周看了看，厲聲道：「妳一個人進去，趕緊出來！」

蘇木忙點頭，轉身對吳氏道：「娘，你們在外頭等，我進去看看。」

吳氏仍是哭，看著她說不出話來。

門打開了，其中一個衙役領著蘇木去牢房。

蘇世澤被關在進門的一間。他抱著牢門，哭著喊冤，只是哪有人理會他。

「爹！」蘇木奔過去，拉住他的手。

蘇世澤滿眼的恐懼讓她十分揪心。都是方子惹的禍，若她不堅持讓老爹保密，便沒有這等禍事，都怪她！

「木兒……」蘇世澤絕望的淚水自滄桑的臉上滑落。「我完了……」

「不會的！」蘇木猛地搖頭。「爹，您聽我說，我會想辦法！」

蘇世澤停下哭泣，呆呆地看著女兒，她一個小娃子能有什麼辦法？

「爹，事因方子起，若人逼問，您就告訴他，保住性命要緊。我身上有銀子，會將裡外疏通，您放心待著，娘、姊姊和弟弟我會顧好。」

聽著女兒的一字一句，蘇世澤安靜下來，重重點頭，只是眼中熱淚還是止不住地流。

「時間到了，趕緊走！」看守的衙役上前催促，拉著蘇木便往外拽。

「木兒！」蘇世澤低低哭起來。這是造了什麼孽啊！

這件事肯定與蘇三爺有關——蘇木一出來，便領著三人往蘇宅去。

「開門！開門！」娘兒幾個用力砸門，大聲呼喊。

看門小廝將門打開，蘇三爺從廳堂走來，似笑非笑地看著幾人。「不是走了？又回來做甚？」

蘇木恨極他這副道貌岸然的模樣。「我問你，我爹入獄是不是你搗的鬼？」

小輩的無禮，蘇三爺似不在意。「我只是個典史，哪有那麼大本事抓人？」

「那也與你脫不了干係！」蘇木冷冷道：「方子我說，你把我爹放出來！」

蘇三爺噗哧一笑。「妳這是急糊塗了，方才就說了，我官職卑微，插不了手！」

「他是你親姪子啊！」蘇木幾乎吼出來，瘦弱的身子顫抖著。

蘇三爺收起笑臉，瞥了眼孤兒寡母。「若非你們固執，又何來今日的災禍？」說罷不再理會，轉身離去。

娘兒幾個哭喊著追上去，幾個小廝粗魯地將人攔下，趕出去，「砰」地關上了門。

幾人無法，只得回衙門等消息。

孤兒寡母坐在衙門門口的石階上，哭得兩眼通紅，可等至天黑，也不見門開。

腹中空空，餓得渾身乏力。蘇木便去不遠處的油餅攤子買了些油餅，給一人一個。

吳氏哪裡吃得下，歪坐一旁，有氣無力地低聲啜泣。

蘇木拿了兩個油餅遞給守門的衙役。「官爺，吃點墊墊肚子吧！」

二人站崗半天，也不見來人換班，早就餓了，噴香的油餅在面前，哪裡抵抗得住，接過就大口咬起來。

見二人吃得滿足，蘇木試探問道：「也不知道我爹什麼時候能出來？」

「我看你們也甭在這兒等了，還是趕緊回去籌銀子吧！」其中一個衙役嚼著油餅含糊道。

「多少銀子？」蘇木眼睛一亮，正色道：「只要銀子就能將人贖出來？」

「我瞧你們老老實實，不像會犯事，怕是得罪了誰。」

見事情有眉目，蘇木忙將事情告知。「不是得罪了誰，是我家生意被人惦記上了，要方子不得，才將人抓走。」

「這就好辦，讓妳爹把方子給人家，你們再湊些銀子將人贖出來。只是……」衙役看看娘兒幾個，無奈地搖頭。「贖人要不下三百兩，只怕你們也湊不出。」

三百兩！

蘇木身子一抖，手上的油餅便掉落了。

第二十二章　契機

三百兩，就是三千兩她也要湊出來！

「娘、姊，方才的話妳們也聽見了，咱在這兒哭訴苦等，一點用也沒有，如今只得去籌銀子。」蘇木將母女倆攙扶起來。「先找個落腳的地方，再找人捎信回村，看能湊多少銀子吧。」

母女二人似有盼頭，打起精神來。

幾人在不遠處一家小客棧要了間房，向小二打聽驛站，得知一家人遭遇，小二十分同情。道驛站傳信貴，他便介紹店裡跑這行的人，當即付錢就出發了。

一夜難寐，娘兒幾個各懷心思，半夜，蘇木還聽見吳氏低聲抽泣。

一來一回，再是快馬加鞭，也需一天一夜。

次日，娘兒幾個在城門等至月上柳梢，才見到侯老么、吳三兒，又是一頓痛哭。

回到客棧，坐下商議。

蘇木道明事情原委，侯老么聽得直皺眉。「三爺當真狠心！如今事情不明，卻與他脫不了干係。」

他忙從懷裡掏出一個灰布包，推至桌子中央。「這是一百兩，已是我同田大叔湊得最多了。」

一百兩不是小數目，兩家人怕是掏空了家底。蘇木感動不已，眼睛有些酸澀。「我爺呢？」

信是捎給侯老么的，卻提到告知蘇大爺，讓其想想法子。

侯老么長嘆一口氣，低下頭。「大爺焦急是有，卻拿不出銀子來。」

蘇木冷哼，便是料到這個結果。

吳三兒從包袱裡掏出個小妝匣，這是一家人的餘錢，蘇木囑咐一併帶來。

她掏出貼身放的小鑰匙，將妝匣打開，又掏出二十兩銀票。如此，將將八十兩。

還差一百二十兩，上哪兒去湊這麼多銀子？

幾人一籌莫展，吳氏更是看著銀子抹淚。

蘇木撥了撥桌上將燃盡的燈芯，鄭重道：「明兒一早，我上福滿樓一趟。」

郡城的熱鬧並未因一家子的遭遇褪去半分，照舊車水馬龍，門庭若市。

蘇木早早守在福滿樓的大門前。她知道門不會開這般早，卻躺不住，福滿樓是最後一根救命稻草。

方子已洩，油燜筍再不是什麼稀罕物，於福滿樓來說是個損失。尹掌櫃與蘇家人非親非故，沒了這點生意往來，再沒有什麼情分幫忙，只希望他看在那日解圍的分上，能幫上一把，一百二十兩對這個大酒樓該是小菜一碟。

只是自家沒了生意，錢一時半會兒還不上，尹掌櫃該是能料到。這錢，他借還是不借？蘇木很忐忑。

約莫等到巳時，小二才來開門。

「蘇二姑娘？」小二那日跟在尹掌櫃身邊，蘇木是認得的，見她一臉難色，問道：「妳怎麼來了？可是出啥事了？」

蘇木點點頭。「家裡出了些事，找尹掌櫃幫忙。」

「快進來。」他打開門，將翻蓋在桌上的椅子搬下來。「先坐會兒，掌櫃晚些才到。」

「你忙去，我自個兒坐著等就是。」蘇木坐下，對小二的善意很是感激。

半盞茶的工夫，上工的人陸續來了。

尹掌櫃進門，見端坐著一臉愁苦的蘇木，很是驚訝。

「蘇二姑娘？」

蘇木忙站起身，朝他躬了躬身。「尹掌櫃。」

見她欲言又止，像是遇到什麼難事。「走，裡邊說。」

將人請至內堂，小二立刻上茶。

蘇木心焦，顧不得寒暄，一股腦兒將蘇世澤遇害一事告訴他。

尹掌櫃眉頭緊蹙，問道：「妳三爺是典史？」

蘇木點點頭。

事涉官府，偏與油燜筍有關。蘇家是小人物，怎會得罪那等權貴之人？莫不是因酒樓近日生意火爆，有心之人以此作文章，蘇世澤是倒了楣，牽涉其中？

見尹掌櫃不說話，她都要急哭了，站起身，懇切道：「我知道，您與我一家人非親非故，大可不必理會。只是我如今已走投無路，煩請您大發慈悲，借我這銀子。他日，我定加倍奉還！」

「蘇二姑娘，妳莫著急，這銀子我借。」

說罷，喚來小二去帳房取銀子。

白花花的銀子落到蘇木手上，她破涕為笑。「掌櫃今日之恩，他日定湧泉相報！」

事情尚未明白，他要稟報東家。若真與酒樓有關，那蘇世澤自然要救。只是事已過三日，人一直關在裡頭，生死未卜，還是先拿銀子將人贖出來再打算。

「相識一場，蘇老闆是個敦厚之人，是要幫的，妳快去衙門將人贖出來吧！」

「是，多謝了！」

蘇木再是一番感激的話，朝尹掌櫃鞠了一躬，便匆匆離去。

而蘇世澤聽了女兒的，提他問話，便將方子一股腦兒說出來，並未受到刑罰。

三百兩銀子送進去，片刻，兩個衙役架著蘇世澤出來了，毫不客氣地扔地上。

一家人擁上去，抱成一團。

蘇世澤看看妻兒，明晃晃的藍天照得他頭暈目眩，感覺天地倒轉，一片混沌，便暈了過去。

侯老么同吳三兒將人扛回客棧，娘兒幾個讓他一番梳洗，蘇木喊小二備些清粥。可蘇世澤沒有要醒的跡象，身子越發燙了，嘴裡喃喃地說著胡話。

侯老么忙去請郎中，一番診治，竟是受了風寒。郎中開了藥，吳氏便拿去熬。

蘇木坐在床邊，掏出懷裡的小包裹，打開，只餘幾塊碎銀子……她粗略計算，只夠兩日住客棧的花銷。一行七人，馬車是租不起了，只能租兩輛牛車，再買些路上用的乾糧，已是身無分文。

她嘆口氣，作坊做不成了，沒有進項；家中無餘錢，還欠下二百二十兩銀子。一趟進城，回到穿越時的困境，甚至更慘，近一年的努力全都白費。

好在借錢的是兩家親近之人，不至於賣房、賣地那般淒慘，心裡卻過意不去，大家都不是什麼富貴人家，哪文錢不是汗水換來的。

經由此事，也明白在這個無權無錢的時代，生活在底層的人，只能任人宰割。罷了，錢財散盡，可親人還在身側。她一個穿越者，經歷了無數先輩積累下來的文化知識和先進科技，在這個落後的時代，還活不下去不成？

只是再不能安於現狀，平淡一生。得不了權，那便先賺錢！倘若她富甲一方、揮手千金，像蘇三爺這等小人，又豈能輕易害了她家？

吃了藥，睡上一日，蘇世澤病情有所好轉，一家人決定次日回村。尹掌櫃那頭是要辭行的，蘇世澤不便起身，吳氏要照顧他，蘇木便同侯老ㄠ前去福滿樓，也順道再抓些藥，租好牛車。

今日福滿樓似有大生意，夥計們早早上工，尹掌櫃也十分忙碌。二人提出辭行，尹掌櫃只囑咐路上小心，絲毫未提及銀子。

辭行後，蘇木去藥鋪抓藥，侯老ㄠ便去租牛車。

走出鬧市，拐過街巷，是偏僻的一條，小藥鋪就開在這處。

郡城物價本就高，那些大藥店光出診費就不便宜，更何況是藥，他們便尋到這家小藥鋪，價格還算公道。

只是她一進門，見一個衣著華麗的嬤嬤警惕地看向她，嬤嬤身後有個同樣衣飾不俗的俏麗丫鬟，正護著一位桃紅錦衣的少女。她戴著面紗，低著頭，瞧不真切。

蘇木忙收回視線，一行人非富即貴，還是不要招惹為好。

這時小二走出來，拿過一包藥遞給俏麗丫鬟，丫鬟見狀，皺了皺眉。「怎又是這些！」

嬤嬤忙打斷她，看了看蘇木，掏出銀子付了便帶人離去。

一股淡淡的血腥味傳來，雖有濃郁的香氣掩蓋，那股味道，蘇木卻十分熟悉，便是前世，她患了月經崩漏，身上散發的味道。

月經來後，經久出血不斷，看了許多中醫、西醫都不見效，最後還是鄉下的奶奶得了偏方才治好。

雖不甚確定那錦衣少女是否同自己得了同樣病症，卻知道這是個結交權貴的好機會，倘若運氣好，將其治好，日後再出變故，也不致求助無求門。

她忙追上去。「請留步。」

門口停了一輛華貴的馬車，那少女已上轎，丫鬟、嬤嬤隨侍左右。

方才拿藥的丫鬟一步上前，橫在蘇木面前，一臉凶相。「做什麼？」

蘇木一副老實相，忙放低聲音。「我娘早先患了崩漏之症，困擾許久不得治，後得偏方調理二月便痊癒。我觀……小姐似有同等症狀——」

「哪裡來的野丫頭，滿口胡言！」不等她說完，那丫鬟便斥責，更是揚起手，欲要打人。

嬤嬤上前攔住她，搖搖頭，似叫她不要張揚。又轉頭，自頭到腳將蘇木細細打量。是個普普通通的農家女娃，模樣清秀，眸光鎮定，並無半點躲閃。

「妳道妳娘患有崩漏之症？」

蘇木忙點頭。「烏梅肉、紅糖煎水，日服兩次，適用於虛熱之崩漏。豆腐、醋同煮，一次頓服，可連服數劑，血止後停服，適用於血熱崩漏。不知……是哪種？」

嬤嬤暗暗記下，再看向蘇木，見她目光純澈，也就放下心來，從袖口掏出個錦袋，遞給她。「有些話聽過就聽過，有些人卻是不能看過就看過。」

蘇木了然，並不接。「嬤嬤放心，明兒個我一家就回福保村了，此番是來省親。郡城這般富饒，也不知道何年何月再來了。」

說罷朝二人俯了俯身子，轉身回藥鋪了。

嬤嬤一愣，與身旁人對視，後者顯然也沒想到。

這時，轎中之人撩起簾子，由於蒙著面紗，只露出一雙靈動的眸子。

嬤嬤慌忙將錦袋塞回袖口，上前將簾子蓋上。「哎喲，我的小姐，快坐回去。」

蘇木抓了藥，眼神不露痕跡地朝離去的一行人遞去。

她不接錦袋，是不想讓這恩惠來得這般簡單。方提到福保村，又提到省親，若那小姐的病當真好了，欲答謝，也能尋到地方，問到人。

一切收拾妥當，次日一大早，一行七人便坐著牛車離開了這繁華卻充滿算計的地方。

時序六月，大片麥田在微風裡泛著綠浪，把密密匝匝的細碎白花，綻放在無邊無際的綠海裡。麥穗揚起高昂的頭，用淡淡的麥香糾纏著縷縷白花花的陽光，在那鋒利的麥芒牽來的布穀鳥歌唱裡探望著金黃。

鄉間的一切，還是那般寧靜、悠遠。

蘇世澤回家後，躺了兩日，便差不多痊癒。

其間，田大爺一家、侯老太太上門看過，說了些寬慰話；而蘇大爺竟連帶句問候都沒有，二房一家更是影子都沒瞧見，似躲著什麼。

作坊停了，方子已洩，不必再守著，告知村人，便有人依樣畫瓢，煮了去賣。也有因成本太高，煮了兩回便放棄。

漸漸地，一傳十，十傳百，油燜筍成了家家戶戶都能做的菜，也就不稀奇了。可這道菜竟成了福保村、郡南縣的一道特產。當然，這都是後話了。

家中無進項，好在之前置辦了二畝七分薄田，吳大爺種了好些菜蔬，溫飽之餘，還能挑些去集市賣。吳大娘又養了些雞仔、鴨仔，雖都還小，到年底該是能賣幾個錢。

蘇世澤同吳三兒日日去鎮上蹲活計，運氣好，一日能賺得一、二十文，運氣不好，一連幾日都閒站著。

而吳氏重新拿起針線繡絹子，蘇葉而今也會，娘兒倆兩日能繡上四、五條，換上三十、四十文錢。

只是這樣賺錢，一家人溫飽都成問題，如何能還清二百二十兩啊！

驟然破產，田、侯、蘇三家卻走得更近了，為了籌錢幾乎掏空家底，兩家人毫無怨言，更不催促。就是差錢用，也是自個兒想辦法。這份恩惠，蘇世澤一家看在眼裡，記在心裡。

對於賺錢，蘇木毫無頭緒，唯一能做的便是磨點豆漿、榨些果汁。

自郡城回來後，她便將榨汁機的構造畫出來，讓村裡木匠做了一個。經過改造，將凹槽改成杯狀，這樣能盛得更多，大大提高效率。

只是，又能如何呢？

瓜果不稀奇，家家戶戶都種得，榨成汁，也是換湯不換藥，賣不得幾個錢。不似現代，純正的就值錢。

若放郡城去賣，該是比小縣城好些。只是郡城遙遠，是住不起的，生意還不定成呢，哪有閒錢折騰。

唉，無錢萬般難啊！

就在蘇木百般困擾、頭疼焦慮時，一輛華貴的馬車停在了蘇家四合小院門前。

「妳是？」吳氏開門，見一衣裳華貴的老婦站在門前，姿態神色頗有氣度，而旁邊停著一輛氣派的馬車。

老婦微微躬了躬身子，十分有禮。「請問，可是蘇木姑娘家？」

吳氏茫然地看著她，點點頭。

「我主家是郡城的，偶得蘇姑娘幫忙，今兒特上門致謝。」

老婦道明來意，吳氏反應過來。「快請進。」

將人請進門，她忙朝灶屋喚：「木兒，快出來，有人尋妳，郡城來的！」

這幾日，蘇木都在灶屋搗飭果汁，聽見吳氏一喚，便知那富家小姐上門致謝了。心下有幾分激動，面上卻不得顯露。

她走出去，那嬤嬤並丫鬟正站在院中四下打量。

「嬤嬤？您怎麼來了？一路辛勞，快坐下歇息。」

嬤嬤見她還是那日打扮，面上只是淡淡驚喜，她笑了笑。

「娘替我招呼著，我去端茶水。」說罷，又鑽進灶屋。

吳氏哪會招呼人，來人氣度與村裡的婦人不一般，便有些緊張。「坐……坐吧！」

院中置一方木桌，旁有石榴樹亭亭如蓋，饒是六月，也有幾分涼爽。

「嬤嬤趕一路，先喝些茶水。」

蘇木端了兩碗梨汁出來。梨汁由井水冰過，很是清涼。

嬤嬤喝上一口，瞬間清爽涼快。「倒是好喝。」

「瞎搗飭的，」蘇木似不禁誇，不好意思垂下眼簾，又抬起頭。「那偏方可管用？」

嬤嬤放下茶碗，笑著點點頭。「只吃了半月便痊癒了，我替小姐謝謝妳。」說罷起身欲行禮。

蘇木忙攔著。「嬤嬤這是折煞我了，不過舉手之勞。」

「妳的舉手之勞可解了我們的大難。」

嬤嬤話不說全，蘇木卻懂。女兒家得婦科病，在這個時代是為羞恥，那小姐才遮遮掩掩地到小醫館瞧病。

「迎春。」

嬤嬤朝身旁丫鬟喚道，丫鬟立刻往院子外頭招呼，跟隨的小廝便搬來兩個箱子，箱子上還放了幾疋包好的布料。

「箱子裡頭是些吃食和衣裳首飾，小姐瞧妳年紀相當，便想著送這些，聊表謝意。」

蘇木驚嚇不已，兩大箱還有這麼些布料，家底是有多豐厚！

「嬤嬤，當真客氣了，這些東西太貴重，實在不敢收。」

嬤嬤見她並不貪財，吳氏也是一臉惶恐，對這家人的質樸有了幾分好感。

「可莫推辭，都是小姐親自挑的，還百般囑咐老奴邀您上郡城玩。」

母女二人相互看了看。再上郡城？蘇木的心怦怦直跳，是個好機會。

「嬤嬤趕了一路，已是勞累，不如先在我家歇上一宿，明兒再趕路。至於上郡城，我是願意的，卻也要同爹娘商量。」

嬤嬤點點頭。「那是自然。」

第二十三章 再進城

傍晚時分，吳大爺夫婦從地裡收工，蘇世澤同吳三兒也從鎮上回來，對郡城來的一行貴客很驚訝，也十分惶恐，畢竟郡城給他們帶來了巨大的災難。

晚上，吃了玉米餅子、蘿蔔白菜，還有一碟泡筍，很是粗淡。一家人覺著十分不好意思，卻已是拿出的最好飯菜了。

月上柳梢頭，照在西房，於案桌上映出窗格的圖案。

絲絲涼風吹動桌上的油燈，晃蕩的燈光將桌上放的兩個箱子照得清清楚楚。

一個箱子整齊碼放四四方方的食盒，盒上紅漆光亮，能照出人影來。

打開食盒，幽幽香氣立即傳來，見裡頭放著精緻的糕點。整整一箱，有十來盒。

另一箱則是三套成衣並一個小妝匣，錦衣秀襖、式樣時髦，妝匣裡的首飾更是珠光寶氣、琳琅滿目。

一家人或站著，或坐著，看這兩箱東西，滿臉不可思議。

「究竟是怎麼樣的人家，出手這般大方？」蘇世澤倒吸一口涼氣，擔憂地看向女兒。

「我也不清楚。」蘇木收拾著行李，搖搖頭。「人家遠道而來，該是真心實意。」

「當真要去？」吳氏坐過來，拉住她的手，蹙著眉。「郡城那般險惡，妳一個小丫頭，教爹娘如何能放心？」

「咱家沒什麼可讓人圖的，女兒又不是大美人，更沒什麼好擔憂的。」蘇木說笑道。她這才將如何見一行人，又怎樣結緣種種給一家人道來，只是隱去了偏方，只道那小姐身分不便暴露，自個兒便將病情攬在身上，幫其抓藥種種。

蘇世澤沒說什麼，吳氏同吳大娘卻嚴肅地數落她一頓。女兒家的名聲何其重要，若被人知道了去，她往後還如何找婆家！

「不如讓妳爹陪妳一道吧？」吳氏不贊同她隻身去郡城，卻也知道這丫頭十分有主見，既打定主意要去，便是不會聽人勸。

「就放心吧！左不過待兩、三日，此番我也想看看在郡城賣果汁能否成事？咱一家子光靠二畝薄田、娘繡幾塊帕子、爹打零工，幾時能還清債務？人家不催，咱也得想法子，總不好欠過年。」

蘇世澤低下頭，嘆了口氣。「是爹沒用。」

「爹說什麼話？咱是一家人，分什麼彼此？」蘇木說著，從妝匣拿出幾支髮簪，又看了看食盒。「食盒給田大爺和太奶各送三盒，髮簪也送幾支。咱家雖缺錢，這些東西卻不可典當。嬤嬤說小姐親自挑選，若典當，傷了人家的心，咱也失了這份富貴人家的關係。」

最後一句話，蘇木輕描淡寫，幾個大人卻聽進心裡去了，一份關係遠比錢財來得重要。

次日清晨，蘇家四合小院門前圍滿了鄉親，大家眼睜睜見一個貴氣的婦人，攙著蘇家二丫頭上了馬車，那馬車是從未見過的華貴。

這家是走了什麼運，月前當家的鋃鐺入獄，散盡家財，今兒怎又有貴氣的人家上門？

馬車寬大，裡頭不僅放了榻，還擺了小杌子，茶水、點心一應俱全。

蘇木同嬤嬤、迎春相對而坐，說著閒話，得知嬤嬤姓田，是小姐的乳娘，丫鬟叫迎春，是小姐的貼身婢子。

而小姐姓杜，名雪瑤，乃郡城郡守的小女兒，上有兩個哥哥，大哥遠在京都當差，二哥還在唸書。

杜雪瑤的母親在生她時便過世，郡守又納了二房妾侍，都一無所出。

又道杜雪瑤母親的娘家在京都也是顯赫家世，雖然女兒病逝，兩家關係還是不錯。

田嬤嬤還講到自個兒是夫人從京都帶來的，京都如何繁華，如何熱鬧……

蘇木看著她的嘴一張一合，耳朵嗡嗡作響，最後身子一歪，靠在墊子上，沈沈睡去。

馬車駛進城，一路馳騁，在一座深宅大院前停下。

「蘇姑娘，快醒醒，到了。」

耳畔是田嬤嬤輕聲呼喚，蘇木悠悠醒來，揉了揉惺忪的睡眼，由著迎春牽她下車。

好高大的門楣！

蘇木沒想到，她這一冒險，竟結識了郡城官職最大之人的小女兒。

「進去吧，小姐定是等得急了。」田嬤嬤笑著將她引進門。

影壁遊廊，花園假山，荷塘高樓，走一路，看一路，似走不到盡頭。

「來了、來了！」

忽聽見前頭一座二層樓閣前，幾個丫鬟、小廝說笑。

田嬤嬤便領著往那處去，見蘇木有些緊張，笑道：「不必緊張，小姐性子活泛，待丫鬟從不拘束，咱們聽雪閣是整個郡守府最熱鬧的地方。」

蘇木點點頭，依稀記起那日轎中女子的一雙靈動眸子。

進了門，一如所料的華美無朋，絢麗奪目。

臨窗擺著一座玳瑁彩貝鑲嵌的梳妝檯，一個紫衣女子站在那處，相貌嬌美，膚色白膩。

只見她抿著嘴，笑吟吟地斜眼瞅自己。

蘇木走過去，學丫鬟的樣子同她行禮。

卻沒想到，那女子先一步拉住自個兒的手，調皮道：「可算把妳接來了。」

蘇木眨眼。怎麼與傳說中的閨閣小姐不同？

只見她又道：「我叫杜雪瑤，妳叫蘇木？」

蘇木點點頭。

「我今年十三，比妳大。」

聽她語氣，似是什麼了不起的事。

見蘇木不講話，她小臉皺起來。「妳怎麼不說話？竟跟妳名字般，像個木頭。」

蘇木撇撇嘴。「我可不叫妳姊。」

「那妳叫我雪瑤。」杜雪瑤立即露出笑臉。「餓不餓？我讓下人備了點心。」

不說還好，一說，肚子咕嚕一叫。二人相視大笑。

一番相處，蘇木了解到杜雪瑤當真不諳世事，天真無邪，被保護得很好，便覺得有些過意不去，自個兒接觸她是打著攀關係的念頭。

吃罷晚飯，二人躺在樓閣賞月，微風習習環身，陣陣花香繞鼻。

「木兒，妳知道我為什麼讓田嬤嬤接妳來郡城嗎？」

蘇木偏過頭，看到杜雪瑤巴掌大的小臉，掛著淡淡笑容。

「為什麼？」

「那日在轎中見妳善良又膽大，迎春的巴掌就要落下，妳絲毫不畏懼，我也想像妳這般勇敢；而且妳還治了我的病。妳可知，得了那病，不能吃好吃的，也不能蹦蹦跳跳，很是難受。所以我要跟妳當好朋友，我長這麼大，還沒有好朋友。」

蘇木握住她的手。「妳有哥哥，沒有朋友；我有姊姊，也沒有朋友，那咱倆以後就是朋友。」

兩個小丫頭的友情建立得很快，這兩日，杜雪瑤帶著蘇木將郡守府的後院逛了個遍，不滿於此，二人又上街去，吃吃逛逛，好不快活。

然而蘇木擔心家裡，自然不能這般瀟灑下去，心裡又存著做生意的心思，因此玩耍之餘留了心，觀察各個商鋪準備的夏飲，無不是煮的涼茶和具有保健功效的甜湯、草藥。若自個兒開一家冷飲店，受不受歡迎呢？

田嬤嬤、迎春等人站在郡守府後廚，滿臉焦急地望著裡頭。

就見蘇木與雪瑤挽著袖子，穿著圍裙，正切著瓜果。

「小姐要吃什麼，吩咐咱們就是，怎自個兒動手？若被老爺知道，咱得受罰了。」

蘇木本想借後廚一用，做些飲料，讓杜雪瑤當小白鼠。她嘴是吃叼了的，若她都覺著好喝的飲品，定能賣出去。哪知她玩心大起，非要幫忙，便成了這般場面。

「妳們守著便是，不會教爹發現的。」杜雪瑤毫不在意，好奇地擺弄榨汁機。

蘇木從櫃子裡拿出一個陶罐，費勁打開密封的蓋子，拿個乾淨的木杓，舀出清澈的小半碗，遞給雪瑤。「嚐嚐？」

杜雪瑤放下手中活計，接過碗。「這是什麼？」

聞著香香甜甜，有股薄荷的清涼。

她喝了一小口，便皺起小臉，摀住嘴，驚慌地看著蘇木。好片刻，眉頭舒展開來，喝上一口，小臉又皺起，反覆幾口，露出欣喜的笑容。「真好喝！」

蘇木也笑了，舀出幾碗，於每碗都放了些碎冰塊，遞一碗給她。「再嚐嚐。」

同時招呼田嬤嬤等人都來嚐嚐，眾人神色變化與杜雪瑤無二樣。

「加過冰塊，更加好喝，冰冰涼涼，暑氣頓消。」杜雪瑤拉住蘇木的胳膊晃悠。「快告訴我這是啥？那股刺刺的感覺……說不上來，就覺得好喝，快告訴我！」

「這叫汽水。」蘇木也喝上一口，與雪碧相差無幾，只是不那麼刺，溫和許多。

她本打算做果汁，卻發現後廚有類似檸檬的瓜果，長得很醜，疙疙瘩瘩，沒想到做出來的味道卻十分好。

檸檬加糖密封冷藏，放一夜便能製成汽水；汁水濃厚，若調和各式果汁，便是不同款的汽水！

一家小小的冷飲店如此在蘇木腦中成形，她思索著，若再能做出霜淇淋就更好了……

盛夏的陽光真像蘸了辣椒水，坦蕩蕩的街上沒有一塊陰涼地。

饒是待在茶樓，仍覺悶熱無比。蘇木一臉歉意地看著正坐在對面的杜雪瑤，她正小手作扇，在耳邊搧著。「雪瑤，妳不必陪我來尋地方的……」

「我樂意來。」杜雪瑤衝她擠了擠眼。「就是無比想念妳做的冰汽水，茶樓只有涼茶，還是冰汽水喝著過癮。木兒，妳快把店開起來，我保證日日光顧。」

蘇木嘆了口氣。「郡城的租金比鎮上貴了好幾倍，地段不好的都要十幾兩一月。」

「妳知道的，我除了有錢，啥也不會，妳需要多少，我讓田嬤嬤去我的帳簿上劃。」杜雪瑤豪氣道。

蘇木搖搖頭。「我可不是因為錢才跟妳交朋友，妳把後廚借我捯飭就足夠了，別的，我自個兒想法子。」

杜雪瑤嘟起小嘴，有些不開心。「我又不計較這些，等妳賺了錢再還我便是！」

蘇木細細思量，只開速食式的冷飲店，設三、四座，小小一間即可。裝修加押一副三的租金，約莫五十兩，雜七雜八算起來，將將六十兩。

如今借是借不到了，或許可以將這道冷飲賣給福滿樓，只是第一杯不是從自個兒這處賣出去，往後開了店，名頭也打不響亮。

看來只有找雪瑤借錢。可六十兩不是小數目，貿然從帳上劃了，定要驚動郡守。自個兒這個貪慕虛榮的名頭便跑不掉了，唉！

杜雪瑤哪會不知她的顧慮，狡黠一笑。「放心吧！我二哥明日就到家，我找他借去。二哥最是疼我，我撒嬌兩句，他定會幫忙。」

蘇木心下一喜，斜著眼看她。「真的？」

杜雪瑤學著她的樣子，也斜著眼看過來。「真的！」

銀子有著落，便可以著手尋店鋪了。前幾日逛集，她早已看好一間，不在鬧市，卻處十字交界處，客流量也不少；且鋪子前窄後寬，正好符合她對冷飲店的規劃，後院還可住人，也免去再租院子落腳的多餘開銷。

既然要做速食式的冷飲，那便要做免洗杯子。

這也好辦，直接去造紙作坊訂做，裝汽水定要防水，用油紙做成杯狀即可。其上再用薄紙覆蓋，圓形竹篾一箍，即使做不成現代那樣的密封效果，也不至於晃悠著汁水就流出來。再以蘆管作吸管，簡便的免洗杯不就成了？

工藝雖複雜，卻新奇、便利，加之汽水的獨特，蘇木可不打算作一般茶水賣，價格自然要對得起這樣的外觀。

是夜，聽雪閣的樓閣點著燈，兩個小女孩趴在案桌上嘀嘀咕咕說著話。

「爹、娘，一切安好，勿牽掛。」杜雪瑤正襟危坐，翹著蘭花指，執筆幫蘇木寫家書。「木兒，妳說我這樣寫好不好？我與杜府小姐雪瑤，相談甚歡，她蕙質蘭心……」

「噗！」蘇木也拿著筆寫寫畫畫，聽她念叨，不由笑出聲來。「我爹娘可知道我不會寫字，這家書送回去，便知是妳寫的。」

杜雪瑤嘟著嘴，不理她，仍舊自顧自地寫，卻拿眼睛瞟她的筆下。只寥寥幾筆勾成奇怪形狀，好奇問道：「妳畫什麼？」

蘇木眨巴眼睛。「等做出來妳就知道了。」

次日，郡守府闔府穿戴一新，人人臉上洋溢著笑容，因外出遊學的杜二少爺今日要回來了。

一大早，杜雪瑤便被田嬤嬤等人梳洗打扮，攙著去了前院。

聽說除了杜二少爺回來，還有他的同窗，京都一位家室顯貴的少爺。貴客臨門，一家子自然要禮待，家眷出席，便是首要。

杜雪瑤不在，蘇木閒得無事，在後廚掬飭汽水，雪梨、橘子、西瓜，這三樣最為常見。然而郡守府的後廚卻儲存了荔枝、葡萄等不屬本地的稀罕水果，她不敢亂動，只是有些犯愁汽水的品種過少。

罷，先等生意做起來，再考慮從外地進稀罕貨吧！

午飯後，杜雪瑤才拖著疲倦的身子回聽雪閣。她顧不得歇息，至蘇木面前，將一個素色錦袋塞給她，笑呵呵道：「給！」

入手是沈甸甸的一團，有些硌手，蘇木一把抱住杜雪瑤。「謝謝妳！」

她是真心感謝這個心思單純的女孩，也喜歡她的活潑善良。

這般親近的擁抱，教杜雪瑤有些不好意思，臉蛋微微發燙，卻也沒掙開。

「好啦，我二哥還帶了許多稀罕玩意兒給我，走，去瞧瞧。」

說著便拉著蘇木的手往外間去，見桌上擺了八卦鎖、小陶人兒、小人書、扇子、髮簪等各式各樣的小玩意兒，真是把杜雪瑤當小妹妹哄著。

「咦，這是什麼？」

杜雪瑤擺弄著一個用紙條封住的圓形乾果，狀似桔子。

蘇木接過，至鼻尖嗅了嗅，當下了然。「桔茶！」

第二十四章　道法

「茶？怎麼如此裝儲？」杜雪瑤不解。

蘇木便娓娓道來。

相傳，一個辭官歸故里的羅姓先生喜茶，某日不慎得了風寒，在書房邊看書邊品茗。妻子忙用陳皮煮水給他服用，他以為是妻子煮水給他泡茶，於是把陳皮湯倒入茶壺裡，這才發覺是鎮咳、化痰的陳皮湯。倒了又覺可惜，就啜了一口，頓覺得淡淡的陳年桔子皮味和茶混合的香味直透鼻孔，兩頰生香。喝了幾杯，便覺得咽喉舒暢，咳痰少了。

茶放置的時間越長，越醇厚滑膩好喝，新會柑桔皮也是放置時間越長久，祛痰、鎮咳療效越好；如果將這兩種結合起來存放，既方便沖泡飲用，也容易儲存起來。於是他取了一個青黃的柑桔，用刀子將柑桔底部割一小塊，把果肉去掉，用茶將空桔皮填充結實，再蓋上剛割下來的柑桔皮，把果子恢復成原狀，拿出去曬乾，這便是柑茶。

細細淡淡的女兒聲傳出樓閣，立於門外的兩道修長身影，停留片刻，便抬步離去。

只聽見其中一人道：「我恐雪瑤心思單純被人哄騙，想來是我多慮了。」

兩日後，蘇世澤帶吳氏、蘇葉到了郡城，因不明情況，未帶虎子。虎子雖說在啟蒙，課業也不好落下太多。

家境不似從前寬裕，吳氏本打算讓虎子休學。蘇木卻堅持讓他繼續唸下去，且比從前嚴厲，日日下學回來，還陪虎子一同溫習。

牛車趕至城門口就停下了，三人攙扶著下車，蘇木早早在門口等候。

幾日未見，一家人擔憂不已。昨兒一早蘇木傳來家書，懸著的心才落下，如今親眼見她安然無恙，總算放心。

家書簡述蘇木欲在郡城開店，一家子哪敢耽擱，即刻收拾衣服進城。

蘇木領著往租好的鋪子去，一面將幾日的境遇給他們說道，又講述自個兒開店的計劃。

三人聽得一愣一愣，短短幾日，銀子籌到不說，各事項竟已準備萬全。

穿過鬧市，行至轉角，兩個匠人正於一家鋪子塗漆，白藍相間的店面在一派原木色的店鋪中格外顯眼。

蘇木給二人打了招呼，便領著人往裡去。

鋪子呈方形，堆著雜七雜八的木料，還瞧不出佈置。正對門砌了一面薄牆，遮住後頭光景；牆還未粉刷，露出斑駁的土坯。

牆左角開了個門洞，幾人穿過，豁然開朗。是個不大的院子，院中有一口老井，三方是屋子，有些陳舊。

「打算這間做後廚。」蘇木指著靠門洞的一間，又指了指旁側。「餘下二間住人。」

三人轉悠著參觀，地方不大，幾步走完，紛紛讚嘆，倒是好。

整整一日，一家人忙碌不已，除了佈置屋子，主要往灶間添置什物。冷飲不宜沾油水，灶間一劈為二，大的一間做冷飲，小的一間烹煮。

後兩日，蘇木在灶間埋頭做冷飲，吳氏同蘇葉從旁幫忙，蘇世澤則同木工裝修鋪子，進度很快，已完成八成。

自一家子到郡城，蘇木便同杜雪瑤辭行，搬出了郡守府。杜雪瑤萬般不捨，好在蘇木在郡城安頓下來，往後日日相見，也非不可。

昨兒杜郡守休沐，她一日未出門，今兒一大早，便往蘇木的鋪子去。

街角，蘇木同吳氏、蘇葉正站在鋪子門口。

門口擺了一架不高的梯子，蘇世澤站在最高一階，舉著匾額往上掛。

「爹，往左一些，再過去些，好、好，可以了，」蘇木指揮著。

「蘇記冷飲。」

身後傳來清脆的女聲，蘇木想也不想便知道是誰，轉頭笑道：「來這般早！」

杜雪瑤笑了笑，隨即向吳氏等人行禮。「叔、嬸，葉兒姊！」

她日日來，早與一家人相熟；而一家子也因她乖巧、活潑的性格十分喜歡。

自然，因著杜雪瑤的要求，蘇木並未告知一家人她的身分，只道是富家千金。這般自在相處，也好。

「來得正好，昨兒木兒搗鼓兩種茶，叫啥珍珠，啥丁……」吳氏蹙著眉想，半天也想不起來，笑道：「稀奇古怪的，我也記不了，味道卻是不錯。」

杜雪瑤眼睛都亮了。「真的？」說著就拉蘇木往鋪子裡去。「快，帶我瞧瞧。」

那日，杜二少爺帶回的桔茶，讓蘇木幡然醒悟。光想著汽水，怎麼把老少皆宜的奶茶給忘了！

奶茶烹煮簡單，茶水加奶熬煮即可。紅糖和熱水混合煮沸，趁熱加入木薯粉，搓成小粒，沸水煮至透明狀，即做成珍珠。由於沒有極粗的蘆管，便將珍珠搓得極小。

至於布丁，沒有布丁粉，做不成那般細膩的奶凍，只好用雞蛋和牛奶，做牛奶燉蛋替了布丁；紅豆煮爛，也可添置其中。

如此，便做成了珍珠奶茶、布丁奶茶、紅豆奶茶；若不喜添加配料，可做原味奶茶。

考慮到男子不喜甜食，又做了茉莉綠茶和麥香紅茶。這兩道茶水成本不高，口感清爽，十分解渴。加上香梨汽水、桔子汽水，總共有七款冷飲，品類齊全，已是足夠。

炎夏過去，奶茶可做熱飲，如此也不必擔心因季節變化，生意慘澹。

蘇木每樣盛一小碗給杜雪瑤嚐，關切道：「妳月事將近，不可多飲冷飲，便沒加冰塊。」

杜雪瑤笑著一一嘗試，讚不絕口，尤其喜珍珠奶茶。「這個最好喝，裡頭顆粒很有韌勁，嚼著十分有趣。」

說著遞過碗來，示意蘇木再添上些。

哪個女孩子能抵抗得住奶茶的魅力？蘇木接過碗並不多盛。「喝不少了，不是我小氣，怕妳身子吃不消，雖不加冰塊，仍是在水井冰過的。」

杜雪瑤噘著嘴，面上不高興，心裡卻十分熨貼。

「走，幫我寫飲品單。」蘇木拉過她的手，往自個兒屋子去。

「好。」杜雪瑤也不氣了，歡歡喜喜由著她。

屋子簡陋，佈置得倒是雅致，尤其臨窗案桌擺著素瓶，內插一朵含苞待放的月季，整個屋子平添生機。

案桌上擺了銀絲素布、剪子和宣紙。銀絲素布摺疊著，展開不小。

見蘇木將宣紙放一邊，杜雪瑤不解地問道：「要在布上寫？」

蘇木點點頭，想到現代有燈箱，菜單就做在燈箱上，天色暗下來，燈箱照得十分明亮，很是矚目。

這裡沒電，做不成燈箱，那便做燈籠，銀絲素布輕透，做外罩正合適。

杜雪瑤不再詢問，執筆書寫。她字體娟秀，配著素布淡淡的紋理，很是好看。

片刻，蘇世澤抱了一個架子進院子，呼喊道：「木兒，匠人將做好的架子送來了。」

這個奇形怪狀的東西將吳氏、蘇葉也引了進來。

「走，去瞧瞧。」

蘇木拿著書寫完畢的素布，與杜雪瑤出了房門。

架子半人高，上雕飛簷，有鳥雀花樣，中間吊了個鐵絲箍成蛹狀籠，而下是三腳架，同樣雕了花樣。整個架子塗了紅漆，很是精緻。

眾人不解。蘇木拿著素布往那蛹狀籠子一罩，不大不小，將將正好。

「原是個燈籠！」蘇葉驚喜道。

眾人也才恍然大悟。這寫了飲品單的燈籠放在門口，既方便人點單，又有廣告作用。

開張吉日定在七月初一。距七月初一還有五天，雖萬事俱備，蘇世澤夫婦仍忐忑不安。

如今已負債近三百兩，對他們來說是要用一輩子來償還的債務。若這鋪子賺不了錢，那便生生不給活路了。

相較他們二人的焦慮，蘇木則顯得淡定些。她對冷飲店有信心。奶茶之所以開滿大街小巷，生意照舊火爆，它便有這個魅力。

只是，這份魅力得想法子讓更多人知道。

這日早飯是鹹菜、玉米餅子配豆漿，蘇木原本吃不慣玉米餅子的粗糙，如今就著豆漿也是大口大口。

「爹，吃過飯，咱去一趟福滿樓。」

「去福滿樓？」蘇世澤咬餅子的動作頓了頓。自家還欠尹掌櫃一百二十兩，如今錢又還不上，怎麼還主動找上門。「去幹啥？」

蘇木笑了笑，指了指牆角。「把那麻袋帶上，咱們店生意能不能好起來，還要靠福滿樓哩！」

時辰尚早，別家店鋪空無一人，福滿樓已有三三兩兩的客人進出。

父女二人一進門，小二便迎上來，有些意外。「蘇二姑娘、蘇老闆，上郡城了？」

二人笑著與他招呼。「好幾日了。」

小二見蘇世澤扛了個麻袋，沒有放下的意思，便知有事。「掌櫃在後院，你們隨我去。」

「有勞了。」蘇木很欣賞這個會察言觀色的小二。

尹掌櫃正在帳房做帳。東家來郡城了，這幾日定要過帳，他最近都忙活這個。

「掌櫃，蘇老闆、蘇二姑娘來了。」

聽見小二來報，掌櫃放下帳本，抬起頭。

見父女二人正踏進房門，蘇世澤一身灰黑單衣，扛了個麻袋，形容憔悴，眉間有一絲愁色。

女娃也是一身素色，面上掛笑，已不是辭行那日的愁容滿面，孤苦伶仃。

蘇木瞅了瞅案桌上堆積如山的帳本，問道：「尹掌櫃可是在忙？我們不著急，等上一等也無妨。」

「一時半會兒忙不完。」尹掌櫃說著起身走過來，看向蘇世澤。「蘇老闆身體已大好？」

蘇世澤露出感激神色。「無恙了，早該登門致謝，虧得您出手相助，於我蘇家是大恩人啊！」

尹掌櫃擺擺手。「莫說這些，無恙便好。」

他不認為短短一月，蘇世澤一家有本事償還一百二十兩銀子。二人神色坦然，也不似有急事尋求幫助。那麼此番前來，所為何事？

仔細打量，視線便落到蘇世澤肩頭的麻袋上。「這是？」

蘇木拍了拍麻袋，道：「一樣能讓福滿樓節省開銷的東西。」

「哦？」尹掌櫃不可置信地看著她。一個小娃子哪裡會知道大酒樓的花銷，便饒有興致地問：「妳且道何種開銷？」

「時至炎夏，許多菜品不可久放，久放必餿。尤其魚、肉類，饒是廚子再經驗老到，也算不準每日用量，必有剩下，是為開銷一。」

尹掌櫃瞇著眼看她。說得不錯，方才查帳，支出較多一項便是廢食材。冬日還好，夏季尤甚。

「還有其二？」

蘇木見他神色坦然，便知自己說中了。「其二是冰塊用度。福滿樓是大酒樓，來的都是達官貴人，必得保證每個雅間冬暖夏涼，冬季藏冰是一項不小的花銷。」

「妳說得不錯。」尹掌櫃露出讚許的目光，又指了指蘇世澤肩頭的麻袋。「方才道這物能節省酒樓的開銷，莫不是妳還能變出冰來？」

這話一出，他不由得撫著鬍子大笑。

「正是！」

不卑不亢的聲音，簡單兩字，讓尹掌櫃笑容僵在臉上。

只見他目露精光，也不管她認真與否，嚴肅道：「此話當真？」

蘇木迎著他的目光，毫無怯意。「一試便知。」

要開冷飲店，光把飲料置井水凍著遠遠不夠，冰塊必然少不了。

然而冰塊是銀子買不到的，那都是富裕人家冬季藏於地窖供一夏用度。

她前世是理科生，知道硝酸鉀遇水吸熱能製冰的原理。這硝酸鉀便是硝石，硝石可用作五彩、粉彩的顏料，她便去畫坊尋，果然尋到硝石。

一行人到了後廚，尹掌櫃瞇著眼，撫著八字鬍，不言語。

蘇木徑直去架子上拿了兩個鐵盆，一大一小，重疊放置一起；又將兩個鐵盆盛大半的水，示意老爹將麻袋打開。

蘇世澤只管聽吩咐，麻袋打開，露出白色粉末。蘇木舀了兩瓢至放置外側稍大的盆中，便見盆中涼水瞬間沸騰起來。

而裡邊小盆的水卻紋絲不動，仔細瞧，發現水面起了一層薄薄的冰晶，且冰晶有漸漸擴大之勢，片刻竟凝結成冰。

這樣的現象早已超脫在場之人的認知，驚在原地，久久沒反應過來。

尹掌櫃愣然地看向蘇木，眼神中帶著探究，良久才道：「妳……竟會道法？」

蘇木見小盆冰塊已然堅固，將它端出來，笑道：「您說笑了，這哪是什麼道法，只是我無意中發現硝石遇水吸熱，便聯想到被吸去熱的水，可不就能凝結成冰？若說這叫道法，那我今兒就傳給您了。」

見她神色如常地說笑，尹掌櫃才緩過神來，伸手摸了摸那冰塊，入手一片冰涼，不住搖頭，連聲讚嘆。「竟是如此！竟是如此！」

蘇木笑了笑，沒有回話。

隨即，尹掌櫃大笑起來。「得了此法，哪還用耗費人力、財力冬季藏冰，可不隨手就得！」

突然，他眼神一閃而過精光，看向那麻袋。伸手黏了些至鼻尖嗅嗅，果真是硝石。

這丫頭心思細巧，聰明伶俐，只是這價值千金的製冰之法，她白白相贈？

「此法……」

蘇木知他話中之意。「無償相贈。」

「當真？」尹掌櫃眼神定定地看著她，似要捕捉細微的變化。

「當真！」蘇木面上並無半分玩笑之意。「我爹落難，掌櫃出手相助，我承諾加倍奉還。這份恩情，千金不換。」
尹掌櫃點點頭。他自問作為生意人，有利可圖的事，做不到這個小娃子的豁達。
他思慮間，蘇木唇角一咧。「只是……」
「只是什麼？」尹掌櫃將她的神色盡收眼底，急切問道。
蘇木伸出一雙小手，做出「三」的比劃。「只是我想借福滿樓門口一方案桌之地，三日。」
「哦？」本以為她會提出欠的銀子就此抵消，卻不想是提出這般稀奇古怪的要求。「只借地？」
蘇木點點頭。「正是。」
尹掌櫃想了想，自己也想知道這個小丫頭葫蘆裡賣的是什麼藥，且白白得了這麼絕妙的製冰之法，他也不是吝嗇之人。「地，我借！欠的銀子，咱也一筆勾銷。」
蘇木臉上並無異樣，似意料之中。
而一旁不言不語的蘇世澤卻大喜過望，感激涕零。

第二十五章 少年

次日大早，因著蘇木的古怪要求，尹掌櫃並幾個夥計早早來了酒樓，好奇的心被吊得高高的。

火辣辣的日頭快要掛到頭頂，蘇世澤帶著媳婦兒、女兒姍姍來遲。見他挑著擔，吳氏和蘇木手裡拎著東西。蘇葉不在，留在鋪子照看。

「可算來了，地兒一早空出，案桌也擺好了。」那小二忙迎上來，幫忙接過母女倆手上東西。「喲，還挺沈。」

母女二人笑著道謝，也給尹掌櫃打了聲招呼，便忙活自個兒的。

福滿樓大門由八扇摺疊，十分寬闊。案桌設在一側，並不擋道，也還算顯眼。

蘇世澤挑的擔中是由棉布包裹的兩個大桶，蓋得嚴嚴實實。

母女倆掀開手中籃子遮掩的白布，見裡頭整齊碼放著小孩拳頭般大小的杯狀東西，似紙做的。

蘇木拿出一幅翠綠色的畫卷，仔細展開，恰好與案桌高度一致。畫卷很長，四角拴了麻繩，她將畫卷繞案桌圍了一圈，綁在桌角。

只見上頭寫了四個大字：「免費品嚐」，四字下有幾個較小的字：「蘇記冷飲」。再就是寫著什麼珍珠奶茶、布丁奶茶、桔汁汽水、麥香紅茶……七月初一開業大吉、買一杯送一杯等等，字不算少，竟是排列有序，一目了然。

不知是被這奇特的陣仗吸引，還是為著「免費品嚐」四字，來往一人好奇地走過去詢問。

「是有免費的茶水品嚐？」

「正是！」

蘇木說著拿出杯子，蘇世澤忙掀開其中一個木桶，見裡頭露出茶色渾濁液。吳氏用長柄的鐵杓舀了大半勺，添至紙杯中。

「這是奶茶，茶水和奶熬製而成。」她一邊說，一邊掀開另一個木桶上的棉布，從裡頭舀了兩塊小小、四方周正的冰塊至杯中，遞給他。「入口絲滑，口感濃香。」

那人見茶水顏色有異，有些猶豫，可冰塊置其中，絲絲涼意勾得他不由得伸手，一飲而盡，酣暢淋漓，果真如她所說般，入口絲滑，口感濃香。

「再來一杯！」

蘇木露出歉意的神色。「抱歉，只是免費品嚐，可不是暢飲。」

那人也不為難。「那我便買一杯。」

「也不賣。」蘇木歉意更甚，指了指畫卷上的字。「我家鋪子於七月初一在前頭街角開業，屆時您再來光顧，開業當日買一贈一。」

那人沒喝著，有些悶悶的，皺著眉離去，臨走前，瞟了瞟畫卷，嘴裡喃喃道：「蘇記冷飲……」

不多時，陸陸續續有人上前，一家人仔細招待。眾人一如方才那人的反應，一時間，攤子熱鬧起來，好不忙碌。

尹掌櫃站在櫃檯，手裡撥弄著算盤，眼神卻不由自主往門前的案桌瞟去。圍那麼些人，是在做什麼？

「劉田，」尹掌櫃招呼小二，示意門前的那角。「你去瞧瞧。」

劉田便是常跟在尹掌櫃身邊的小二，與一家人幾番打交道，他也好奇，忙奔向那處，擠進人群，好片刻，手裡端了個紙杯回來。

「蘇二姑娘一家做了茶水，讓人免費品嚐哩！」

茶水？尹掌櫃接過紙杯，仔細端詳，嗅了嗅，眼珠子轉了轉，一飲而盡。瞇著眼，咂咂嘴，入口絲滑，醇香濃郁，甜而不膩，冰爽可口。

這道涼茶口感甚好！

尹掌櫃很驚喜，又看向那攤子。福滿樓門庭若市，這丫頭竟想到這樣的法子打響招牌，果真是個做生意的料。

約莫兩個時辰，日頭到頂，便是一天中最熱的時候。路上行人逐漸減少，蘇世澤一家收拾東西準備回去了，一桶奶茶送得一乾二淨。

眼。

「蘇老闆、蘇二姑娘，掌櫃請你們到裡頭歇歇。」劉田跑來，熱辣的太陽曬得他睜不開

一家人也不推辭，手腳麻利地收拾好東西，跟他去了內堂。

三人曬得滿臉通紅，汗流浹背，面上卻無半點倦色，很是歡喜。

「不早了，我讓後廚備了幾個菜，吃著歇歇吧！」

尹掌櫃的一番好意讓一家子過意不去，蘇世澤歉意道：「哪能讓您費心，占您門前，已是打擾。」

「不礙事。」尹掌櫃袖子一揮，劉田便麻利地往後廚去傳菜。

三人相互看了看，人家一番好意，再推辭便有些不識抬舉了。

尹掌櫃與一家人一同用飯，席間仔細關懷蘇記冷飲的開張情況，也提了些建議。

這是蘇木頭回開店，自比不得尹掌櫃經驗老到，細節的調整虧得他提醒才想到，她十分感激。

飯將用盡，尹掌櫃忽然認真起來，看向蘇木問道：「蘇二姑娘可有想法來福滿樓？不必從跑堂做起，直接當副掌櫃。當然，妳的鋪子照舊開，忙不過來，店裡小二隨妳差遣。」

副掌櫃？蘇世澤同吳氏一臉震驚。木丫頭今年才十一歲，就算識得幾個字，那也是不會寫的，如何能當郡城最大酒樓的副掌櫃？

蘇木十分意外，縱使自個兒有些小聰明，小身板到底才十一歲，還是女兒身。

見一家子驚得說不出話來，尹掌櫃笑了笑。「蘇二姑娘是做生意的料，在我身邊跟兩、三年，該是比我有成就。東家是惜才之人，屆時定會調妳去京都，前途不可限量啊！」

言語間滿是讚賞，也有一絲惋惜。這若是個男兒身，成就只怕更大。

尹掌櫃的話，蘇木不是不心動，只是替人打工和替自個兒打工，她更傾向後者，縱使苦些、累些。

「尹掌櫃抬舉了，我只是個鄉下女娃，當不得什麼前途不限量。」

對於蘇木言辭中表現的拒絕，他也不生氣，只是惋惜。「妳且回去好生想想，若改了主意，只管來找我。這幾日，東家在郡城，屆時帶妳引薦。」

蘇木歪著腦袋想了想，也就點點頭。

往後兩日，一家人準時便來擺攤子。

頭日是奶茶，次日是清爽的紅茶、綠茶，第三日則是兩款汽水。

湊熱鬧的人一日多過一日，這不，剛將案桌佈置好，便來了好些人，不多時，兩桶汽水送得乾乾淨淨。

一家人早早收工，回家去了。

不知是福滿樓生意好帶動了攤子的客流，還是攤子的新奇吸引了人，這三日，福滿樓的生意比往常好了三成。

鋪子裡，小二來回穿梭，很是忙碌；尹掌櫃也不得閒，手指飛起一般在算盤上撥弄。

這時，聽見劉田高聲吆喝：「東家來了！」

寬敞的大門前，兩個身形修長的少年緩步而來，約莫十七、八歲。

一人著冰藍色對襟窄袖長衫，衣襟和袖口處用寶藍色的絲線繡著騰雲祥紋，靛藍色的長褲紮在錦靴中。少年的臉如桃杏，姿態閒雅，瞳仁靈動，透著狡黠。

另一位則一襲白衣，劍眉鳳目，鼻正唇薄，嘴角帶著淡淡笑意，溫柔得似乎能包容一切。

藍衣少年走在前頭，見他問道：「今兒生意似乎大好。」

劉田緊跟他身側，帶著些分寸正好的諂媚。「生意一直不錯，這幾日更甚。」

藍衣少年濃眉一挑，誇獎道：「做得不錯！」

得了誇獎，劉田的嘴角都能咧到耳根子了。

「東家、杜二少爺。」尹掌櫃上前，給藍衣少年、白衣少年一一行禮。

杜二少爺是杜郡守的次子，也就是杜雪瑤的二哥，杜夫宴。那東家便是他的同窗，姓唐，名相予，京都人士。

唐相予揮了揮手，示意他不必多禮，顯出幾分灑脫之姿。「郡城比京都還熱，烤得人頭眼發昏。」

杜夫宴與尹掌櫃點點頭，以示招呼，而後對身旁人道：「哪有那般誇張，一進福滿樓大門，迎面而來的涼意，我倒覺得神清氣爽。」

一行人說笑著往二樓去。

「雅間早早備好了，東家是同二少爺先用些飯菜，還是直接查帳？」這個點不早不晚，也不知二人是否用過午飯，掌櫃便問得仔細。

唐相予一邊走，一邊揮揮手。「用過了，不必忙活。帳目也不急，有件事得先問問你。」

進了雅間，涼意更甚。但見屋子四角，兩處放了冰鑑，怎能不涼快？

二人落坐，小二立刻上茶水。唐相予端起茶杯，隨口問道：「往年都放一個冰鑑，怎麼今年多了一個？」

且大堂是不放冰鑑的，方才見東西二角各置一鼎，難怪進門涼絲絲的。

東家年紀不大，卻精於經商，將福滿樓開滿各地，自然是八面玲瓏，獨出手眼，再細微也逃不過他的眼。尹掌櫃不卑不亢地回道：「前幾日，偶得一製冰妙法，本錢極低，產冰迅速，如今福滿樓所用冰皆由此法。」

「哦？」唐相予、杜夫宴二人皆被吸引，放下手中茶盞，看向尹掌櫃。

尹掌櫃將製冰之法緩緩道來，也簡述了蘇木一家，就見他嘆了口氣。「是個妙人，本欲拉攏，許了副掌櫃一職，卻被婉拒了。」

二人一愣，唐相予起先大笑。「尹掌櫃啊尹掌櫃，你竟許一個十一、二歲的小姑娘副掌櫃！饒是她碰巧得了製冰之法，能擔得起掌管酒樓的重任？」

言語間不免奚落之意，尹掌櫃也不甚在意，將蘇木一家在門前擺攤之事說道。

「任我再重活一世，也想不到這般打響名頭的妙法。」

唐相予眼睛微微瞇起。是他小看了，這樣心思細巧之人，倒要見見。「人呢？且引來一見。」

「今兒擺攤子最後一日，不巧，幾人剛走，東家便來了。」

「你說她拒了福滿樓副掌櫃一職？」唐相予盯著他。福滿樓生意火爆，副掌櫃就是肥缺，竟還有人拒了，他不相信。

尹掌櫃點點頭。「一家人在街角開了間涼茶鋪子，後日開張。」

拒了副掌櫃去開涼茶鋪子？唐相予氣得吐血。有些小聰明，卻一樣目光短淺，這樣的人，成不了什麼大器。

「涼茶？」一旁安靜聽著的杜夫宴開口問道：「莫不是今兒來，聽路人紛紛互道的涼茶，就是那蘇姓人家做的？」

尹掌櫃想了想，涼茶攤子火爆，只怕說的就是蘇木一家，便衝他點點頭。

唐相予要問的就是這事，一聽是那家人做的，氣得站起來。「那個……什麼珍珠奶茶，什麼汽水，竟是那宵小之輩做出的？」

方還欣賞，這會兒便成了宵小之輩，尹掌櫃忍住笑意。「是。」

唐相予氣得說不出話來，端起桌上茶杯，一飲而盡，喝得猛，險些嗆著。

「哼！後日我倒要去會會，什麼樣的人，狂妄至此！」

這時，尹掌櫃面露難色，猶猶豫豫，不好開口。「東家……還有一事……」

「還有什麼事？」唐相予一屁股坐下，滿眼焦躁。

「就是您開春讓人從南方運來的翠竹……」尹掌櫃眉毛都快擰成結了。

「翠竹怎麼了？」唐相予將眼神遞過來。他這一生愛好做生意，其次便是收集各地名貴的竹子，也不知怎的，就是喜好那清新的顏色和節節高升的氣質。他的後院沒有假山，也沒有荷塘，只是一片竹林，寬闊、茂盛。

這份喜愛自然延續到他開的鋪子，於他而言，竹子比銀子還要寶貴。

「竹子被蘇二姑娘削去幾節……」

唐相予嘴角抽了抽。「削……削了幾節？」

「是……」尹掌櫃臉色有些扭曲，忙垂下頭。

唐相予立即衝出廂房，忽而聽見走廊傳來一聲怒吼。「這個臭丫頭！」

尹掌櫃脖子一縮，看向因忍笑而憋得臉色微紅的杜夫宴，尷尬地陪笑。

「哈啾！」

蘇木側身，摀著嘴打了一個大大的噴嚏，不高的梯子晃悠兩下，掌梯子的吳氏、蘇葉手上緊了緊，生怕她摔著。

吳氏道：「怎啦？可是著涼了？」

蘇木搖搖頭，繼續將手中木條製成的相框掛在牆上，相框裡畫著珍珠奶茶的樣子，一旁還題了字。

七款飲品皆做了相框，頗有秩序地掛在那扇塗了白藍漆的薄牆上。

開幕時，街角傳來一陣響亮的鞭炮聲，白色煙霧中一塊紅布在空中飄落，「蘇記冷飲」四字便顯露出來。

蘇世澤、蘇葉不擅言辭，悶頭做飲品；吳氏、蘇木則周到地待客。

天不亮開始備貨，已是萬全，這會兒門口擠滿了人，倒也忙得過來。

於眾人而言，茶樓怎可沒有座位？對此，蘇木製作杯子時，便在上頭標注了食用方法，蘆管一插，端著邊喝邊走，甚是方便。

「請問您是打包還是打開？」蘇木一臉真摯地問面前客人。奶茶初入市面，還是稍加引導，方能讓人快速接受。

那人正一頭霧水，聽她問話，忙道：「打開吧！」

蘇木便抽出一個蘆管，索利一插，遞給他。

「一百文。」

一百文不算便宜，但比起去茶樓要一壺好茶，還是划算得多；且用冰塊入茶，是聞所未聞。烈日當空，飢渴難耐，喝上一杯冰飲，也是爽快。

第二十六章　開業

「蘇記冷飲」門前的人絡繹不絕，對街一眾小茶鋪則顯得冷清。

一個小廝打扮的人快步進了一間茶鋪。「少爺，買來了。」

臨窗倚坐兩位錦衣華服的少年，聞聲轉過頭來，正是唐相予、杜夫宴。

「快拿上來。」杜夫宴吩咐道。

小二忙將手上兩串擺上桌。

為何說是兩串呢？原來，蘇木所謂的打包，便是用麻繩巧妙套住兩杯，繩子攔腰一拎，輕而易舉地提著走。

「總共七種口味，今兒開業頭一日買一送一，小的便作主多買了一杯，統共八杯。」

小二說著拿掉麻繩，將八杯冷飲整齊放於二人面前。

這般稀奇古怪的樣子，杜夫宴一臉新奇，唐相予卻眉頭緊鎖。

「沒個口子，怎麼飲？」杜夫宴拿起一杯仔細端詳，瞧出了蓋住的一層紙質與旁處不同。

小廝一拍腦袋，忙拿出八根蘆管擺在桌上，又從中抽出一根，插進杜夫宴手中一杯。

「那小姑娘道，吸食即可。」

杜夫宴被他這一連串的動作搞得有些懵，卻也照著小廝的話，將蘆管含在嘴裡吸食。見他眼睛一亮，吐出蘆管。「相予兄，你快試試，當真不錯！」

唐相予抬眼看他，又看看桌上的杯子，早注意到杯上的注釋，不客氣道：「雕蟲小技！」說罷，主動拿了蘆管，瀟灑插了就近的一杯。

等他吸食兩口，眉頭鎖得更緊了。是香梨汁，卻混了一種口感奇特的東西，怎麼說呢，酣暢淋漓？尤其加了冰塊，將那股味道突顯更甚。

又接連試了好幾杯，每一種口味都十分獨特，是他從未嚐過的。

他轉過頭，自窗戶看向那小小的鋪子，一個瘦小的身影落到視線。隔了一條街，白晃晃的日光照得他看不清對方的樣子。

杜夫宴也正往那處看，驚訝道：「雪瑤？」

杜雪瑤帶著田嬤嬤和迎春正往蘇記冷飲去。像是遠遠就瞧見了，鋪子裡，一個瘦瘦人兒出來迎她。二人關係很親近，連嬤嬤和丫鬟都十分熟稔。

「去看看？」杜夫宴見好友臉色鐵青，想來是對那蘇姓人家拒了副掌櫃一職耿耿於懷。只是自個兒對這鋪子頗為好奇，想來他也是，便試探問道。

唐相予站起身，窄袖一甩。「走！」

這會兒人不多，蘇木便於店內為數不多的四張座位招呼杜雪瑤，親自給三人調了奶茶，還端來一盆冰放在一旁。

「熱壞了吧？」

「不熱，今兒坐了轎子。」杜雪瑤搖搖頭，似想到什麼，轉頭對田嬷嬷道：「嬷嬷快吩咐將我送木兒的賀禮搬進來。」

田嬷嬷應下，走出鋪子，朝不遠處的轎子招手。

四個小廝便朝這處走來，分別捧著招財辟邪貔貅、葫蘆貔貅各一，金琥一盆、石榴樹一盆，還有幾件花瓶、掛畫，林林總總一堆。

來人為這闊氣的場面紛紛側目，嘖嘖稱讚。

蘇世澤更是受寵若驚。村裡辦事多送雞鴨，糧食也有，送錢已是最好，哪有送這麼些貴重東西的？「雪瑤丫頭，貴重了、貴重了！」

杜雪瑤忙擺手。「不打緊，都是我親自挑的，一點心意，您可莫介懷，這點錢不算什麼的。」

蘇世澤嘴角抽了抽。富家子弟都這般任性嗎？

蘇木也覺得貴重了，那兩隻貔貅一看就不便宜。「可是去帳上劃銀子了？」

杜雪瑤噗哧一笑，伸手點了點蘇木的眉心。「傻，我爹庫房多得是，我問他討了兩件罷了。」

不等蘇木回話，一個溫和的男聲自門口傳來。「原來妳昨兒在爹面前撒嬌賣乖討來的東西，送到這處了。」

眾人看去，如聲音般溫潤如玉的白衣少年立在門口，與杜雪瑤生得幾分相似。

一旁站了個與之身量差不多的藍衣少年，多了分貴氣，讓人無法忽略他的存在。

不得不說，這二人……長得是俊，就像書裡描寫的那種翩翩公子。

「二哥！」杜雪瑤雀躍地走過去，挽著他的胳膊。「你怎麼來了？」

原來是杜雪瑤的二兄，蘇木躬了躬身。「快進來，屋子狹小，招待不周。」

唐相予的視線自杜夫宴肩頭，不著痕跡地打量屋子一行人，最後將視線落到蘇木身上，聲音清清淡淡，一如她這個人，只一雙眸子還算靈動。

屋子本就不大，因著二人進門，愈顯狹小。唐相予好看的眉毛皺了一下，正好落到蘇木眼中。

不過她也不甚在意，這些身分背景不一般的人總有嬌生慣養的毛病。來者是客，她便儘量招待。

「兩位喝點什麼？」蘇木指了指薄壁上的畫。

杜夫宴和好友對視，見他不說話，便隨意要了兩杯。

這會兒，外頭又來了好些客人，吳氏忙不過來，蘇木自得去幫忙。好在杜雪瑤性子活泛，說說笑笑，並未怠慢兩位少年。

只是，蘇木一邊忙活，覺著自那處有道強烈的視線投過來，不是很……友善。

她轉過頭見三人談笑風生，並未有什麼不善的樣子，撇撇嘴，也不管了，自顧忙活。

是夜，關了門，落了鎖，一家子坐在蘇世澤屋子，桌上擺了油燈和一個匣子。

昏黃的燈光照在四人臉上，疲倦卻滿是期待。

「木兒，妳來數。」蘇世澤縮了縮手，不敢去開匣子。

蘇木噗哧一笑。「十餘桶都賣光了，還現煮了些，爹，怕啥？」

「就是！」吳氏跟著附和。她與蘇木待客，自是知道今兒賺了不少，卻也期待著。

蘇世澤揚揚手，示意她打開，眼睛直勾勾地看著匣子。

蘇木將油燈推近些，打開匣子，黃燦燦一片，有些晃眼。

她仔細數著，一百個銅板摞一處，一旁的蘇葉拿繩子串起來；吳氏則將匣子裡那些串好的銅錢放一處，碎銀子放一處。片刻，匣子見底了。

「爹，您猜猜咱頭一日賺了多少？」

蘇世澤搓著手，看看這堆、看看那堆，終於忍不住笑了。「十五兩上下？」

「再加五兩。」

「啥！」蘇世澤驚住了。「二十兩？」

蘇木點點頭。「二十兩六千文。」

她在桌上寫寫畫畫，隨即道：「今兒統共賣了五百二十杯，因著買一送一的緣故，利潤是少了些。明兒個恢復原價，該是賣不出這麼多數目。我估許左不過少個五、六兩。」

吳氏不住搖頭感嘆。起初二丫頭定一百文一杯，她當太貴，不好賣。如今看來，一百文於郡城的人而言，那也不算什麼。「若日日賺得十二、三兩，月底便可將債務還清了！」

聽到這話，一家人都笑了，一天的勞累似乎已不算什麼。

只有蘇木心裡打著小算盤。銀子雖賺得多，卻是一家人實打實用汗水換來的。為保飲品的新鮮，天不亮就要起床煮茶，鋪子也是開到月上柳梢才打烊，完事後，還要去農莊進貨，開作坊都沒這會兒辛苦。

沒辦法，這個時代沒有冰箱、沒有各種先進的設備，做不成沖泡的粉末。一切都需要新鮮食材製作，不過這樣一來，口感卻是比沖泡的好。

便是辛苦一月，將債務還清，再請個工人吧！

賺錢是頭等大事，還有一樣也同等重要。

「爹、娘，月底把虎子接到郡城來唸書吧！我聽雪瑤說，郡城有座有名的書院，她二哥就在那兒。我得空去打聽打聽有無啟蒙班？郡城的書院較鎮上好太多。」

蘇世澤同吳氏相互看了看，吳氏先開了口。「二丫頭，郡城的書院是好，花費銀子也多，咱家雖說逐漸好起來，卻經不住厲害的花銷。」

她本來還想說，大葉兒年紀到了，要攢些嫁妝，還有她的……這些話卻又不敢說，怕丫頭不高興。

蘇世澤也不贊同。家裡還是攢些銀子，若再發生上回那樣的事，也不至於遭那些罪。

「虎子才五歲，明年再接郡城也來得及。」

「爹、娘，那些富貴人家的孩子，三歲便開始啟蒙，家裡也都是專門請了教養師傅，虎子已落下太多。」

夫婦倆更不解了，好好的與那些人家做甚比較？

蘇世澤無奈地搖頭。「二丫頭，妳莫不是要讓虎子考官？」

「有何不可？」蘇木便是這般打算的。現在賺的是小錢，往後指不定成了一方富甲，家裡有個做官的，也沒人敢打壞主意。雖然虎子年紀還小，未雨綢繆總是好的。

吳氏是有些心動。兒子肯吃苦，也聰明，若真狠心栽培，保不齊就考上了呢！不過這是大事，她不好開口也猶豫，那得多少銀子啊……

這時蘇木又道：「咱爺不還拿青哥兒當官老爺養著，咱家怎就不興也出一個？我跟姊姊攀不上什麼官家近親，有爹娘疼愛就好。可您二人還年輕，往後弟弟、妹妹是得靠的。」

這話，鬧得在座三人都臉紅了。蘇世澤乾咳兩聲。「小娃子說什麼渾話，妳說怎辦就怎辦吧！」

「得！」蘇木目的達到，笑得合不攏嘴。不過，自吳氏嫁進門到起了新房，子女便和夫婦二人分開睡了，這會兒都大半年了，也沒個動靜……

吳氏見蘇木瞅著自個兒肚子，當即明白過來，越發害臊，忙起身。「不早了，回去歇著吧！」

蘇世澤也是一番轟趕，姊妹倆這才離去。

次日，客流果真少了一半，三三兩兩，倒也不斷絕。

杜雪瑤今兒沒來，蘇木尋思得空了，上郡守府一趟，仔細問問那書院的情況，只怕沒點關係進不得。不過，有她二哥在，若能代為引薦，該是有希望。

蘇木邊走邊想，店裡不忙，她便去了趟造紙坊，又訂了些杯子。因著本錢不多，先前將將訂了一千只，餘下用度只夠兩、三日了。

「哎喲！」

蘇木沒留神，撞著一人，只覺肩膀受到一股力道，生疼，便喊出來了。

那人忙後退兩步，顯然沒料到。

「妳沒事吧？」

好聽的男聲自頭頂傳來，蘇木抬起頭。「是你？」

杜二少爺的同窗，叫什麼來著？一時想不起。

唐相予好看的嘴角微微一咧。遠遠就瞧見這丫頭一副靈魂出竅的模樣，便走過來，故意作弄，哪想她真就猛地撞過來，力道不輕，小身板該是痛了，有些不忍。「走路怎這般不小心？」

蘇木揉了揉肩膀，已緩過勁來，一臉歉意。「方才沒留神，對不住了。」

唐相予挑挑眉。態度竟這般好，他倒不好發難了，便揮揮手。

蘇木分明記得這個少年對自個兒不甚看得上，今兒好似換了個人，雖長得養眼，還是少惹為妙，便微微福身。「那便告辭了。」

就走了？唐相予難得對她態度改觀，竟要走？哪家小姐見到他不是百般歡喜，這丫頭莫不是有眼疾？他不甘心！

「一起吧！我正好渴了。」

蘇木有些驚訝，卻也沒說什麼，那就一起……吧！

二人一前一後，一路無話。

剛到鋪子門口，便聽見蘇世澤歡喜道：「村裡來信了，良哥兒考上郡城書院，過幾日就要上郡城了。」

「真的?!」

蘇木歡喜得蹦起來。不知道他考上的書院是不是雪瑤說的那家？若是，便有人顧著虎子了。

而一旁的唐相予卻看著蹦蹦跳跳的蘇木，很不高興。這個什麼良哥兒莫不是她的情郎？這般歡喜。

「……立國初期，急需人才，實行開科取士。當時，郡城學舍的生徒參加科舉考試，登第者達五、六十人之多。天下文人、士子慕戚同文之名，不遠千里而至郡城，求學者絡繹不絕，出現了『遠近學者皆歸之』的盛況。郡城學舍逐漸形成了書院，後當代聖上御筆欽賜，改名為『郡城書院』，距今已有二百餘載，雖各地書院崛地而起，其中不乏超群拔萃，郡城書院依舊位列前幾。上門求學的人多了，便需考試，唯有通過考試的學子方可入院學習。」

杜雪瑤倚在榻上給蘇木解說，講到這處，停了停，迎春忙奉上一盞茶，她接過抿了一口。

「那書院可有啟蒙班？」蘇木單手托腮，問道。今兒特意上門就是為了虎子入學一事。

杜雪瑤思索片刻。「倒是沒有聽說。」

迎春適時開口。「小姐，奴婢聽尹小姐的大丫鬟寶蘭說，尹府的小少爺在郡城書院啟蒙。」

尹小姐是杜雪瑤的手帕交，其父親乃郡城都尉，也是官職顯赫。

「哦？」杜雪瑤將杯子遞給她，坐直了身子。「對外卻沒有啟蒙班一說。」

蘇木小臉皺起。這麼說來，啟蒙班就是為那些有權勢、有地位人家的少爺專設。杜家雖有權勢，她與杜雪瑤的關係，卻是值不得杜郡守走後門。虎子想去，便是不可能，唯有同田良一般通過考試了。

即便這樣，她還是要將虎子接到郡城，郡城的教學水準比小鎮高太多。

她正盤算著，前院的小廝來傳話，杜二少爺得了新茶，邀三小姐一同品鑑。還特意提到蘇木，邀其一併前往。

第二十七章　榷茶

小廝領著一行人往前院去，沿著幾步不高的石梯，來到亭子的長廊。順著長廊走到亭子的中央，那裡有一張石桌和四個石凳，亭子四周種滿了各種花和果樹，亭底便是清澈見底的池塘。兩位翩翩少年已然端坐，石桌上的茶具一應俱全。

一位帶著風輕雲淡的笑意，另一位則不羈地倚在桌上，手中轉動一只天青色茶杯。

「快坐。」杜夫宴給二人招呼，又看看好友，不甚明白，他為何要將那蘇二姑娘邀來？

「二哥怎這般好興致？」杜雪瑤拂著裙襬坐下，又拉著蘇木往一旁石凳。「木兒坐，不必拘謹，妳都見過的，這是我二哥，這是二哥同窗，唐少爺。」

杜夫宴臉上有一絲不自然。「相予兄得了兩罐好茶，閒來無事，邀妳二人同品。」

「什麼茶，這般稀罕？」杜雪瑤未多想，看了看桌上的茶壺，幾分好奇。

「底下人得的，只說是好茶。」唐相予給二人沏一杯，手法嫺熟，一看便知他精於此道：「嚐嚐。」

蘇木不動聲色，端起茶盞，抿了一口，舌尖微甜，一股茶香慢慢從鼻端沁到咽喉，是上好的綠茶。美中不足的是製作不良，導致形成了酸味。雖沖泡了幾次，酸味減淡，但對於她這個茶道老手，抿一口就嚐出來了。

「如何？」唐相予問道。這會兒他已將茶具清洗乾淨，沖泡另一種。

他不著痕跡地打量蘇木。一個鄉下野丫頭哪會品什麼茶？他今兒特地設茶宴，便是想讓她出糗。

「還不錯。」杜雪瑤不以為然道。

見蘇木不應聲，唐相予主動問道：「妳覺著呢？」

這話像是對自個兒說的，蘇木抬起眼眸，一張似笑非笑的俊臉落入眼簾，若非他嘴角一絲若有若無的嘻笑，當真要晃神。

她點點頭。「還不錯。」

唐相予嘻笑更甚。鸚鵡學舌。

「再嚐嚐這個。」

二人再次端起茶盞，仔細品嚐。

杜雪瑤疑惑了，二者味道相似，卻又有不同。

不等杜雪瑤說話，唐相予直接問向蘇木：「這款如何？」

蘇木看著他意有所指的面容，又看看一旁無奈且有幾分著急的杜二少爺，當即明白過來，原是為了戲耍自個兒。

「也不錯。」

唐相予大笑起來。「那妳且說說這二者間哪種更好？」

杜雪瑤反應過來。這分明是同一種茶，一泡、二泡、三泡，味道淺淡不一，難怪極其相似，卻又有不同。木兒不懂茶，自然喝不出來，這個唐相予分明是故意戲弄。

她正要開口，卻聽見蘇木一聲輕笑。

唐相予微眯著眼，看著面前這個露出淡淡笑意的小女孩，那笑意不善。「妳笑什麼？」

蘇木放下茶盞。「原來，二位少爺道的好茶就是這？」

唐相予眉毛一挑，沒有答話，似在等她說出個所以然。

「茶的基本味道分為：甜味、苦味、澀味、酸味、水味，以及無味。茶中有異味、酸味、水味，都是不好的味道，當然在品茶時不希望有異味、酸、水味出現。方才你給我二人的兩杯茶皆有酸味，一杯淡，一杯濃。第一杯應是三泡，第二杯為一泡。這茶麼，自然是同一款。」

蘇木說著，伸手將兩個精緻的茶罐打開，各捏一小撮放置手心，展示於眾人面前，卻是一模一樣。

杜夫宴笑了，饒有興致地看向好友；杜雪瑤也笑了，她不知道木兒竟懂這般多。

蘇木將手置於茶罐口上方，慢慢翻轉，茶葉便緩緩落入罐中，她定定地看向唐相予。

「酸味是品茗之人不願意接受到的味道，代表了茶品的低劣。這茶，是次品！」

唐相予太陽穴處的青筋猛地一陣跳動，暗罵底下人見識淺薄，害自個兒出醜。

他當然知道有酸味是次品，可當今製茶工藝有限，一般人家喝的茶皆有酸味，口感純正的都是要進獻到宮裡去的。他本欲捉弄，反讓人將了一軍，他心裡很不痛快。

「哦？莫不是妳喝過那上等茶？」

蘇木挑挑眉。「不曾，話本裡這般寫的罷了。」

「木兒，妳莫生氣，他就是閒得慌才捉弄妳。不，就是閒也不該如此捉弄人。我二哥自幼與他交好，也學得這般放蕩，我定告訴爹，對二哥好生管束。這事，我並未摻和，要怪就怪他倆，妳我還是好朋友。」

杜雪瑤兀自走在前頭，低著腦袋，絞著絹子，說著好話。可話說了半天，身後人兒並未應半句，該是真生氣了！

「妳別不理我呀……」

轉過頭，見蘇木甩手癡笑，忙走過去，伸手在她眼前揮了揮。「笑啥呢？」

蘇木攔住她的手，狡黠一笑。「想到賺錢的法子了！」

「啊？」說什麼渾話呢，不該是為二哥夥同唐少爺捉弄她而氣惱嗎？瞧她那鋪子生意不錯，今兒又巴巴來把錢還了，難道還是有難處？忙道：「妳若急需用錢，銀子先拿回去，我這兒不著急的。」

「傻丫頭，如今哪還有什麼難處。」蘇木輕輕擰了杜雪瑤的臉蛋。「都送到大門口了，快回去吧！」

杜雪瑤見她氣定神閒，的確不像有事。「那今日之事妳不氣？」

「我氣啥？該氣的另有其人吧！」蘇木莞爾。還虧得那人的捉弄，讓她又尋到一條致富之路。

杜雪瑤一愣，隨即反應過來，噗哧一笑。「倒是頭回見他吃癟。」

二人又閒聊幾句，杜雪瑤將蘇木送至門前，才戀戀不捨分開。

蘇木離開後並未直接回鋪子，而是往街市繞了一圈。只是她走了一炷香的時間，竟未發現賣茶葉的鋪子，甚是疑惑。

難道茶葉屬於官製，一般人賣不得？一番搜尋未果，時辰也不早，只得往回走。

回去路上，路過賣肉攤子，割了二兩肥瘦相間的豬肉，打算晚上打牙祭。辛苦這麼些日子，手頭鬆泛了，雖債務還未還清，可在能力範圍內，蘇木還是不願虧待了肚子。

日落西山，街上行人三三兩兩，店裡沒什麼生意，蘇木便讓蘇世澤和吳氏坐著歇歇，自個兒和蘇葉去後院做晚飯。

豬肉切塊紅燒，清炒菜花，再蒸一鍋白米飯。

香氣悠悠，是許久未聞到的油腥味了，這感覺真好。

吃罷晚飯，街市上的行人又多起來。這個年代沒什麼消遣，有錢的上茶樓聽曲，沒錢的逛逛街市，圖個熱鬧。

蘇記冷飲自然也有得忙碌了，直至月上柳梢，桶裡的奶茶也剩個底。

蘇世澤將招牌燈籠抱進屋子，關上四折門。

片刻又開了一小扇，見他挑著擔出來，往幽深的街巷走去。

藉著昏黃的燈光，母女三人正在清掃鋪子，疲倦的面上帶著笑，只是蘇木有些發愣。

她還在想茶葉的事。她從前業餘學過茶藝，雖不說精通，也算熟知，品茶、泡茶自然不在話下，喝過的好茶也數不勝數。

學習茶藝，對於種植茶樹、製作茶葉自然也是要了解的，不過這二者相對於泡茶、品茶，終究是紙上談兵，還得仔細研習。

這些她都有信心，只是茶鋪究竟為何無人開，卻是不懂。對於這個朝代的國法綱紀，還是知道得太少。

往後幾日，她得空就去書鋪翻閱關於這個朝代的歷史和茶的管制，只是收效甚微，許多書本寥寥幾句帶過，多的便是歌頌歷代聖上的勤勉為政、勵精圖治、恩澤天下云云。

蘇木倚在一處書架，重重嘆了口氣。

「想不到妳這個野丫頭竟識字。」

忽地一個聲音驚得她腳底一滑，頭重重地撞在架子上。「哎喲！」

那人噗哧一笑。

蘇木站直了身子，見是那人，一記眼刀飛過去。「又是你！」

不知怎的，寥寥三字讓唐相予心裡十分舒坦。

看她撞得有些紅腫的額頭，眼神竟多了幾分關切，嘴上卻仍是強硬。「便抵了那日妳對我的失禮。」

蘇木白了他一眼，嘟囔道：「明明是你捉弄在先。」

唐相予不甚在意她的無禮，竟覺得十分可愛，心裡又暢快了幾分，見她手上的書似關於國策，便道：「妳從這些書本上只能看到歌功頌德的好話，國策那是為官者才能知曉的，自然不會寫在書本供人誦讀。」

蘇木斜著眼瞟他。原來是這樣，難怪翻了幾日都找不到重要的訊息。

唐相予見她一臉糾結，嘴角不由得上揚，兩手抱胸，昂著頭。「不過，妳可問我。我不能說學識淵博，讀過的書卻不比這間書鋪少。」

蘇木眼睛亮了，忙道：「我想知道為何偌大的郡城竟無一家賣茶葉的鋪子？難道茶葉屬於官製？」

唐相予有些意外。她一個村野丫頭竟問出這樣的問題，也聯想到那日郡守府品茶時的字字珠璣，對她越發好奇。

「妳說的不錯，茶葉屬官製。茶葉是一項重要的經濟作物，也是國庫的主要來源之一。我國的榷茶選擇要塞，在江陵、真州、齊州、郡城、鄗城……等地，各地設立了專門的機構徵收榷茶，委派官員進行茶葉管理。」

蘇木仰著頭看他，聽得十分認真，這些書本不曾提到一字半句。

唐相予覺得她這副癡癡的模樣，很是可人，忍不住想笑，卻又怕失了面子，轉過身，繼續道：「茶農必須加入官府的茶場，不允許茶葉私下買賣，自然可以將一部分茶葉折納兩稅銀，其餘的則必須賣給官府的茶場。官府同時也在一定限度內允許商人用金銀錢帛購買茶葉，由各地榷茶機構發給交引，而後商人拿著引券到官府設置的任一茶場領茶。」

一些商人不知道具體規定，承辦官員就適當地加利，把商人給打發了，剩餘的部分就由這些官員私吞。更有些人和官員狼狽為奸，相互勾結，利用交引做起投機生意，買賣茶引。

後面這些話，他並未說出來，事涉太多，還是不知道為好。

唐相予轉身看她，捕捉她面上細微的表情，似在探尋她有沒有聽懂？

蘇木歪著腦袋細想。也就是說，茶葉不允許私下售賣，必須賣給官府……

「那郡城的榷茶機構是杜郡守在管制？」

唐相予一愣，愣然地點點頭。

「謝了！」蘇木面上露出笑臉，拍拍唐相予的胳膊，放下書本，快步離去。

唐相予愣在原地。摸了摸胳膊，謝了？就完了？

蘇記冷飲奶茶所用茶葉皆由蘇世澤購買，是最低等、最便宜的一種。照唐相予所說，那購茶之處也就是官府設立的茶場。

想要降低成本，只有自己種茶，如此必須有茶苗。但要賺大錢，自然不能種普通的茶樹，她要種出最珍貴的茶葉！

蘇木回去後，將種茶的打算與一家人商量。

一家子並未深想，如今蘇記冷飲盈利不錯，已感滿足，最大一項支出便是茶葉，若能種出茶樹、製作茶葉，也可節省開銷，還能賣給官府，又是一筆進項，沒什麼不好。

蘇世澤藉著買茶葉的契機，結識了幾位茶農，也得到幾株茶苗。

蘇木買了花盆將茶苗養在院子，蔥蔥鬱鬱，很是養眼。

只是這些茶苗不是她想要的，從葉形、色澤、嫩度及絨毛多少都能看出一株茶樹的品質，這幾株遠遠達不到上等。她有些頭疼，卻也沒放棄尋找稀有茶種。

日子一天天過去，直至七月末。

福保村再次來信，田良將不日進城，早先回信，已告知將虎子一併帶來。

歷時月餘，一家人分隔兩地，總算團圓了，虧得吳氏爹娘幫襯，難關得以度過。

是夜，蘇記冷飲早早關門。後院中央置了一張方桌，桌上擺著豐盛的菜餚，後廚內，吳氏忙得熱火朝天。

她朝院子喊道：「木兒，妳去街上迎迎，半天了，該到了。」

蘇木正在擺碗筷，忙應答。「誒！」

從門洞進鋪子是開了一扇門，她站在鋪子簷下，探著身子往街心看去。

各鋪子已點上燈籠，紅紅火火跟過年似的。路上只有三三兩兩行人，較白日十分寧靜。

「二姊！」

遠遠地見一個矮小的身影奔過來，而後是高矮不一三人，卻是蘇世澤、吳大爺和田良。

小身影奔到蘇木身邊，抱住她的腿。「二姊，虎子好想妳！」

「小傢伙！」蘇木揉了揉他的小腦袋，幸福感溢得滿滿的。

「二姊，我帶了妳最愛的花。」虎子說著掙脫懷抱，轉向身後。

見田良正拿著一束不知名的小黃花，笑盈盈地望過來，那黃花正是虎子每日下學都要採的，許是過了一天，有些打蔫。

「阿公、田良哥。」蘇木一一喊人。

吳大爺笑著點頭。他擔了滿滿兩筐，全是瓜果菜蔬，扁擔壓得彎彎的。

田良上前將花束遞給蘇木，目光灼灼。「清晨在村口採的，虎子寶貝了一路，心心念念要交給妳。」

蘇木接過花，自然喜歡，揉揉虎子的小腦袋，牽著他的小手，對幾人道：「娘做了一桌子菜，快進屋吧！」

一行人跟著進鋪子，吳大爺和田良一番打量。蘇世澤仔細介紹，這是榨汁的、這是製冰的……鉅細靡遺。

吳大爺感慨。這便是女婿開的鋪子，好、好、好！

第二十八章　茶樹王

進了後院，吳氏張羅完畢，抱著虎子一番親暱，這才落坐。

一碟紅燒肉、一碗蕁菜膾魚、一盤清炒西芹、一盆菜湯，再是幾碗白花花的米飯，瞧著都讓人食慾大增。

三人趕了一路，早已飢腸轆轆，並不客氣。

蘇世澤打了二兩老酒，與老丈人、田良小酌兩口，娘兒幾個自然喝奶茶。

「信上說安好，我同妳娘仍是放心不下，今兒親眼看到，才得以安心。」吳大爺放下酒杯，對左手邊吳氏道，又轉向蘇世澤。「女婿有本事，是我吳家的福分！」

「虧得爹幫襯。」蘇世澤端起酒杯，又敬了一杯。

杯杯相碰，發出悅耳的一聲脆響。

吳氏端起酒罐替二人滿上。「爹怎麼來了？娘和小弟可安好？」

「好！妳娘侍弄菜地，又養雞、養鴨，沒什麼好擔憂的。」吳大爺抹了抹嘴，從懷裡掏出個布包，遞給她。「三兒在鎮上蹲活計，賺得不多，妳收著。」

吳氏自然不接，推回去。「爹，我哪能要三兒的錢？」

「那是妳親弟弟，不是外人，幫襯是應該的。」吳大爺又推回來。

蘇木挾了一塊魚肉，將刺挑乾淨，放到挨在身邊的虎子碗裡，笑道：「阿公，今兒關門早，沒瞧見鋪子的生意，一個月下來，咱家欠的銀子已能還清，虎子也接來郡城唸書。咱手頭寬裕了，小舅的銀子，您替他收著。」

吳大爺看看蘇木，又看向蘇世澤，似在詢問。短短月餘，二百餘兩債務全都還清了？得了女婿點頭，他才相信，眼眶有些濕。苦日子總算熬過來了！也不再堅持，將布包放回懷裡。

蘇木轉開話題。「田良哥，恭喜啊！考上了郡城最好的書院，我都打聽了，登第人數是旁的書院比不上的。」

田良面上頗有光彩，謙虛道：「也是機緣巧合，郡城書院考題發放各地，先生本讓我們試煉一番，並未抱有考中之心，郡南縣竟獨我名字上榜了！」

「良哥兒能幹！」吳氏不住稱讚，也撫著虎子的小腦袋，感慨道：「木丫頭想著將虎子送那書院，該是死心了，花費多不說，以虎子如今的學識是進不去的。」

田良笑了笑沒有回話，進城讀書花銷卻比鎮上多太多。

他都打聽了，書本、筆墨由書院統一置辦，樣樣都是最好。書院也安排了學舍供遠道而來的學子住宿，如此周到，束脩又怎會便宜？

自家家境在村裡數一數二，於這繁榮的郡城還是差得太多。他不打算來，在家多多用功也是一樣，爺卻一定要他來，整個田家的希望都寄託在自個兒身上，他不敢怠慢，雖心疼家人的辛苦卻無法，只得加倍用功，他日取得功名，才能擺脫困境。

「今兒天色不早，書院該關門了，就在這兒應付一宿吧！明兒一早，我送你去。」蘇世澤安排道，屋子就兩間，各打一地鋪，將將能住下。

在蘇世澤眼中，田良是後輩，雖無血緣關係，卻有同鄉之情，兩家關係又不一般，他隻身來郡城，自然要多多照拂。

「休假就來鋪子，讓你嬸子做好吃的補身子，把這兒當自己的家。」

田良點頭稱謝，於未來的求學之路又堅定了一分。

次日，蘇世澤送田良去書院，吳大爺留在鋪子幫忙，得以見到生意之好，盈利之多，他一整日都沒停過笑。

後院養了茶樹，見木丫頭照料細心，頗感好奇，由此也知道一家人有種茶樹、賣茶葉的想法。生意他不會做，地裡活計卻拿手，尤擅嫁接。茶葉的好壞，他不懂，一株樹苗的好壞，他一眼就能瞧出差異。

因著吳大爺的突來，在尋找上等茶苗這件事上，有了新進展。

茶農種的都是普通茶樹，若要稀有，便需進深山尋找。茂盛的山地，雲霧瀰漫，空氣潮濕，土壤深厚、富有腐殖質的環境，多生罕見的灌木，總能尋到一、兩株稀有的野茶樹。

野茶樹離了那樣肥沃、舒適的環境很難存活，更別說大肆繁殖，這便要利用嫁接了。

蘇木自信在現代了解的嫁接知識，加之吳大爺的多年經驗，該不成問題。

經過打聽，距郡城二十里有一座深山，地處偏僻，不經要道，幾乎無人往那處。

幾人一番商議，定了一日進山。

時值初秋，蛇蟲鼠蟻出入常見，蘇世澤本不欲讓蘇木一同前往。然而只有蘇木識得茶葉貴賤，她自然要去，一番好話才使得她老爹點頭。

田良本欲一同前往，無奈那幾日並不休假，且蘇木打算，若尋著茶樹便直接拉回村栽種，怎麼都要耽擱兩、三日。

如此，三人上山，吳氏帶兒女看店。店裡沒有男人，田良自告奮勇下學後幫忙照看。

一切安排妥當，當日一大早，蘇世澤牽來牛車，三人整裝待發，在吳氏等人依依不捨的目光中，朝山地前去。

行了近兩個時辰，道路逐漸狹窄，人煙開始稀少。層巒的山峰拔地而起，連綿不絕。

吳大爺戴著笠帽，細碎的陽光穿過笠帽的縫隙落到臉上，道：「快到了！」

出門時，還算涼快，這會兒日頭有些毒辣，蘇木將臉、脖子、手腳捂得嚴嚴實實。雖熱，總好過曬傷。

她從包袱裡掏出兩個小陶罐，遞給蘇世澤和吳大爺。罐子裡裝的是雄黃粉，能驅蛇避蟲；又將各種急救的藥貼身放置，手上拿著好傢伙。一切準備妥當，牛車已行至山口，毒辣的太陽由茂密的叢林遮擋，熱氣消退，周身清涼。

尋了一棵樹，將牛車拴好，三人開始往山林深處去。

遮天蔽日的林中，霧氣瀰漫，到處是從未見過、長著奇異板狀根的巨樹，不可思議的老莖桿上長著巨葉植物，植物上爬滿了咬人的大螞蟻。

走沒幾步，平坦的小路不見了。

腳底踩的是潮濕的樹葉層，樹葉層下是又滑又軟的泥漿和腐爛的木頭。

一團團藤蔓和亂七八糟匍匐的植物使行走變得困難，林子雖陰冷，又有涼風習習，三人還是走得滿身大汗。

再往裡，樹木的長勢越發蒼勁，樹枝低矮粗壯，以奇形怪狀往樹上盤繞，像一條條巨蟒。

一細看，哪是像，分明就是！幾乎每條樹枝都盤踞一條，正吐著芯子，十分瘆人。

好在三人帶了雄黃粉，周身塗抹，又隨處撒了些。蛇蟲鼠蟻並不近身，也沒有攻擊性。

蘇世澤走在最前頭，額上冒著細密的汗，神色嚴肅，顯然沒料到是這樣的場面。他轉頭看看身後的女兒周身無恙，還算鎮定，也就放心了。

又看向走在最後的吳大爺，一樣安好，便繼續往前行。

約莫行了百餘丈，道路漸寬，樹木生得稀疏了些，不似方才那般壓得人喘不過氣。

這時，聽見潺潺水聲，聲音傳來之處也更加亮堂。

此刻，已近正午，三人肚子叫了起來。

吳大爺揮著鐮刀，砍倒一簇刺藤。「木丫頭，妳往溪邊歇會兒。我同妳爹再探探，找找合適的方向，吃過東西，直接找野茶樹。」

蘇木點點頭，便獨自往溪邊去。她揹著背簍，裡頭裝了鐵盆、乾糧，打算熬肉湯沾餅子吃。

走沒兩步，果見山巒間留一道縫隙；陽光下，一條小溪涓涓地流著，像一條發亮的綢緞在抖動。

蘇木找了塊臨溪平地，放下背簍，尋了三塊石頭搭成簡單的灶，將鐵盆拿出來，置於上頭，開始生火、燒水。肉菜是早就備好的，只等水滾了，往裡頭放。

不多時，蘇世澤同吳大爺來了。蘇世澤手上多了幾個野果子，於溪邊洗淨，摘了片兩個手掌般大小的樹葉，包著放在鐵盆旁。

肉湯已煮好，蘇木將餅子分給二人。「尋到了嗎？」

蘇世澤接過餅子，就著肉湯，大口大口吃起來。「往西地勢平坦，樹木生得稀疏，陽光充足，該是有。」

吳大爺洗了把臉，甩甩水，坐過來。「我聽老一輩說，山林中有茶樹王，附近才會生茶樹。沒頭沒腦地胡蹿亂闖，倒不如先找茶樹王！」

說的有道理，想法一致，三人匆匆吃完飯，收拾妥當，便鑽進了大山深處。

許是吃飽喝足，抑或是叢林不那般壓抑了，三人走得輕鬆許多。

只是約莫兩個時辰，並未見到一株半棵茶樹。

去。

吳大爺看了看天日，道：「日頭西沈，不好往裡去，天黑摸不著路。」

難道就此罷手？偌大的山頭竟尋不到一株茶樹？蘇木不甘心，倔強地加快腳步往林子裡去。

「木丫頭，去不得了！」吳大爺焦急喚她，抬步跟上。

只是走沒兩步，蘇木定定地停在前頭。「爹、阿公，你們瞧……那是不是……茶樹王！」

二人順著她的視線望去，一個低矮的山頭，一棵高大的樹盡情伸展著近五十餘尺高的身軀，枝葉幾乎霸占了山頭的整片天空；樹身粗大，兩人尚不能合抱，看起來就是一個王者。

吳大爺瞪大眼，語氣有些哆嗦。「是……就是！」

三人快步朝那處奔去，就見高大的茶樹王周圍生了許多茶樹，大小不一，高矮都有。

蘇木走近一株，見堅韌的枝條上長著倒卵狀長圓形葉，兩面光滑無毛；葉柄部開著聚傘狀白花，有幽幽香氣；花簇中長著圓球形或扁球形果實，呈淡褐色。

她摘下一片，放嘴裡咀嚼，只覺淡淡苦澀中，一股清香慢慢散發開來，周身通暢，神清氣爽；回味更佳，甘甜潤滑。

好茶！不僅樣子長得漂亮，味道更是好。

蘇木吁了一口氣。「就是它了！」

吳大爺挑好苗子，蘇世澤揮鋤，連根拔起；蘇木則拿了塊布，繫了四角做布包，麻利地採茶葉，專挑最茂盛、最鮮嫩之處。

約莫兩個時辰，太陽只餘一點光輝。茶苗挖了二十餘棵，蘇木的布包也裝滿了，不敢再耽擱，忙扛樹往回走。

老牛還在原處，周邊的草已被吃乾淨。

吳大爺同蘇世澤將扛出的幾棵茶苗放在板車上，又返身回去繼續扛。往返四趟，二十多棵茶苗才全部扛出來，用痲繩捆好，十分結實，還留了地方給三人坐。

此時，天已黑透，藉著淡淡月光，大致能瞧清路。

吳大爺和蘇世澤輪流趕路，蘇木早已疲倦不堪，趴在茶樹堆沈沈睡去。

後來，她是被餓醒的。

白亮的天光照得她眼睛不適，伸手揉了揉，坐起身。周遭是熟悉的光景，已到福保村口。

月餘沒回家，小院門前一圈被吳大爺種了一排果樹，苗子是二灣拉來的。照他說，去年不利，今夏果子倒是結得好，再過十幾日，就好收成買賣；就是沒人看顧遭偷兒，損失了些。

院子正門緊閉，而一旁角門隱約傳來吳大娘喚雞鴨的聲音，想是準備放養牲畜。

「老婆子！」

吳大爺下了車，高聲喚道。

吳大娘幾乎在他聲落就出現，一臉驚喜。「怎回來了？沒捎個信哩！」說著，打開院門，返身幫忙從牛車上卸貨物。

「回得突然，哪得空捎信。三兒呢？」吳大爺見院子空無一人，問道。

「三兒早早上鎮子了。今兒趕集，人多，去晚蹲不到活計。」吳大娘幫老頭子抬樹苗，見葉子新鮮、泥土濕潤，轉頭問女婿：「整這麼些苗子？趕夜路了？」

「可不是，這些苗子好難得到。」蘇世澤揩揩額上的汗。

聽這話，吳大娘手上動作輕了些，生怕碰壞了。

「成了，妳去煮些吃食，餓得前胸貼後背了。」吳大爺吩咐道：「木丫頭也進屋歇著，這兒有我和妳爹，保准將苗子歸置得好好的。」

有他二人，蘇木沒什麼不放心的，吳大娘接過她的背簍，牽著進屋了。

家裡沒有葷的，半點米粒也沒有，吳大娘便煮了青菜玉米糊，玉米麵添得多，十分濃稠，撒些細鹽，味道也還可口。

另一口鍋溫了熱水，蘇木先提了一桶去屋子擦洗，換了身乾淨衣裳，這才舒坦。

吳大爺和蘇世澤將茶樹苗悉數搬進院子，置於屋簷下，太陽並不照得到。

這邊忙好，玉米糊也熟了。

二人先沖了個涼，在山裡鑽了一天，又趕一夜路，身上是又髒又臭，一番忙活之後，這才坐到灶屋喝玉米糊。

玉米糊有些燙嘴，三人便用筷子攪著。

吳大娘今兒也不打算出門了，將雞鴨關回去，坐在灶屋挑豆子。木丫頭最是愛喝，還餘二斤黃豆，她都好生收著。

「這麼些茶樹種哪處好？」蘇世澤問道。

「土肥日照強，哪處都能生得好。」吳大爺想是餓得慌，啜了一口，燙得他直嘶嘶。「過十餘日，二畝地的包穀收好了，地養到八月下旬，進一批茶樹種上。至於這野茶樹，把二灣果園的甘蔗地清理出來，先養著。那地兒不大，我悉心侍弄了幾年，肥得很！」

一番打算，一點毛病也沒有。

「成，阿公，地裡的事您多操持些。牛車就不還了，過幾日回郡城，我去買來，咱就用著，運茶樹回二灣也方便些。您腿腳不好，該雇人便雇人，莫要省著。」

「那使不得，牛車讓妳爹趕回去還了！」吳大爺慌忙道。開玩笑，一架牛車沒個二、三兩下不來，還是城裡的牛，更貴！

「您就聽我的，往後苗子長好了，還要嫁接，哪樣不要用到牛車？與其花錢去租，還不如咱自個兒買一架。今年苦一年，到明年下半年，咱家好日子就來了！」蘇木笑道。

吳大爺也笑了。是啊，下半年養樹，明年二月嫁接，到六、七月成熟，那茶樹王是好品種，他有信心嫁接出來的茶是極品好茶。

這麼說來，好日子是真的要來了，便也不推辭，城裡的牛就留下吧！

吳大娘不懂這些，蘇世澤也是聽命的，爺孫倆說好，事情就這般定下。

「這趟回來，我把銀子都帶上了，還了太奶家和田家債務，餘下一些，尋思再買幾塊地多種些茶樹。茶一季生，今年一過便又要等一年。」

幾人點點頭。買地他們是贊成的，有錢置辦田地，那是極好的事。

吳大娘卻有思量，猶豫半天還是開了口。「侯、田兩家那是真心，自女婿遭難，沒少接濟。肉拿得少，菜糧是隔三差五送來。我尋思，如今寬裕了，還是要請兩家人吃頓飯。你父女倆已是難得回來，下回也不知道啥時候了！」

——未完，待續，請看文創風785《賴上皇商妻》2

文創風
784

賴上皇商妻 1

國家圖書館出版品預行編目資料

賴上皇商妻 / 頡之著. --
初版. -- 臺北市 : 狗屋, 2019.09
冊 ; 公分. --（文創風）
ISBN 978-986-509-041-8（第1冊：平裝）. --

857.7　　108013851

著作者	頡之
編輯	張蕙芸
校對	黃薇霓　簡郁珊
發行所	狗屋出版社有限公司
地址	台北市104中山區龍江路71巷15號1樓
電話	02-2776-5889～0
發行字號	局版台業字845號
法律顧問	蕭雄淋律師
總經銷	知遠文化事業有限公司
電話	02-2664-8800
初版	2019年9月
國際書碼	ISBN-13　978-986-509-041-8

本著作物由起點中文網（www.qidian.com）授權出版

定價250元
狗屋劃撥帳號：19001626
網址：love.doghouse.com.tw　E-mail：love@doghouse.com.tw